11

글쓰는기계 게임 판타지 장편소설

초판 1쇄 찍은 날 | 2020년 2월 12일
초판 1쇄 펴낸 날 | 2020년 2월 19일

지은이 | 글쓰는기계
펴낸이 | 예경원

기획 | 위시북스
편집책임 | 이은송
편집 | 위시북스

펴낸곳 | 예원북스
등록번호 | 제396-2012-000132호
등록일자 | 2012. 7. 25
KFN | 제1-508호

주소 | 경기도 고양시 일산동구 호수로 646-24 위너스21II빌딩 206A호 (우)10401
전화 | 031-819-9431 팩스 | 031-817-9432
E-mail | yewonbooks@naver.com

ISBN 979-11-365-1453-0 04810
      979-11-6424-237-5 (Set)

나는 될 놈이다

11 글쓰는기계 게임 판타지 장편소설

WISHBOOKS GAME FANTASY STORY

Wish Books

CONTENTS

CHAPTER 1

"2왕자님 파이팅!"

2왕자는 뭔가 불길한 기분을 느꼈는지 멈칫했지만, 곧바로 다시 움직였다.

"1왕자님이 머무르시는 내성에 침입자가 들어왔다!"

"뭐라고?! 대체 어떻게 된 일이냐!"

함정을 파놓고 기다리던 1왕자파 병사들은 내성에서 일어난 소란에 깜짝 놀라서 발걸음을 돌렸다.

"성문을 열어라! 들어가겠다!"

그러나 내성의 성문은 굳게 닫힌 채 열리지 않았다.

안에서 벌써 습격이 한바탕 지나간 뒤!

"크핫핫핫! 죽어라! 죽어!"

2왕자는 칼 한 번 휘두르지 않고 뒤에 있으면서 신나게 외쳤다. 기습에 성공한 2왕자파 병사들은 내성의 병사들을 물리치고 빠르게 돌격했다.

"저기 1왕자가 있다!"

병사들은 멀리 보이는 불빛을 보고 외쳤다. 소란을 듣고 호위들과 함께 나온 1왕자가 거기에 있었다.

"이, 이런…… 어떻게!"

"쳐라!"

"김태현 백작! 이게 어떻게 된 일인가!"

1왕자가 태현을 보며 믿기지 않는다는 듯이 외쳤다. 그러자 2왕자가 크게 웃었다.

"크하핫! 형님! 아직도 사태 파악을 못 한 겁니까! 김태현 백작은 처음부터 내 편이었던 겁니다! 김태현 백작은 영웅! 처음부터 누가 진짜 왕인지 바로 알아봤다, 이 소립니다!"

"뭐라고! 말도 안 된다! 김태현 백작은 내 편으로서 널 속인 거다!"

1왕자는 태현이 배신했다는 걸 믿지 못했다.

그만큼 높았던 친밀도와 공적치 포인트!

"하하핫! 형님. 이제 눈을 뜨십시오!"

"웃기지 마라! 김태현 백작! 어서 그놈을 공격하게!"

"형님! 여기 내성으로 들어오는 길을 누가 가르쳐 준지 아십니까! 김태현 백작입니다!"

"말, 말도 안 되는…… 그래! 2왕자를 공격해라!"

"누구한테 명령을 내리는 겁니까? 으아악!"

카카카캉!

2왕자는 깜짝 놀라서 뒤로 물러섰다. 그를 따르던 병사들 일부가 덤벼든 것이다.

"뭐 하는 것이냐! 미친 거냐!"

"멍청한 놈! 그 병사들은 내가 보낸 병사들이다!"

"뭐라고?! 말도 안 되는 소리 하지 마십시오, 형님! 이 병사들은 김태현 백작이 데리고 온……."

"……."

치열하게 말다툼을 하던 1왕자와 2왕자는 뭔가 이상하다는 걸 깨달았는지, 태현을 쳐다보았다.

"이게 어떻게 된 건가, 김태현 백작!"

"맞다! 이게 어떻게 된 거냐!"

"하하. 제가 다 설명해 드리겠습니다."

태현은 친절한 태도로 말했다.

"제가 누구 편이냐면은……."

"내 편이겠지!"

"아니다! 내 편일 것이다!"

"······그냥 두 쪽 다 아니거든요?"

아직까지도 상황을 파악하지 못하는 두 왕자! 태현은 어이가 없다는 듯이 대답하며 횃불을 꺼내 집어 던졌다.

[사디크의 화염이 다시 퍼집니다.]

'뭐, 다시 끄면 되지.'

"김태현 백작! 그대가 어떻게 이럴 수가!"

[회피에 성공합니다.]×2

둘 다 레벨은 형편없었지만, 그를 따르는 NPC들의 레벨은 장난이 아니었다. 한 왕국의 왕자들의 호위병들!

"김태현 백작, 믿을 수 없군! 어째서 배신한 거지!"

"진심으로 하는 소린가? 내가 거기서 일하면서 골드 한 푼 받아본 적이 없는데······."

태현은 재빨리 뒤로 물러섰다. 1왕자의 경비대장이나 2왕자의 호위대장이나 둘 다 보통 고렙이 아니었다.

"김태현 백작을 죽여라!"

[1왕자, 2왕자와의 관계가 최악으로 내려갑니다. 오스턴 왕국

에서 지명수배가 떨어질 수 있습니다.]

태현은 아랑곳하지 않았다. 어차피 다 죽이면 되니까!
"칼! 지금이다!"
태현은 찰스에게 덤벼들며 외쳤다. 그러자 찰스는 움찔 놀
라며 칼을 쳐다보았다. 그러나 칼은 그냥 서 있을 뿐이었다.

[사기, 화술 스킬이 오릅니다.]
[치명타가 터졌습니다!]

"이 멍청한 놈! 지금 상황에서도 날 의심한 거냐!"
"닥, 닥쳐라! 내가 널 어떻게 믿냔 말이다!"
원래 싸우던 둘이다 보니 협력하기 쉽지 않았다.
이렇게 된다면 그저 손쉬운 먹잇감!

-의심암귀!

중급 화술 스킬로 얻은 스킬, 의심암귀. 이런 상황에서는 아
주 쓸 만한 스킬이었다.

[의심암귀 스킬이 성공합니다. 병사들이 혼란에 빠집니다.]

-위압, 도발, 이이제이, 맹독 살포!

각종 상태 이상 스킬의 연속 콤보! 병사들의 레벨이 높다고 해도 태현의 화술 스킬은 장난이 아니었다. 행운 버프를 받고 연달아 다 성공했다. 그 결과…….

"크아악! 비켜라!"

"1왕자의 개! 죽어라!"

자기들끼리 싸우기 시작한 병사들!

[사디크의 화염이 점점 퍼져 나갑니다. 내성의 1/5이 화염에 휩싸입니다.]

"김태현 백작…… 대체 무슨 생각으로 이런 일을 저지른 건가! 뒷수습을 할 수 있을 것 같나!"

"뭐, 할 수 있으니까 한 거겠지?"

"절대 무사히 벗어날 수는 없을 것이다!"

경비대장과 경비대장이 이끄는 정예 병사들. 한눈에 봐도 레벨이 100은 넘는 소수 정예의 강자들!

그러나 어차피 노리는 건 그들이 아니었던 것이다.

-그림자 잠수, 그림자 도약!

"날 잡으려면 준비를 했어야지."

바로 뒤에 나타난 태현! 병사 중 한 명이 검에서 붉은 검기를 쏘아냈지만 태현은 바로 회피해 냈다.

"왕자님! 이리 오시죠!"

"히이익! 저리 가라!"

활활 타오르는 화염, 서로 싸우는 병사들, 왕자들은 모두 패닉. 그런 상황에서 웃으면서 달려오는 태현은 공포 그 자체!

"그러게 좀 제값을 치르면서 살지 그러셨습니까!"

"골, 골드를 내겠네! 그러니 제발!"

[치명타가 터졌습니다!]

[1왕자를 쓰러뜨렸습니다.]

[아이템을 얻었습니다.]×2

[명성, 악명이 크게 오릅니다.]

[레벨업 하셨습니다.]

"이놈!!"

경비대장이 분노해서 달려들었지만, 그 같은 타입은 태현한테 손쉬운 먹잇감! 레벨이 높아 봤자 태현한테 유효한 타격을 줄 스킬이 거의 없었다.

-치명타 중첩, 치명타 중첩, 치명타 중첩, 치명타 폭발!

[경비대장 찰스를 쓰러뜨렸습니다.]
[아이템을 얻었습니다.]
[명성, 악명이 크게 오릅니다.]

그사이 2왕자는 허둥지둥 들어왔던 곳으로 도망치려고 하고 있었다. 태현은 그걸 보자 바로 스킬을 사용했다.

-아키서스의 신성 영역!

순간 태현을 중심으로 주변의 색이 번했다. 도망치던 2왕자와 병사들은 그대로 넘어지며 화염 속으로 뒹굴었다. 매 순간 행운 저항에 실패하면 저주를 받는 영역 스킬!

"1왕자 잡고 레벨이 하나 올랐으니, 2왕자하고 호위들까지 같이 처리하면 하나 더 오르겠군."

"김, 김태현 백작! 이러는 건 옳지 않……."

"아. 시끄러워요. 왕자님."

[레벨업 하셨습니다.]

[아이템을 얻었습니다.]

[칭호: 왕족 살해자를 얻었습니다.]

[명성이 오릅…….]

간신히 도착한 레벨 65. 성을 태우고 왕자 둘을 잡고 같이 있던 병사들까지 같이 처리했는데도 65라니. 한숨이 나오는 레벨업 속도였다.

'이거 진짜 나중에는 어떻게 레벨업하냐?'

"이노오오오옴!"

콰콰쾅!

[<신성 권능>스킬로 스턴에 저항합니다.]

타타탁-

태현은 재빨리 몸을 착지해서 충격을 줄이며 뒤를 돌아보았다. 2왕자의 호위대장이 태현을 노려보고 있었다.

"뭐야, 뭔 스킬이야?"

"이, 이놈. 어떻게 오스턴 왕가의 핏줄을……."

"괜찮아. 3왕자가 있대."

"뭐, 뭐라고? 3왕자가 시킨 짓이었냐? 3왕자! 하늘이 두렵지도 않으냐! 이런 극악무도한 짓을!"

"그나저나 방금 스킬은 뭐지?"

"무도한 놈! 오스턴 왕국의 호위기사들에게 대대로 내려오는 락스토 검법이다! 너처럼 건방지게 노는 놈을…… 커헉!"

"뭔진 모르겠지만 검법서 좀 드랍했으면 좋겠군."

태현은 대답도 듣지 않고 뒤로 돌아서 공격을 퍼부었다.

퍼퍼퍼퍼퍼퍽!

"크, 크으윽, 바위의…… 흔들리지 않는 군……."

-행운의 일격, 행운의 일격, 행운의 일격, 격분, 강격, 연타, 급소 공격, 치명타 폭발!

태현은 상대방이 스킬을 쓸 틈을 주지 않았다. 각종 상태 이상 스킬에 걸린 상태에, 부상까지 입은 NPC. 아무리 100을 넘기는 고렙 NPC라고 해도 태현의 폭딜 스킬 콤보를 막을 방법이 없으면 그냥 당해야 했다.

[치명타가 터졌습니다!]
[검술 스킬이 올랐습니다.]

태현은 멈추지 않고 호위대장을 난타했다.

'검술도 화술처럼 쉽고 빠르게 올랐으면 얼마나 편할까.'

그렇게 생각하며 검을 거두었다. 사디크의 화염이 내성을 절반쯤 불태우고 있었다. 태현은 나가며 큰 목소리로 외쳤다.

"아! 사디크 교단! 이 비열한 놈들이 밤에 기습을 가해왔다! 이 무슨 사악함이란 말인가!"

떠넘기기!

"사디크 교단과 결탁한 2왕자가 몰래 샛길을 통해 1왕자님이 머무르시는 내성에 들어왔고, 그 결과 이런 참극이 일어났다는 겁니까?"

"바로 그거야."

"그, 그럴 수가……."

[1왕자파 내에서 높은 공적치 포인트를 갖고 있습니다. 귀족들이 당신에게 높은 친밀도를 갖고 있습니다.]

[화술 스킬로 귀족들을 설득하는 데 성공합니다.]

[화술 스킬의 레벨이 오릅니다. 중급 화술 스킬이 고급 화술 스킬로 변합니다.]

[대륙에서 처음으로 고급 화술 스킬을 얻었습니다. 칭호: 혀의 대가를 얻습니다. 스킬 <스킬 크게 외치기>, <스킬 끼어들기>를 얻습니다.]

고급 검술 스킬, 고급 마법 스킬, 고급 대장장이 스킬 같은 건 얻은 사람들이 꽤 있었다. 그러나 <고급 화술 스킬>을 얻은 사람은 태현이 최초! 화술 스킬이 비주류 스킬이기도 했고, 거기에다가 올리는 방법이 꽤 까다로웠던 것이다. 검을 휘두르면 되는 검술 스킬, 마법을 쓰면 되는 마법 스킬과 달리, 화술 스킬은 상대를 계속해서 구해야 했다. 게다가 쉬운 난이도의 화술은 스킬 레벨이 제대로 오르지도 않았다.

태현이 비정상적인 속도로 성장시킨 것!

'검술 스킬을 고급 찍어야 하는데 말이지.'

태현은 입맛을 다셨다. 어쨌든 중요한 건 설득이었다.

"여러분, 좋은 방법이 있습니다."

"……?"

"이렇게 되었으니 3왕자를 모시고 오는 겁니다."

"3, 3왕자를? 그건 좀……."

"왜 안 됩니까? 3왕자는 세력도 없는 사람인데, 우리가 데리고 오면 우리의 은혜를 내내 기억할 겁니다."

고급 화술 스킬로 오른 태현의 혀는 더욱 강력해졌다. 귀족들은 1분도 되지 않아 흔들리기 시작했다.

"그렇게 할까요?"

"김태현 백작이 주장하는 거니……."

태현은 만족스러운 표정으로 고개를 끄덕였다. 오스턴 왕
국에서의 일도 마무리되어 가고 있었다. 왕국은 오크들에게
박살 나고 몇 곳은 화염에 타버렸지만…….

결과만 좋으면 다 좋은 것 아니겠는가!

"그러면 제가 3왕자를 모시고 오겠습니다!"

"오오, 김태현 백작!"

"믿고 맡기겠습니다!"

믿음직스러운 태현의 모습에 귀족들은 감격의 표정을 지었
다. 태현은 자리에서 일어서며 속으로 생각했다.

'3왕자 오기 전에 창고는 털어놔야겠군.'

태현은 발 빠르게 움직였다. 숨어 있는 3왕자를 부름과 동
시에, 에드안을 보내 알짜배기로 창고를 털라고 시켰다. 그리
고 2왕자의 성으로 돌아가 천연덕스럽게 연기를 했다.

"아이고! 사디크 놈들이 함정을 파고 불을 질러서! 2왕자님
이 같이! 이렇게 됐으니 3왕자는 어쩌신지?"

"……."

2왕자파 귀족들은 쉽게 넘어가지 않았다. 태현의 말을 따르는 귀족들이 반, 따르지 않는 귀족들이 반이었다.

'이 정도만 해도 충분하지.'

구심점이 없는 귀족들은 알아서 무너지게 되어 있었다. 태현은 혓바닥으로 2왕자파 귀족들을 휘저어놓은 후 돌아왔다.

"정, 정말로 1왕자님과 2왕자님을 죽일 줄은……."

"기껏 열심히 처리했더니 반응이 왜 이래?"

"아, 아닙니다. 감사합니다! 약속은 꼭 지키겠습니다!"

[오스턴 왕국의 국교가 아키서스 교단으로 변합니다. 다른 교단은 모두 오스턴 왕국의 영역에서 추방됩니다. 추방된 교단들은 아키서스 교단에 악감정을 갖습니다.]

[3왕자가 당신에게 영지를 주려고 합니다.]

'잠깐, 어느 영지를 골라야 하지?'

다른 사람들은 한 개 얻기도 힘든 영지를 태현은 벌써 2개째 얻을 기회를 받게 되었다. 그렇지만 선택이 만만치가 않았다. 왜냐하면 오스턴 왕국의 절반은 오크들의 대공세로 박살이 나 있고, 또 거기의 절반은 플레이어들이 접수한 상황! 3왕자가 오스턴 왕국의 왕으로 오른다고 해서 마음대로 줄 수 있는 게 아니었다.

'생각해 보니 성이나 도시를 점령한 플레이어들 골치 좀 아프겠는데.'

오스틴 왕국 입장에서는 혼란스러울 때 은근슬쩍 들어와 점령을 하고 있는 모험가들을 곱게 봐줄 리 없었다.

당연히 힘만 생기면 몰아내려고 할 게 분명했다.

"3왕자님, 지금 오스틴 왕국은 혼란스러운 상황인데 제가 멋대로 영지를 받아갈 수는 없지 않겠습니까?"

"????"

갑자기 공손해진 태현의 태도에 3왕자는 고개를 갸웃거렸다. 갑자기 왜 이래?

"그, 그러면……?"

"나중에 왕국의 혼란이 좀 수습되고 나면 받겠습니다."

태현의 속셈은 간단했다. 오스틴 왕국에 새 국왕이 즉위하고 나면 온갖 퀘스트가 뜨고, 상황이 뒤바뀔 것이다. 시간이 좀 지나면 어떤 영지가 멀쩡하고 어떤 영지가 혼란스러운지 윤곽이 드러날 테니 그때 고를 생각!

"김태현 백작님, 영지는 받지 않으셔도 제 옆에서 도움을……."

"무슨 말씀을! 3왕자님을 도울 귀족들이 많습니다!"

다른 자리라도 주려는 부탁을 태현은 한사코 거절했다.

'이제 얻을 건 다 얻었으니까 빠르게 튄다!'

영지는 나중에 얻을 수 있고, 교단도 자리 잡았다. 이제 남은 건 도망! 꼬리가 길면 잡힌다고, 태현은 오스턴 왕국에서 너무 저지른 게 많았다. 지금이야 멀쩡했지만 만약을 대비해 빠져나가는 게 좋았다. 게다가 여기서 한 몫 긁었으니, 〈절망과 슬픔의 골짜기〉로 돌아가 영지를 개발할 기회였다.

"3왕자님이 위대한 왕이 되어서 오스턴 왕국을 오랫동안 잘 다스릴 거라 믿어 의심치 않습니다! 충성!"

조금도 그렇게 생각하지 않았지만, 태현은 입에 발린 말로 3왕자를 추켜올렸다. 3왕자는 영문도 모르고 좋아했다.

"쫓아오는 놈들 없지?"

"없어. 없다니까."

"빨리 튀자. 챙길 건 다 챙겼으니까."

태현은 두둑해진 골드 주머니를 쓰다듬으며 말했다. 옆에서 말을 탄 에드안이 기쁜 표정으로 고개를 끄덕였다.

"지금 오스턴 왕국 플레이어들한테는 난리겠네요."

"그렇겠지. 내전 벌이던 왕국이 갑자기 내전 끝났다고 메시지가 떴으니까."

〈내전의 끝-오스턴 왕국 퀘스트〉

1왕자와 2왕자의 오랜 내전이 끝나고, 왕위에 오른 것은 3왕자였다. 3왕자는 혼란스러운 오스턴 왕국을 수습하고 왕국의 영광을 재건하려고 한다. 오스턴 왕국에 있는 모험가들은 모두 3왕자의 즉위식에 참여하라.

보상: ?, ??, ???

태현이야 일을 저지르고 홀가분한 마음으로 떠나고 있었지만, 다른 플레이어들은 아니었다.

-뭐야?????

-아니 왜 갑자기 내전이 끝나??

-야, 즉위식 참가해야 하나? 뭐라도 줄 거 같은데.

-우리 길드, 마을 하나 점령했는데 즉위식 참가해도 되나? 괜히 잡히는 거 아냐?

어찌나 충격적이었는지, 오스턴 왕국의 국교가 아키서스 교단으로 바뀐 건 사람들의 입에 오르내리지도 못했다.

오스턴 왕국을 떠나면서 태현은 중얼거렸다.

"오크 놈들 때문에 정말 고생이 많았지. 기껏 개발하려던 영지도 내버려 두고 말이야."

케인은 고개를 끄덕였다. 오크한테 원한을 샀던 게 이렇게 돌아올 줄이야.

"이제 영지를 제대로 개발할 수 있겠어."

"영지는 무사하겠지?"

"당연히 무사하지. 오크들은 그쪽으로 가지도 않았고, 아농 백작이 기사단을 이끌고 지키고 있는데."

태현의 말에 케인은 고개를 끄덕였다. 생각해 보니 당연했다. 다른 곳과 달리 〈절망과 슬픔의 골짜기〉는 오크들의 습격에서 무사할 수밖에 없었으니까.

다다다다다-

"……?"

멀리서 미친 듯이 뛰어오는 사람이 보였다. 케인은 순간 습격이라도 하는 줄 알았다. 그러나 아니었다. 달려오는 사람은 속옷 하나만 입은 채 전부 벗고 있었으니까!

"미친 사람이군."

"미친 사람이지?"

'미친 사람도 게임을 하나?'

대화를 들은 파워 워리어 길드원은 속으로 생각했다.

"으으아아아으으아!"

태현 일행을 무시하고, 벌거벗은 남자는 계속해서 달려 나갔다. 그러고는 절벽 위로 뛰어올랐다.

"뒈짓!"

"????"

콰콰콱!

케인은 황급히 달려가 아래를 내려다보았다. 절벽 밑으로 떨어진 사람은 벌써 회색으로 변해서 사라져 있었다. 장비를 다 벗은 데다가, 이 높이에서 낙하 대미지를 그대로 받은 탓에 바로 로그아웃 당한 것이다.

"뭐, 뭐야?"

"대체 뭐죠?"

판타지 온라인 1에서부터 산전수전을 다 겪은 태현은 그렇게까지 놀라지 않았다. 게임에서 저렇게 미친 짓을 하는 사람은 의외로 많았으니까.

"무슨 일이라도 있나 보지."

"무슨 일이요?"

"그래. 뭐 내기를 해서 지면 저렇게 뛰어내리기로 했다던가, 아니면 사기라도 당했다던가……."

커다란 충격을 받은 사람은 때때로 이상한 짓을 저질렀다. 태현은 그걸 잘 알고 있었다. 이다비는 고개를 갸웃거렸다.

"대체 무슨 일이 있어야 저렇게 될까요?"

"그걸 내가 알겠냐."

그러나 태현은 얼마 지나지 않아 알게 되었다. 왜 저 남자가

다 벗은 채로 달려 나갔는지를.

〈절망과 슬픔의 골짜기〉에 어서 오세요!

[강화의 명소! 제작의 명소! 랜덤 아이템의 명소!]

-아키서스가 당신을 굽어보신다! 아키서스에게 기도를 올리고 강
화를-

"……이거 어떤 새끼가 지었냐?"

태현의 말에 모두가 시선을 피했다. 영지의 입구에 장식되
어 있는 호화찬란한 표지판들은 유려한 글씨체로 쓴 게 레벨
좀 있는 조각사 플레이어가 만든 표지판 같았다.

"펠마스 이 새…… 아니지. 펠마스! 어디 있냐!"

태현은 분노를 조절하며 펠마스를 찾았다. 욕하면서 찾으면
분명 도망갈 테니까!

"으흑흑, 이번에는 분명 뜬다! 분명 뜬다고!"

"〈하급 랜덤 청동 보물상자〉 팝니다! 〈하급 랜덤 청동 보
물상자〉 팔아요! 다른 곳에 가서 사서 갖고 오는 것보다 여기
서 사시 바로 끼는 게 빠르죠!"

그러나 펠마스보다 더 눈에 들어오는 게 있었다. 바로 플레

이어들이었다. 여기에 있는 플레이어들은 뭐에 홀린 것처럼 휘청거리며 돌아다니고 있었다.

"분명…… 뜬다…… 뜬다……!"

"캬아아아아악! 강화 실패! 강화 실패에에에에!"

대장장이 플레이어 한 명이 비명을 지르더니 망치를 집어 던졌다. 그러고는 달려 나가기 시작했다. 절벽을 향해!

"여기 대체 뭔 일이 있었던 거야?"

"펠마스, 내가 널 믿고 맡겼던 것 같은데……."

"억, 욱, 컥, 큭, 태현 님. 저는, 최선을, 다했는데……."

펠마스는 머리를 땅바닥에 박고 비틀거렸다. 태현은 영지를 가리키며 말했다.

"저게 최선을 다한 거냐? 최선을 다 안 했으면 대체 어떻게 됐을지 상상도 안 간다."

"저, 저는 최선을 다했습니다! 세금도 많이 걷었고……."

"입구 표지판은 뭐야?"

"모험가 중 아키서스 교단에 바칠 골드가 없는 모험가가 있길래, 재능으로 바치라고 했습니다!"

"……."

태현이 없는 사이, 아농 백작은 기사단을 이끌고 영지를 보호했다. 그러나 의외로 영지는 안전했다. 그 많던 오크들이 다시 오스턴 왕국으로 몰려간 탓이었다.

　여유가 생기자 펠마스는 머리를 굴렸다. 태현이 없는 이상 그가 최선을 다해야 한다! 최선을 다해서 영지를 발전시켜야 한다! 태현이 들었다면 '그냥 가만히만 있어!'라고 했을 소리!

　'지금 이 영지에 가장 좋은 방법이 무엇일까?'

　〈절망과 슬픔의 골짜기〉는 딱히 좋은 영지가 아니었다. 대부분이 척박하고 개발이 안 된 상태고, 던전 한두 개가 전부였다. 여기에 오는 플레이어들은 태현의 이름을 듣고 온 플레이어들이 전부! 펠마스는 그들을 유심히 지켜보았다.

　'아키서스를 믿으면 뭔가 강화가 좀 더 잘되는 그런 느낌적 느낌이 들어!'

　'아키서스를 믿으면 뭔가 랜덤 상자를 열었을 때 더 좋은 게 나오는 그런 느낌적 느낌이 들어!'

　'……그런 느낌적 느낌이 대체 뭔데?'

　플레이어들의 대화를 들은 펠마스는 무릎을 쳤다. 그 순긴 영지를 어떤 식으로 이끌어야 할지 미래가 보였다.

"그래서 이렇게 해놨다?"

"골, 골드는 더 많이 모아놨고…… 흑흑! 믿어주십시오! 충심으로 한 일입니다!"

"네가 도박꾼만 아니었다면 믿어줬을 텐데 말이야……."

말은 그렇게 했지만, 영지는 의외로 괜찮게 개발되어가고 있었다. 아키서스 교단의 신전을 중심으로, 둥그런 모양으로 건물을 지어 올린 형태!

장소마다 아키서스의 동상을 지어 올리고, 거기에다가 기도를 한 플레이어들이 바로바로 강화를 하거나 랜덤 상자를 열거나 할 수 있게 자리를 만들어놓았다.

태현은 헛웃음이 나왔다.

'이게 무슨…….'

[아키서스 성기사 훈련 양성소-설치할 수 있습니다. 제작 비용 1만 5천 골드.]

[아키서스 사제를 위한 명상 성소-설치할 수 있습니다. 제작 비용 1만 2천 골드.]

오스턴 왕국에서 교단의 명성과 세력을 올리고 온 덕분인지, 전에는 지을 수 없었던 건물들을 지을 수 있었다. 골드가 어마어마하게 나가긴 했지만, 태현은 영지에서 벌인 경매와 오스턴 왕국에서 잔뜩 뜯어온 골드가 있었다. 거기에 펠마스가 영지를 착실하게 운영하면서 뜯은 골드까지!

'일단 지을 수 있는 것부터 짓자.'

오스턴 왕국에서는 아키서스 성기사들과 사제가 돌아다니는데, 정작 태현의 본거지에 없다는 건 웃기는 일이었다.

덥썩-

"……?"

영지를 걸어 다니면서 어디가 좋을지 보려는 태현의 발목을 누군가 잡았다.

"이, 이 상자…… 상자 좀 사주십쇼."

"……."

〈최하급 랜덤 나무 보물상자〉! 보물상자는 등급이 높을수록 좋은 게 나올 확률이 높았다. 당연히 이런 보물상자는 그중에서도 최하위!

"왜 사달라는 거야? 네가 알아서 하라고."

태현은 냉정하게 대답했다. 상대는 태현을 알아보지도 못한 것 같았다.

"흑흑, 여기만 오면 최하급 보물상자도 대박이 난다는 말을 듣고 왔는데…… 이제 내가 원래 있던 도시로 돌아갈 골드도 없습니다. 이거 팔 테니까 마차비만 좀……."

일확천금을 노린 초보자!

태현은 쯧쯧 혀를 차며 고개를 저었다. 그는 초보자한테 약했다. 지수한테도 그랬듯이.

"알겠어. 상자 내놔봐."

"감, 감사합니다!"

"여기 1골드 줄 테니까 마차 타고 그냥 착실하게 레벨업을 하라고. 이런 곳에서 도박하지 말고."

말하다 보니 태현은 살짝 양심이 찔렸다. 생각해 보니 이런 곳을 만든 그가 할 소리는 아니었다.

"흑흑……. 네, 앞으로 그럴 겁니다."

"이런 상자가 사람을 미치게 만든다니까. 봐라. 이게 열어봤자 아무것도 안 나온다니까."

태현은 초보자한테 골드를 주고받은 상자를 눈앞에서 열어 보았다. 교훈을 주기 위해서였다. 그런데…….

[<최하급 랜덤 나무 보물상자>에서 황금 고블린 동상이 나왔습니다! 행운이 오릅니다.]

번쩍이면서 나오는 눈부신 빛! 누가 봐도 좋은 아이템을 뽑았다는 걸 알 수 있었다.

"……."

태현과 초보자는 서로 말없이 쳐다보았다.

"으아아아앙! 이딴 게임 접을 거야! 접을 거라고!"

"야! 야! 잠시만!"

울부짖으며 달려 나가는 초보자! 그 모습을 본 태현은 괜히 미안해졌다. 태현이 잘못한 것도 아닌데!

소란스럽게 떠들자, 주변 플레이어들도 고개를 돌렸다.

"어? 김태현 아냐?"

"김태현이 돌아왔다!"

"김태현이다! 김태현을 붙잡아!"

"김태현을 붙잡고 강화하면 분명 더 좋게 될 거야!"

우르르 몰려오는 사람들. 태현은 그걸 보고 말없이 검을 뽑아 들었다. 그러자 케인이 태현의 팔을 붙잡았다.

"안 돼 이 자식아! PK는 안 돼!"

"내 영지에서 내가 PK 하겠다는데 왜 말리냐?"

"기껏 불러놓은 사람들 쫓아내면 안 되지!"

"그럼 네가 막을래?"

케인은 움찔했다. 몰려오는 플레이어들의 눈빛에서는 진한 광기가 느껴졌다.

"행운을 내놓아라!"

"으, 으윽……."

"이게 무슨 짓이냐!"

그 순간 위에서 들려온 근엄한 목소리!

펠마스였다. 펠마스를 본 플레이어들은 움찔했다. 태현과 케인은 어이가 없었다. 대체 펠마스가 뭔 짓을 했길래 펠마스 앞에서 저렇게 쥐 죽은 듯이 있단 말인가.

"죄, 죄송합니다, 펠마스 님!"

"용서해 주세요!"

펠마스는 의기양양하게 '엣헴'거리며 말했다.

"거기 당장 물러서지 못할까! 물러서지 않으면 행운 티켓을 주지 않겠다!"

"행…… 운 티켓?"

태현의 말에 펠마스가 작게 대답했다.

"신전에서 파는 아이템 중 하나입니다."

"……."

뭘 더 파는지 묻고 싶었지만 태현은 갑자기 두려워졌다.

펠마스가 나선 덕분에 플레이어들은 정리가 되었다. 우르르 몰려왔던 플레이어들은 시무룩해져서 물러섰다.

그러면서도 대현한테 간절하게 외치는 건 덤!

"제발! 제발 축복을! 아키서스 축복 좀!"

"한 번만 더 받으면 강화가 될 것 같은데······!"

사람들의 비명을 무시하며, 태현은 펠마스에게 말했다.

"저놈들은 내버려 두고, 일단 건물부터 짓자. 성기사, 사제들을 고용해야 해."

"물론입니다. 태현 님. 저도 드디어 제가 부려먹을 수 있는······."

"넌 안 돼."

"어째서입니까?!"

태현이 없는 사이 〈절망과 슬픔의 골짜기〉를 정말 이름 그대로의 곳으로 바꿔놓은 펠마스! 물론 골드를 더 불려놓고 사람들을 많이 모으기는 했지만, 태현은 이게 잘한 짓인지 확신이 서지 않았다.

'이게 뭐 하는 짓인지······.'

-건축 가능한 건물 확인.

[특수 목재로 된 울타리-영지 주변에 특수 목재로 된 울타리를 설치합니다. 영지 주변으로 들어오는 소형, 중형 몬스터를 막아줍니다. 설치 가능. 제작 비용 5천 골드.]

[소형 식량 창고-영지 주민들을 위한 식량 창고입니다. 주민들

의 불만도가 내려갑니다. 제작 비용 천 골드.

(아키서스 교단의 본거지입니다. 소형 식량 창고->아키서스 신전 식량 창고를 지을 수 있습니다.)]

'그런데 영지에 주민들도 없지 않나?'
지금 있는 건 밖에서 몰려온 플레이어들뿐!
'그러면 일단 이런 건 넘어가고.'

[아키서스 동상-영지 안쪽에 아키서스의 동상을 설치합니다. 들이는 비용에 따라 동상이 주는 효과가 달라집니다. 제작 비용 ?골드.]
[아키서스의 분수-특별한 혜택을 주는 아키서스의 분수를 설치합니다. 분수 안에 던져진 동전은 영주가 갖습니다. 제작 비용 천 골드.]

'설치, 설치.'
골드가 넉넉했기에 이런 건물들은 손쉽게 지을 수 있었다. 수십 개가 넘는 설치 가능한 건물들. 태현은 일단 필수적인 것들부터 먼저 설치했다.
영지 주변에는 강화된 암석으로 만들어진 낮은 성벽. 안쪽에는 아키서스 교단과 관련된 여러 가지 건물들. 〈절망과 슬픔의 골짜기〉는 아키서스 교단의 본거지다 보니, 여러 가지 혜택이 있었다. 안 쓸 이유가 없었다. 일반 건물보다는 교단 건물을 짓는 게 이익!

[아키서스 교단의 놀라운 투기장-투기장을 설치합니다. 투기장의 규칙은 영주가 정합니다. 제작 비용 5만 골드.]

[투기장이 지어집니다.]

"헉!"

태현은 설치를 말해놓고 멈칫했다. 방금 대체 무슨 짓을 한 거지? 하도 투기장을 좋아하다 보니, 투기장을 지을 수 있다는 메시지창을 보고 그냥 설치를 눌러버린 것!

'아, 아니…… 투기장도 나름…… 쓸모가 있을 거야…… 다른 건물들처럼…….'

아무리 생각해도 사치에 가까웠지만, 태현은 취소하지 않고 넘어갔다. 투기장에 대한 이상한 집착!

[영지에 건축물을 지을 인원이 부족합니다.]
[퀘스트를 내려서 인원을 모집할 수 있습니다.]

"여기 제작 직업들 많지? 잘됐네."

직업 특성상, 지금 여기에 온 사람들은 제작 직업들이 많았다. 뭔가를 만드는데 행운을 기대하는 사람들! 제작 직업이라면 꼭 건축가 플레이어는 아니더라도 건물들을 지을 때 도움이 꽤 될 것이다.

"퀘스트를 내려서 모집해야겠군."

"예? 그러실 필요 없습니다."

펠마스의 말에 태현은 고개를 갸웃거렸다.

"왜 그럴 필요가 없는데?"

"건축 퀘스트에서 가장 공적치 포인트를 높게 쌓은 사람한테는 태현 님이 특별한 축복을 내려주시면 되지요! 아이템이나 그런 거 있잖습니까."

실로 악마 같은 발상! 물론 거부할 이유가 없었다.

"아주 좋아. 성수를 만들어봐야겠군."

"역시 태현 님!"

죽이 잘 맞는 두 사람이었다.

"선배님!"

"어. 왔냐."

멀리서 달려오는 정수혁을 보고, 태현은 손을 흔들었다. 오스턴 왕국에서 커다란 퀘스트를 끝내고 영지로 돌아왔기에 시간 여유가 꽤 있었다. 영지에 건물을 올리고, 아이템을 확인하고, 재정비를 마친 후 다음 퀘스트를 하기 전의 휴식 시간! 태현은 그사이 정수혁을 만나기로 했다. 정수혁이 만나자고 했던 것이다.

'어떻게 되어가고 있는지도 궁금하고……'

오크 주술사들과 함께 우르크 지역으로 다시 떠난 정수혁!

그 주변의 아키서스 교단 영향력이 어떻게 되어가고 있을지 궁금했다.

"오랜만에 뵙습니다! 잘 지내셨습니까!"

"나야 뭐 잘 지냈지. 일단 들어가서 밥이나 먹자."

깍듯하게 인사하는 정수혁. 태현은 그를 데리고 단골 순대 국밥집으로 향했다.

"쟤가 그 후배야?"

안에는 최상윤이 먼저 앉아 있었다.

"누구신……?"

"내 친구. 얘도 판온해. 랭커야."

"헉! 잘 부탁드리겠습니다! 닉네임이?"

태현과 최상윤은 동시에 시선을 피했다. 정수혁은 '???' 하는 표정으로 둘을 바라보았다.

"그래서, 오스턴 왕국에서 화염 끈 거 잘 봤다."

재빨리 말을 돌리는 최상윤! 태현도 호응했다.

"그래."

"역시 선배님이십니다! 다른 사람들을 위해 솔선수범하시다니. 저는 정말……."

"……그런 게 아닐 것 같은데."

최상윤은 중얼거렸다. 아무리 봐도 태현이 그냥 나서서 꺼줄 사람이 아니었던 것!

"내가 지른 불이었거든."

"야! 내가 아는 사람도 거기서 요새 얻었는데! 네가 지른 불이었냐!"

"네가 안 당했으면 됐지."

조금도 반성하지 않는 태현!

"아, 그리고 거기서 이세연하고 스미스 만났다."

"뭐? 정말로?!"

"어. 던전에서 아이템 하나 갖고 싸웠지."

최상윤은 깜짝 놀랐다. 대체 안 본 사이에 어떤 일이? 전혀 공개되지 않은 정보였기에 더욱 놀라웠다.

"이겼냐? 이겼지? 설마 졌어?"

"승패 날 정도까지 안 싸웠어. 야, 스미스 생각보다 강하던데. 나랑 상성이 안 좋아."

"아…… 확실히. 너하고 상성이 안 맞긴 하겠네."

대미지를 엄청나게 흡수해 버리는 단단한 직업, 태현은 스미스에게 대미지를 주기 힘들었다.

"뭐, 상대하려면 다른 방법을 생각해 봐야겠지."

"이세연은?"

"그래. 이세연은…… 이세연은 말이야……."

태현은 한숨을 쉬었다. 아무리 생각해도 나중에 위험해질 것 같은 예감!

"걔 내가 판온 1 했던 거 아는 것 같더라."

"뭐?! 어떻게?!"

"그냥 찍은 거 같던데. 이세연 같은 사람 알잖아. 한번 믿으면 어지간해서는 안 흔들리겠지."

최상윤은 불쌍하다는 듯이 태현을 쳐다보았다. 하필…….

"그러고 보니 이세연 길드 애들이 경매장에서 골렘 재료 싹쓸이하던데, 너 때문이었냐?"

"……그걸 또 바로 다시 만드냐. 길드로 노는 놈들은 이래서 싫다니까."

태현은 입맛을 다시며 투덜거렸다. 확실히 길드로 움직이는 플레이어들은 솔로 플레이어보다 여러 면에서 유리했다.

"그러니까 길드 만들자니까. 너랑 내가 힘을 합치면 천하무적이라니까?"

"헉, 선배님! 길드 만드실 겁니까? 저도 꼭 넣어주십시오!"

"아냐. 길드는 안 만들 거야."

"아, 이 자식. 왜 이렇게 고집은 세 가지고…… 판온 1 때랑은 다르다니까."

그의 말에 태현은 입맛을 다셨다. 언제나 솔로 플레이를 고집했지만, 최상윤의 말이 틀린 곳은 없었던 것이다.

"나중에 생각하자고. 왜 만나자고 한 거냐, 수혁아?"

"아, 넵! 다름이 아니라, 제가 이제 개인 방송을 해보려고 하는데, 선배님 허락을 받으려고……."

"네가 방송을 하는데 왜 내 허락을 받아?"

"그야 제가 하고 있는 게 선배님과 연관이 많잖습니까. 괜히 피해 가실까 봐……."

"됐어. 상관없으니까 네 마음대로 해."

"감사합니다!"

정수혁은 기쁜 표정으로 몇 번이고 고개를 숙였다.

"제 동기 중에서 저 알아보는 사람이 몇 명 있었습니다."

"오, 그랬어?"

"예. 관심 가지는 친구들도 있었고, 어떻게 김태현 플레이어하고 같이 다니게 된 건지 물어본 애들도 있었는데……."

최상윤이 고개를 갸웃거리며 끼어들었다.

"너희 같은 대학 같은 과 아니었나?"

"맞습니다."

"그런데 태현이를 몰라?"

"선배시기도 하고…… 아씨, 아니, 과 생활을……."

"그냥 아싸라고 해라."

"옙. 아싸시다 보니까……."

하란다고 정말로 하는 정수혁! 태현은 마음이 아팠다.

"애들이 선배님이라고 생각하지는 못한 것 같습니다."

"하긴, 나 같아도 그러겠다."

방송에서 나오는 유명인사가 같은 과에 다니고 있다고 생각하는 건 쉽지 않았다. 태현이란 이름도 흔한 이름이다 보니, 그냥 동명이인이라고 생각하고 넘기는 게 보통!

"뭘 그러긴 뭘 그래. 난 외모 커스텀도 안 하고 그대로 하는데. 그걸 왜 못 알아봐?"

"방송에서 장비 다 끼고 나오면 그게 의외로 알아보기 힘들다니까. 인상이 팍 달라져. 그리고 사람 얼굴 못 알아보는 건 네가 할 소리는 아니지……."

"뭐? 내가 왜?"

"아냐. 아무것도."

상윤은 입을 다물었다. 태현은 찔렸는지 변명을 시작했다.

"그래, 내가 사람 얼굴을 못 알아보는 편이기는 하지."

'조금이 아닌데…….'

"그거야 다른 사람들도 다 그렇다고. 네가 말한 것처럼 원래 사람 얼굴은 의외로 알아보기 힘들다니까?"

"김태현 플레이어 아니에요?"

"?!"

태현은 깜짝 놀라 뒤를 돌아보았다. 말하자마자 태현의 말을 부정해 버리는 세상! 뒤에 서 있는 건 주현영이었다.

"맞나요? 판타지 온라인 2. 판타지 온라인 2하고 너무 똑같이 생기셔서 물어봤는데요……."

"……맞는데."

정수혁과 최상윤이 태현을 빤히 쳐다보았다. 태현은 한숨을 쉬며 말했다.

"그래. 내가 사람 못 알아본다. 됐냐?"

태현을 알아보고 인사만 하고 가려는 주현영. 그녀를 자리에 앉힌 건 강씨 순대국밥집의 주인인 강현숙이었다.

"뭐? 게임에서 아는 사이야? 그러면 가서 이야기해! 놀아! 떠들어!"

"그, 그렇지만 지금 일하는 중인데……."

"일은 무슨 일! 손님들 없어!"

바글바글-

우글거리는 손님들이 테이블마다 앉아 있었지만 강현숙은 당당했다.

"가서 앉아! 친구들하고 놀아! 좀!"

"그, 그렇지만……."

"그렇지만 이고 뭐고!"

강현숙은 억지로 주현영을 밀어서 앉히게 했다. 언제나 일만 하는 딸! 판타지 온라인인가 뭔가 하면 좀 나아질 줄 알았다. 예전 인터넷 커뮤니티처럼, 친구들도 실제로 만나고 하고……. 그런데 주현영은 그럴 기색이 보이지 않았다. 언제 한번 물어봤다. 판타지 온라인에서 뭘 하냐고.

'요리 해요.'

게임 내에서도 요리라니! 강현숙은 가슴을 쳤다. 일 중독도 이런 일 중독이 없었다.

'게다가 저 총각은 그 총각이잖아!'

처음에는 그냥 운동 좋아하는 총각인 줄 알았다. 그다음에는 여기 건물주인 김태산의 숨겨진 비밀(?)을 알려준 총각인 줄 알았고.

그렇지만 나중에 알아보니…… 부자(父子) 사이!

왜 부자가 서로 그렇게 헐뜯고 노는지 모르겠지만 어쨌든 대단한 것 아닌가. 학벌도 좋고 집안도 좋고 얼굴은…….

'뭐 얼굴이 중요한 건 아니지! 험상궂게 생겼지만 사람은 좋잖아!'

태현이 들었다면 울컥했을 소리였다.

"그래서 이분은 누구신지?"

"여기 순댓국밥집 요리사에 판온 2 내에서도 요리사."

"취미와 직업을 일치시키신 분이시네. 판온 재밌나요?"

"네. 안 돌아다녀도 할 게 많아서 이것저것 해보고 있어요."

"오, 지금은 뭘 하고 있는데?"

태현은 갑자기 궁금해져서 물었다. 주현영은 게임 내에서 사제 관계를 맺은 상태. 그녀가 대단한 업적을 달성하면 태현한테도 보너스가 들어왔다. 그런데 한동안 그런 메시지창은 본 적이 없었다.

'게임을 한동안 안 했었나?'

"에랑스 왕국에서 퀘스트요."

"뭐 안 뜨던데."

"아, 네. 연계 퀘스트라서 아직 완수를 못 했거든요."

"꽤 난이도가 높은 퀘스트인가 봐?"

"에랑스 국왕의 왕궁 요리사가 될 수 있는 퀘스트예요."

"······!"

셋 다 놀라서 주현영을 쳐다보았다. 에랑스 국왕의 왕궁 요리사? 대륙에서 가장 잘나가는 왕국 중 하나가 에랑스 왕국이었다. 게다가 거기 국왕은 성격 까다롭기로 유명한 폭군! 대부분의 플레이어들이 접근도 못 한 상황에서 주현영이 왕궁 요리사 퀘스트를 깨가고 있다니, 놀라울 수밖에 없었다.

"이거 완전 길드 하라는 계시 아니냐? 요리사까지 있어!"

"길드 만드시나요?"

주현영이 관심을 보이자, 태현은 손을 흔들었다.

"아니야. 저 자식이 헛소리하는 거야."

"나중에 만드시면 도와드릴게요. 저도 도움을 많이 받았으니까······."

"괜찮아. 괜찮아."

태현과 주현영의 대화를 들은 최상윤은 속으로 생각했다.

'이거 위험한 거 아닌가?'

안 그래도 태현 옆에 이다비가 계속 같이 있는 걸 보고 '대체 어떻게 된 거예요!'라고 하던 유지수였다. '이다비가 〈파워 워리어〉의 길드 마스터다 보니, 태현과 골드 관련으로 엮인 게 분명해!'리고 간신히 설득을 한 상황! 게다가 유지수가 들어간 〈파이드〉의 길마는 유지수를 엄청나게 아꼈다. 잠깐 봐도 '우리 예쁜 동생' 하는 게 보통 친한 게 아니었다.

　파이드 길드의 길마를 짝사랑하는 최상윤 입장에서는 유지수의 눈치가 더더욱 보이는 상황!

　'아, 안 돼…… 이건…… 위험해……!'

　최상윤은 입을 다물기로 마음먹었다. 괜히 불똥 튈 위험은 피하는 게 제일!

　"선배님, 그러면 나중에 다른 애들이 김태현 플레이어하고 어떻게 친해졌는지 물어보면 선배님이라고 말해도 됩니까?"

　"말 하시던가. 네 자유지."

　"애들이 안 믿는 거 아냐?"

　"안 믿으면 마는 거고. 내가 게네 믿게 해서 뭐 하려고."

　태현과 최상윤이 떠드는 사이, 정수혁은 가방에서 종이를 꺼냈다. 그러고는 다시 읽기 시작했다.

　"뭐 하나?"

　"아, 과제가 있어서……."

　"……."

　태현과 최상윤은 서로 쳐다보았다. 아, 그러고 보니 쟤는 아직 재학 중인 대학생이었지.

　"현대문학의 이해? 그거 교수님이 누구더라……."

　"김현균 교수님이십니다."

　"아, 그분."

"과제가 좀 어려워서……."

"까다롭긴 하지."

정수혁은 리포트를 읽으며 끙끙거리다가 물었다.

"선배님, 선배님도 이 강의 들으신 적 있으십니까?"

"있는데."

"얘는 과 수석이잖아."

"예?"

"예는 무슨 예? 야. 너 나한테 찾아오기 전에 내 동기들한테 내 이야기 듣고 왔다며."

정수혁은 그 말을 듣고 기억을 되살려 보았다.

-김태현? 그 자식? 잘하는 건 게임밖에 없는 개XX지!

-근데 걔, 과 수석이잖아.

-집에 돈도 많고.

-싸움도 잘하잖아. 네가 덤볐다가 떡이 되도록…….

-닥쳐.

"아!"

게임에 집중하느라 과 수석이란 말은 흘린 정수혁이었다.

"선배님! 어떻게 하면 과 수석을 받을 수 있습니까!"

"쉽지. 국영수 중심으로……."

"야, 그건 고등학교 버전이잖아."

"아, 맞다. 실수했네. 그래. 대학에 기부금을 세게 내고 총장님하고 교수님하고 친하게 지내면……."

"……."

"농담이야."

"네가 하면 진담처럼 들린다."

"성적 좋게 받으려면 교수님 스타일 파악하고 어떤 강의인지 알아야지. 현대문학의 이해 그거 교수님이 좀 까다롭잖아. 중간고사, 기말고사 다 리포트 대체고."

'좀' 까다로운 건 매우 순화한 표현이었다. 한국대학교에서 〈현대문학의 이해〉는 지옥 그 자체! 아는 사람은 절대 들어가지 않는 강의였다. '시험을 안 보는 대신 리포트로 평가가 매우 달콤하기는 했지만, 여기에 속아 넘어가면 안 됐다. 시험을 안 본다는 사실에 신나서 달려든 학생들은 피눈물!

"끄으응…… 끄으으으응……."

"아, 밥맛 떨어지게. 내놔봐."

정수혁이 리포트를 뚫어지게 쳐다보며 짐승 같은 소리를 내자, 태현은 짜증을 내며 리포트를 손에서 뺏었다.

"자, 보자. 어떻게 썼나……."

두근두근!

정수혁은 긴장된 얼굴로 태현을 쳐다보았다. 그의 입장에서는 하늘 그 자체인 태현이 리포트를 평가하다니. 교수한테 제출하는 것보다 더 긴장되는 상황!

"개인적인 의견으론 이 리포트에 아주 큰 문제가 있어."

"죄, 죄송합니다. 선배님."

"바로 내가 이제서야 이걸 읽을 수 있었다는 점이지."

"감사합니다⋯⋯?"

"왜냐면 이걸 일찍 읽어봤으면 네 글 실력이 이런 식으로 소름 돋는지 미리 알았을 테니까."

"죄, 죄송합니다. 선배님."

"아니, 내 말은 꼭 헤밍웨이처럼 소름 돋는다는 거였어."

"감, 감사합니다. 선배님!"

"헤밍웨이는 말년에 참 소름 돋는 삶을 살았잖아?"

"선, 선배님. 죄송하지만⋯⋯ 제 리포트가 마음에 드셨다는 건지 안 드셨다는 건지 모르겠습니다."

"잘 모르겠어? 그러면 단도직입적으로 말하지. 넌 그냥 가방 챙겨서 이 강의를 나가야 해."

"죄송합니다, 선배님."

"왜냐면⋯⋯ 넌 더 이상 이 강의를 들을 필요가 없거든. 너한테는 더 높은 수준의 강의가 어울려."

"감사합니다?"

"물론 그 강의가 지구에 존재하지는 않겠지만⋯⋯."

"……"

"뭐, 농담은 여기까지만 하고."

"농담이었습니까?!"

"그럼 진담으로 했겠냐? 너한테 기대한 게 없는데 저런 식으로 말할 리가 있나. 몇 가지만 고쳐. 김현균 교수님 장황한 표현 싫어하니까 여기부터 여기까지 다 삭제하고."

"저, 선배님. 그건 처음부터 끝까지인데요."

"응. 다시 쓰라고."

"……이번에도 농담이군요!"

"이번에는 농담 아닌데. 그리고 처음부터 끝까지가 아니잖아. 첫 번째 장은 남겨놨다."

"그래도 그건……!"

"첫 번째 장 다음부터는 그냥 했던 소리 반복하고 반복하는 거잖아. 양 늘리려는 네 속마음이 뻔히 보인다."

"흑흑……."

정수혁은 울먹이면서도 태현의 말에 따랐다. 슥슥 지워지는 리포트!

"분량은 필요 없어. 난 한 장만 냈는데도 A+가 나왔지."

"예?! 정말이십니까?!"

"얘 말 듣지 마. 그냥 많이 써."

정수혁이 홀린 듯 고개를 들자 최상윤이 말렸다.

"한 장만 냈는데 A+ 나온 건 사실이잖아?"

"근데 넌 빨리 게임하려고 한 장만 낸 거잖아! 후배한테 그렇게 하라고 하면 안 되지!"

"어쨌든 결과는 결과잖아. 잘 해봐."

"예!"

남은 순대국밥을 들이켜자 태현은 갑자기 생각나는 게 있었다.

"그러고 보니 우리 아버지가 좀 이상해."

"왜? 아저씨가 뭐 어땠는데?"

"갑자기 나를 보고 기분 나쁘게 웃으시더라고. 아무리 봐도 뭔가 꾸미는 웃음인데……."

태현은 김태산의 웃음을 잘 알고 있었다. 그저께 김태산이 집에서 보여준 웃음은 명백하게 수상한 웃음!

"무슨 좋으신 일이라도 있으셨던 거겠지."

"그럴 때 웃음은 다르다니까. 내가 본 웃음은 명백하게 사악한 웃음이었어."

"……."

"뭘 꾸미는 건지 모르겠네. 저번에 오크들하고 싸울 때 날 도와준 거 때문에 자괴감 드셔서 그런가?"

"……왜 자괴감이 듭니까?"

"기기서는 안 도왔어야 하는데. 이게 사람이 멋대로 손이 나갈 때가 있잖아. 나 같아도 그랬을 것 같기는 한데……."

게임에서 김태산을 보면 PK 하겠다고 말은 했지만 다른 사람들이 김태산을 PK 하는 걸 보면 울컥할 것 같았다.

"모르겠네. 뭐 아버지니까 얼마 안 가서 들키겠지. 숨기시는 데에는 재주가 없으시니."

"너 괴롭힐 수 있는 퀘스트라도 준비하시는 거 아니야?"

"글쎄…… 그런 게 있나? 별로 없는데. 게다가 아버지는 지금 오스턴 왕국에 계셔서 그럴 정신이 없을걸."

오스턴 왕국이 갑자기 통일되어 버리는 바람에, 영지를 점령하고 있던 플레이어들은 총 비상 상태였다. 모두 연합해서 오스턴 왕국을 막아야 한다는 이야기가 돌 정도로.

"하긴. 오스턴 왕국도 난리지. 오크들이 빠졌는데 갑자기 통일이 될 줄이야……."

"하하. 그러게. 왜 갑자기 그렇게 됐는지 모르겠네."

태현은 시치미를 뗐다.

"너는 퀘스트 계획 세웠냐?"

"나는 일단 영지 관리 좀 하고, 아이템 정리한 다음에 직업 퀘스트 좀 깨야지."

"오크들은 처리 안 해도 돼?"

"대족장이 안 죽기는 했는데 바로 회복은 못 하겠지. 걔 죽이러 가려면 레벨업 좀 더 해야 해."

〈아키서스의 화신〉을 성장시키기 위해서는 직업 퀘스트를 깨야 했다. 오크들 때문에 한바탕 돌아오고, 교단을 세운 것 때문에 또 한 번 더 돌았지만, 다시 권능을 찾을 생각이었다.

"근데 너 레벨 몇이냐?"

"……그게 뭐가 중요해. 그보다 넌 지금 어디 있냐?"

은근슬쩍 말을 돌리는 태현!

"나? 나는 프리카 대륙인데."

최상윤은 말을 돌리려는 걸 눈치채지 못한 것 같았다.

"프리카 대륙에 랭커들 많더라. 발견 안 된 도시들도 많아서 발견 보너스도 있고, 몬스터도 세고 희귀한 놈들 많아서……."

"프리카 대륙이라……."

태현은 말끝을 흐리며 생각에 잠겼다. 계속 중앙 대륙에만 있을 수는 없었다. 언젠가는 다른 대륙에도 가게 될 것이다.

'그렇지만 지금 굳이 갈 필요는 없겠지?'

교단을 관리하고 권능을 찾아야 할 상황에서 굳이 다른 대륙으로 갈 필요는 없었다.

"프리카 대륙으로 오면 말해. 도와주러 갈 테니까."

"그래 주면 고마운데 한동안 갈 일이 있을지 모르겠네. 그래서 수혁아. 네 상황은 어떠냐?"

"아. 예! 저는 일단 우르크 지역으로 돌아와서……."

CHAPTER 2

우르크 지역으로 오크 주술사들과 함께 돌아온 정수혁.

오크 군세와 적이 된 사이니 긴장이 됐지만, 아무 일도 일어나지 않았다. 후퇴한 오크 군세들은 각자 부락으로 돌아가 굳게 문을 걸어 잠근 것이다. 대족장의 부상 때문에 회복할 때까지는 섣부른 행동을 하지 않고 기다릴 생각 같았다.

"취익, 겁쟁이 같은 놈들입니다!"

"칙! 저놈들 마을에 불을 지릅시다!"

더 과격한 오크 주술사들! 정수혁은 가끔 그를 따라다니는 오크 주술사들이 두려울 때가 있었다.

"돌아왔군!"

[바마어의 퀘스트를 성공적으로 완료했습니다. 우르크 지역 원시 인간 부족 내 공적치 포인트가 오릅니다. 부족의 친밀도가 최대에 달합니다. 원시 인간 부족이 아키서스 교단을 믿기 시작합니다.]

'됐다!'

"생각보다 대단해! 오크 우두머리 놈을 다치게 만들다니!"

"그건 제가 한 게 아닌데……."

"뭐 결과만 좋으면 됐지. 어쨌든 고생했네!"

"감, 감사합니다?"

"우리 부족원들은 앞으로 아키서스 교단을 믿겠어! 뭐 행운의 신이니 다른 고리타분한 신보다는 마음에 드는군."

정수혁은 안도의 한숨을 내쉬었다. 한 부족은 완벽하게 설득을 해낸 것이다. 부족의 마을에서 내려온 정수혁은 그의 뒤를 졸졸 쫓아오는 오크 주술사들을 쳐다보았다.

'계속 데리고 다녀야 하나?'

앞으로 다른 부족들도 만나서 설득을 해야 하는데, 아무리 생각해도 오크들은 계속 데리고 다니기 힘들었다.

"흠, 흠. 너희들. 적당한 곳에 머무를 생각은 없…… 어?"

"????"

"춰익?"

고개를 갸웃거렸다. 정수혁은 가슴을 치며 말했다.

"적당한 곳을 찾아서 자리를 잡으라고! 여기 주변에 다른 오크들도 많잖아!"

"칙! 주술사님이 우리를 버리려고 한다!"

"안 된다! 취익!"

발목을 잡고 늘어지려는 오크들! 정수혁은 지팡이로 오크들을 밀어내며 필사적으로 외쳤다.

"아니, 버리려는 게 아니라! 여기서 잘 지내고 있으면 내가 데리러 올게! 진짜로!"

"칙! 정말인가?"

"……그래!"

정수혁은 거짓말을 잘하는 편이 아니었다. 그렇지만 태현과 같이 다니면서 꽤 거짓말이 늘었다. 꼭 데리러 온다고 오크들을 달래고 나서야, 정수혁은 자리에서 벗어날 수 있었다.

"헉, 헉헉…… 오크들 진짜……."

어쩌다 저렇게 오크들이 붙었는지……. 정수혁은 전술 스킬이 거의 없었다. 그런 수준에서 저런 오크들을 데리고 다녀봤자 제대로 활용도 할 수 없다. 게다가 다른 퀘스트를 깰 때 오크를 싫어하는 NPC가 있다면 100% 방해될 게 분명!

'일단 떨어뜨려 놓자.'

혼자 우르크 지역을 걸어 나오던 정수혁은 문득 생각나는 게 있었다. 여기 올 때 같이 왔던 데메르 교단의 NPC들과 최하영, 최하준……. 그들은 과연 뭘 하고 있을까?

'오크들 대공세 때 빠져나갔을 것 같은데…….'

우르크 지역이 뒤집어졌으니 그때 도망쳤거나, 아니면 숨어 있거나 해야 했다.

'여기쯤이었던 것 같은데.'

"어!"

"마법사님 아니십니까?"

저번에 헤어졌던 자리에 데메르 성기사 몇 명이 남아서 짐을 꾸리고 있었다. 아직까지 남아 있을 거라고는 생각하지 못했다. 정수혁은 반갑게 달려갔다.

'하영 씨는 간 걸까?'

NPC들만 보이고 플레이어들은 보이지 않았다.

"살아 계셨군요! 돌아오지 않아서 걱정했었는데."

데메르 성기사들의 다정한 말을 듣자, 정수혁은 양심이 아파지기 시작했다. 여기 와서 한 거라고는 데메르 교단을 방해한 것밖에 없는 것 같았다.

"우, 운이 좋아서…… 그런데 무슨 일이십니까? 혹시 습격이라도 당한 겁니까?"

오크들이 한바탕 날뛰었기에 걱정부터 앞섰다.

"예? 아닙니다. 교단에서 연락이 와서 돌아가는 겁니다. 다른 분들은 먼저 출발하셨고, 저희는 지금 출발하는 겁니다."

"신전은요? 신전을 설치하신다고 들었는데……."

"이 주변은 만만치 않더군요. 저야 더 해보고 싶었지만 교단
에서 급한 일이 생겼는지 돌아오라고 해서 말입니다."

"……?"

교단에서 급한 일이라니. 태현이 들었다면 바로 느꼈을 것이
다. 퀘스트의 예감! 멀리 나간 성기사들까지 불러모을 정도라
면 꽤 큰 퀘스트가 분명했다.

"그러고 보니 오크들을 붙잡고 심문했는데, 여기 주변에 아
키서스 교단이 퍼지기 시작했다고 하더군요. 정말 신기합니
다. 부활한 지 얼마 안 된 아키서스 교단이 어떻게……."

'크으윽!'

더욱더 아파져 오는 양심!

"잘했어. 잘했어."

"흑흑…… 저는 나쁜 놈입니다……."

혼자 땅을 파기 시작한 정수혁을 내버려 두고, 태현은 최상
윤과 주현영을 보며 물었다.

"데메르 교단에서 퀘스트 나왔나 본데? 뭐지?"

"글쎄…… 나도 못 들어봤는데. 어쨌든 데메르 교단에서 나온 퀘스트면 다들 눈독 좀 들이겠네."

사디크 교단처럼 이상하고 배척받는 교단이 아닌, 대륙에서 잘나가는 교단들과는 친해지는 게 무조건 이익이었다. 그런 교단에서 쌓은 공적치 포인트는 골드, 아니, 골드보다 더 높은 가치가 있었다.

"아, 더 들은 게 있습니다."

땅을 파던 정수혁이 고개를 들었다.

"뭔데?"

"대륙에 새롭게 나타난 적을 공격하기 위해 성기사들을 불러 모으는 것이라고 했습니다."

"데메르 교단의 적? 누구지? 사디크…… 는 아니겠고. 사디크 교단을 공격하려고 갑자기 이렇게 모으지는 않을 거야. 화염도 꺼졌는데."

"너 아니야?"

"……?"

최상윤은 태현을 가리키며 말했다.

"너하고 네 아키서스 교단. 요즘 급격하게 성장한 상태잖아. 다른 교단한테 시비 들어와도 이상하지 않을 텐데?"

"설마…… 아무리 그래도 아무 짓도 안 했는데……."

말을 하던 태현은 멈칫했다. 생각해 보니 아무 짓도 안 한 건 아니었다. 오스턴 왕국에서 왕자들의 이름을 등에 업고 깽판! 거기서 끝나지 않고 다른 교단들을 전부 축출!

태현은 갑자기 등이 싸늘해지는 걸 느꼈다.

"아니…… 아니겠지. 설마 그러겠어."

"나도 그랬으면 좋겠지만, 혹시 모르니까 조심해라."

태현은 고개를 끄덕였다. 혹시나 무슨 징조 같은 게 있다 싶으면 바로 움직여야 할 것 같았다. 오크들하고 싸운 지 얼마나 됐다고 데메르 교단과 척을 지게 될 줄이야.

'아니, 확정은 아니니까!'

태현은 불안해지는 마음을 달랬다.

"아, 그러고 보니까 지수는 요즘 뭐 하나?"

최상윤은 놀랐다. 태현이 지수의 근황을 먼저 묻다니!

'지수야! 네가 해냈다! 네가 해냈어!'

"너 괜찮냐?"

물었는데 대답은 하지 않고 혼자 주먹을 불끈 쥐는 최상윤을 보고 태현은 이상하다는 듯이 물었다.

"크, 크흠. 괜찮지. 물론 괜찮고말고!"

"별로 안 괜찮은 것 같은데……."

"지수 말이지? 파이드 길드에서 잘 지내고 있지! 이번에 오크 침공 때문에 타이럼에서 방어전 하고 있을 거야."

유지수의 직업은 〈타이럼 레인저〉. 직업 특성상 타이럼과

많은 연관이 있었다. 타이럼 시와 관련된 퀘스트가 나오면 거부할 수 없는 직업!

"오크들 다 빠진 거 아니었어?"

"잘츠 왕국으로 간 오크들은 안 빠졌어. 거기서 산맥 끼고 끈질기게 버티고 있잖아."

타이럼 시가 있는 잘츠 왕국. 그쪽으로 간 오크들은 뛰어난 궁수인 부족장 라솨자그가 이끄는 오크들이었다. 대족장이 크게 다치고 후퇴하는 와중에도 잘츠 왕국의 산악 지형을 이용해 버티고 있었다. 덕분에 고생하는 건 잘츠 왕국!

오크 토벌 관련 퀘스트가 계속해서 나와서 플레이어들을 정신없게 만들고 있었다.

"그랬나? 아탈리 쪽으로만 안 내려오면 좋겠군."

"내려오지는 못할 거야. 거기서 버티고 있으니까."

"지수는 레벨을 얼마쯤 올렸으려나?"

뚝딱뚝딱-

절망과 슬픔의 골짜기는 건설 퀘스트로 한창 달아오른 상태였다.

"저, 건축 스킬 없는 사람도 퀘스트 참가 가능합니까?"

"물론이죠."

"저, 그리고…… 보상으로 아키서스의 축복이 담긴 성수가 나온다는데 그게 진짜인가요?"

"물론이죠!"

골드보다 행운에 눈이 먼 플레이어들! 절망과 슬픔의 골짜기를 돌아다니다 보면 자연스럽게 그렇게 될 수밖에 없었다. 길을 가다 보면 길가에는 강화를 시도하는 대장장이들이 있었다. 대장장이들을 지나쳐서 옆으로 돌아가면 보물 상자를 멀리서 대량으로 사 와서 파는 상인들이 있었다. 또 그 상인들을 지나쳐서 가면 행운 관련 버프를 받고 평소보다 더 뛰어난 아이템을 만들려는 제작 직업 플레이어들이 있었다. 이런 곳에 있다 보면 휩쓸릴 수밖에 없었다.

'행운! 압도적 행운이 필요해!'

현재 행운 버프를 받는 방법은 의외로 숫자가 적었다. 장비나 요리도 있었지만 그런 건 거의 구하기 힘들었다.

역시 가장 안정적인 건 아키서스 교단 관련 버프!

쿨타임이 찰 때마다 아키서스 신전에 가서 기도를 하면 기본적인 버프가 나왔다. 그렇지만 그것도 쉬운 게 아니었다.

기도를 올리고 버프를 받을 수 있는 곳은 사람들로 줄이 길게 서 있어서 오래 기다려야 하는 게 기본! 게다가 행운에 눈이 먼 사람들이 거기서 만족할 리 없었다. 아키서스 사제라도 있으면 퀘스트를 깨고 사제한테 따로 축복을 받겠지만, 현재 영지에는 아키서스 사제가 따로 없었다. 괜히 펠마스의 행운 티켓 같은 아이템이 팔리는 게 아니었다. 그만큼 사람들은 행운에 목이 말라 있었던 것이다.

그런 와중에 태현이 직접 와서 만들기 시작한다는 아키서스의 성수는 솔깃할 수밖에 없었다.

[성수를 제작합니다. 신성 스탯의 영향을 받습니다. 중급 요리 스킬을 갖고 있습니다. 추가 보너스를 받습니다.]

'……성수가 요리 스킬 관련 보너스를 받나?'
이해가 잘 가지 않았지만 일단 보너스를 주니 좋았다.

[아키서스의 하급 성수를 만들었습니다.]×2
[아키서스의 중급 성수를 만들었습니다. 스킬이 상승합니다.]

아키서스의 하급 성수:
아키서스 교단의 교황이 만든 성수다. 복용하면 왠지 모르게 행운이 좋아질 것 같은 기분이 든다.
복용 시 일시적으로 행운 상승.

아키서스의 중급 성수:

아키서스 교단의 교황이 공들여서 만든 성수다. 하급 성수보다 더 강력한 효과를 가지고 있다.

복용 시 영구적으로 신성 5 상승. 일시적으로 행운 상승, 버프 <행운의 파도> 부여.

[뛰어난 성수를 만들었습니다. 신성이 오릅니다. 요리 스킬이 오릅니다. 신성 요리 스킬 레벨이 오릅니다.]

성수를 만들면서, 태현은 무언가 깨달았다.

'이거…… 완벽하게 남는 장사다!'

성수는 다른 요리와 달리 복잡한 재료가 필요 없었다. 그냥 물하고 태현의 힘만 있으면 끝! 그런데도 관련된 스킬이 많아서 오르는 게 쏠쏠했다.

'성수 관련 요리! 성수 관련 요리를 하는 거야!'

교단 관련 퀘스트가 산더미처럼 쌓여 있지만 한 그릇의 요리를 하는 태현이었다.

아키서스의 성수를 사용한 밍밍한 스프:

거의 양념이 들어가 있지 않은 스프다. 그렇지만 먹으면 왠지 모르게 행운이 좋아질 것 같은 기분이 든다.

복용 시 50% 확률로 일시적으로 행운 상승.

성수를 스프에 섞어서 양 늘리기! 그렇게 태현은 요리 스킬과 신성 스탯을 올리는 데 몰두하고 있었다.

"태현 님, 태현 님."

"지금 바쁜 거 안 보이냐?"

"……."

펠마스와 루포는 떨떠름한 표정으로 태현을 쳐다보았다. 요리사 모자와 옷을 입고 솥 앞에 서 있는 모습! 아무리 봐도 아키서스 교단의 교황과는 거리가 멀어 보였다.

"그…… 게 바쁜지는 잘 모르겠지만, 사람이 왔습니다."

"누가 왔는데?"

"데메르 교단의 사신이라는데요."

"픕!"

태현은 맛을 보고 있던 성수를 뿜었다. 그 덕분에 옆에서 보조를 하고 있던 케인은 성수를 얼굴에 정통으로 맞았다.

"야!"

"그거 행운에 좋은 거야. 인마."

"더럽잖아, 이 자식아!"

케인의 항의는 무시하고, 태현은 펠마스를 쳐다보았다.

"데메르 교단에서 사람이 왔다고? 정말로 데메르 교단?"

"그렇습니다만……?"

펠마스는 태현이 왜 이러나 싶었다. 데메르 교단에서 온 사신은 별로 위협적으로 보이지 않았던 것이다. 그러나 찔리는 게 있는 태현에게는 무엇보다 신경 쓰이는 상대!

"어디 있나?"

데메르 교단에서 온 사신은 아키서스 신전 앞 의자에 평화롭게 앉아 있었다. 성기사 두 명과 함께 와서 앉아 있는 모습은 누가 봐도 평화로움 그자체! 그러나 태현은 경계 가득한 눈빛으로 그들을 쳐다보았다.

'이 자식 뭐 잘못 먹었나?'

태현의 뒤를 따라가던 케인은 태현의 태도를 보고 속으로 생각했다. 그리고 거기서 끝나지 않았다.

'헉, 이 자식 데메르 교단 상대로 무슨 짓 한 거 아냐?!'

태현이라면 충분히 가능했다. 사디크 교단 상대로 성물 반지를 먹튀 했으니, 데메르 교단이라고 못 할 게 있겠는가.

"아, 김태현 백작님!"

데메르 사제는 반가운 목소리로 인사했다. 따뜻하고 공손한 태도! 그러나 태현은 경계심을 가득 담아 그들을 대했다.

"소문은 들었습니다. 요즘 대단한 활약을 하셨다고요."

데메르 사제는 오스턴 왕국에서 벌어진 사디크의 화염을 태현이 끈 일을 말하고 있었다. 그렇지만 태현의 귀에는 '오스턴 왕국에서 우리 교단을 쫓아내다니 감히!'로 들렸다.

"내가 하려고 한 게 아니라 거기 왕자가 시켜서……."

"하하, 겸손하시기도. 김태현 백작님! 대단하십니다."

데메르 사제는 연신 손뼉을 치며 태현을 칭찬했다. 그러나 태현의 표정은 점점 더 어두워졌다. 한번 오해를 하니 무슨 소리를 들어도 비꼬는 거로밖에 들리지 않는 상황!

펠마스와 케인, 다른 사람들은 태현이 왜 저러나 싶었다. 아무리 생각해도 그냥 화기애애한 대화였던 것이다.

"김태현 백작님. 저희가 여기 온 이유를 알고 계십니까?"

"짐작은 하고 있지."

"헉! 과연 김태현 백작님이십니다! 다른 평범한 사람들과는 차원이 다른 통찰력을 가졌다고 들었는데, 역시 그 말이 사실이었나 봅니다. 그렇다면 이야기가 빠르겠군요."

데메르 사제의 말에 태현은 냉정하게 대답했다. 오스턴 왕국에서 그 고생을 했는데, 물러설 생각은 조금도 없었다. 오스턴 왕국의 교단은 오직 아키서스 교단 하나!

"미안하지만 난 언제나 가오하고 있지. 물러설 생각은 조금도 없다고."

"김, 김태현 백작님······! 과연 백작님은 영웅이십니다!"

데메르 사제는 태현의 손을 잡고 감격했다. 이쯤 되자 태현도 뭔가 이상하다는 걸 깨달았다.

'이건 적으로 온 반응이 아닌데?'

"저희가 보상을 말하기도 전에 참가하시겠다고 말하니······ 이 하론, 감격입니다! 김태현 백작님에 관한 이야기가 틀림이 없었군요!"

[데메르 교단의 하론이 당신의 영웅심에 감동합니다. 하론의 친밀도가 오릅니다. 데메르 교단 내 당신의 평가가 오릅니다. 데메르 교단과 아키서스 교단의 관계가 좋아집니다.]

'······젠장. 최상윤 이 자식!'

최상윤이 쓸데없는 소리를 해서 괜한 걱정을 하고 있었다. 덕분에 혼자서 북 치고 장구 치고 김칫국까지 원샷!

"좀 자세히 말해봐."

태현은 입맛을 다시며 물었다.

"예? 이미 알고 계신다고······."

"아, 좀 다시 듣자고!"

"아, 알겠습니다."

〈대륙의 괴물을 잠재워라-중앙 대륙 교단 전체 퀘스트〉

대륙에는 신을 잡아먹는 괴물에 대한 전설이 있다. 과거에 그 괴물에게 큰 피해를 입은 데메르 교단은 언제나 그 괴물의 움직임에 대해 신경을 기울이고 있었다. 괴물이 깨어난다는 징조를 얻은 데메르 교단은 토벌대를 모아 괴물을 다시 봉인하려고 한다. 벌써 수많은 대륙의 위험을 막아온 당신이라면 토벌대에 들어갈 자격이 충분하다.

물론 들어가기 싫어도 다른 교단이 당신 같은 영웅을 내버려둘 리는 없을 것이다.

보상: ????, 데메르 교단이 준비한 아키서스의 귀걸이.

'……'

퀘스트 설명이 뭔가 기분이 더러운 건 둘째치고, 태현은 보상부터 확인하려고 했다.

"아키서스의 귀걸이가 뭐지?"

"교단에서 보관하고 있는 옛 아키서스의 화신이 썼다는 귀걸이입니다. 백작님께는 의미가 있는 아이템 아닙니까?"

태현은 펠마스를 향해 손가락을 까닥거리자 급히 달려왔다. 태현은 펠마스에게만 들리게 속삭였다.

"권능이지?"

"권능이군요. 데메르 교단이 갖고 있을 줄은 몰랐는데……"

"이놈의 신은 대체 왜 사방팔방에 권능을 뿌려놓은 거지? 한 곳에 좀 갖기 쉽게 묻어놓으면 어디가 덧나나?"

태현은 투덜거리며 퀘스트를 확인했다. 대륙에 있는 교단들이 다 참가할 수 있는 퀘스트. 난이도가 높아 보였다.

퀘스트 등급: 전설

"……."

갑자기 싸늘해지는 분위기! 따뜻하게 웃고 있는 데메르 사제가 죽음의 신처럼 보였다.

'신 잡아먹는 괴물…… 아, 느낌이 별로인데.'

몬스터도 각각 특색이 있었다. 차라리 먼저 죽는 게 나을 스킬을 갖고 있는 몬스터도 있었다. 경험치나 레벨을 흡수하는 레벨 드레인 스킬이나, 직업 스킬 중 특정 스킬을 묶어버리는 봉인 스킬이나, 갖고 있는 아이템을 파괴하거나 사용 불가로 만들어 버리는 저주. 이런 몬스터들은 싸워서 이겨도 오히려 손해를 볼 수 있었다. 어지간하면 피하는 게 답!

당연히 이런 몬스터들은 위험한 만큼 사전에 경고가 붙었다. 몬스터를 잡으러 가는 퀘스트에 소문이 돌거나, 관련 책이 있거나…… 그리고 지금 잡으러 가는 괴물의 별명은 '신 잡아먹는 괴물'. 아무리 봐도 신성 스탯에 관련된 페널티 스킬을 갖고 있을 것 같은 보스 몬스터!

'에이, 진짜. 하필 권능이 거기에 있어서……'

마음 같아서는 에드안을 보내서 훔쳐 오게 하고 싶었지만, 에드안은 만능이 아니었다. 데메르 교단이 만만한 곳도 아니었고. 게다가 데메르 교단은 의외로 태현한테 악감정을 가지지 않은 것 같았다. 오스턴 왕국에서 쫓겨났을 텐데도!

'데메르 교단이 좀 온건파 교단이긴 한데. 다른 교단도 의외로 원한 안 가지고 있는 거 아니야?'

갑자기 희망이 생기는 태현이었다.

"정말이냐, 수혁아?"

"그래. 허락도 받았으니까."

반짝이는 눈동자로 정수혁을 쳐다보는 친구들!

"언제 어디서 만나는 건데?"

"게임 내에서 만나는 건가?"

"아, 아니. 지금 당장 만날 수 있는 건 아니고……."

이들이 신이 난 이유는 하나였다. 김태현을 만날 수 있다는 것 때문!

그들도 나름 판온에 인생을 건 플레이어들이었다. 그 이전까지 존재하던 프로게이머 업계의 시장을 대폭 키운 것이 바로 판타지 온라인! 기존의 게임보다 압도적인 인원 규모, 다양한 콘텐츠와 플레이어. 판온은 마르지 않는 샘처럼 느껴졌다. 프로게이머의 꿈을 가진 사람들에게 판온은 이상향이자 절대 포기할 수 없는 게임이었다.

실제로 다른 게임에서 활동하던 프로게이머들이 대거 판온으로 넘어오고 있었다. 문제는 그런 만큼 경쟁도 치열해지고 있다는 것! 당장 한국에서도 유명 플레이어들이 많았고, 전 세계로 놓고 보면 훨씬 더 많아졌다. 지망생인 그들에게 유명 플레이어가 되는 건 꿈의 영역이었다. 태현까지 가지 않더라도, 같이 다니는 정수혁이 선망의 대상일 정도로!

"지금 내가 우르크에 있어서 게임 내에서는 못 만나."

"뭐? 우르크 지역?!"

"너 거기서 움직이고 있냐?"

"어, 그런데. 왜?"

"거기 위험하잖아!"

"맞아. 지나가면 오크들이 바로 덤빈다던데."

"마을도 없어서 조금만 잘못 몰리면 바로 죽는 곳."

우르크 지역 같은 곳도 판온 사이트에는 정보글이 있었다. 물론 자세하고 유익한 정보들은 숨겨져 있지만, 일반적인 정보만으로도 사람들은 그 지역이 어떤 곳인지 알 수 있었다.

[우크르 지역을 탐험해 보자!]

정수혁은 몰랐지만, 우르크 원시 인간 부족은 다른 플레이어들 사이에서는 피해야 할 부족으로 지정되어 있었다.

-인간 NPC라고 절대 믿지 마라! 오크들보다 더 이상한 놈들이다!
-마법사 직업은 특히 주의!

"그, 그런가? 나는 그렇게까지 어렵지 않았는데……."
"뭐? 정말로?"
"역시 수혁이야!"
친구들은 정수혁을 더욱더 선망의 눈빛으로 쳐다보았다. 대체 얼마나 실력이 좋으면 그 우르크 지역에서 저렇게 버틸 수 있단 말인가!
사실은 우르크 지역 원시 인간 부족과 친밀도를 만렙으로 찍었기에 가능한 것이었다. 아이템을 구입하고 휴식을 취할 수 있는 마을은 정말 귀했다. 게다가 거기에 정수혁을 도와줄 수 있는 고렙 마법사 NPC들이 우글거린다면 더더욱!
"나도 알려줘. 어떻게 우르크에서 돌아다닐 수 있어?"
"맞아. 나 재료 퀘스트 중에 우르크 지역에서 갖고 와야 하는 퀘스트 있는데."

"음…… 일단……."

'다른 교단을 속여서 우르크 지역으로 간 다음 몰래 빠져나오고, 그다음에 우르크 지역 원시 부족의 부족장에게 찾아가서 독특한 마법으로 환심을 사. 그다음에는 그들의 대타로 오크 군세에 참가해서 오크 대족장을 크게 다치게 만들어. 그러면 거기 부족이 너희들을 매우 좋아해 줄 거야. ……라고 말할 수는 없잖아!'

정수혁은 이성을 되찾았다. 아무리 생각해도 말도 안 되는!

"그…… 그냥 레벨을 올리는 게……."

하나 마나 한 소리였지만 의외로 친구들은 그대로 받아들였다. 그만큼 정수혁의 위상이 높았던 것이다.

"하긴, 우리가 아직 거기 들어갈 정도는 아니긴 하지."

"빨리 100은 찍어야 할 텐데 말이야. 랭커들은 다 100 넘기고 있다며?"

"최상위 랭커들은 200 바라보고 있는 랭커들도 있대."

"정말? 그건 헛소문 아니냐? 어떻게 벌써 200을 찍지?"

"랭커가 괜히 랭커냐. 거기 최상위권은 인간이 아냐. 내 생각에 김태현도 아마 200 바라보고 있을 것 같아."

태현이 들었다면 뒤통수를 때렸을 소리였다. 최상위권 랭커들은 필요할 때가 아니면 정보를 잘 공개하지 않았다. 덕분에 사람들은 알아서 상상의 나래를 펼쳤다.

"근데 김태현 플레이어는 어떻게 만나게 된 거야? 역시 게임 내에서?"

"아니, 대학 선배신데."

"응?"

"그런 사람이 있나?"

"……."

역시 태현은 아싸 그자체! 순간 당황했지만 정수혁은 천천히 설명을 시작했다. 아무리 태현이 아싸라고 하지만 들어본 사람이 있을 것이다.

"그러니까 그 선배 있잖아. 우리 윗 학번에, 과 수석 했는데 과 생활은 안 하시는……."

"아, 그 사람?"

"그 사람 이름도 김태현이었지?"

"게임 잘하고……."

"동환 선배가 그 사람한테 맞았다고 하지 않았나?"

"쉿. 동환 선배 아직도 그거 말하면 화내잖아. 여태 기억에 남았나 봐."

"술만 마시면 욕하던 김태현이 그 김태현이었구나?"

아싸라고는 하지만 태현이 하고 간 게 워낙 대단했기에, 정수혁의 친구들은 바로 태현을 떠올렸다.

"어떻게 친해졌는데?"

"그러니까……."

무릎을 꿇고 '인기 있고 싶어요! 게임 잘하게 도와주세요!'라고 빌었다고 말할 수는 없었다. 정수혁이라도 체면이 있지!

"그, 그냥 게임 하시는 거 알고 같이 하자고 말했는데……."

"뭐? 정말 그걸로 친해졌다고?"

"의외로 성격 좋으신 거 아니야?"

"성격 더러운 줄 알았는데……."

"생각해 보니까 동환 선배가 말한 거잖아. 선배는 김태현 선배 싫어하시니까……."

정수혁의 친구들은 떠들면서 '우리도 같이하자고 하면 의외로 같이 할 수 있는 거 아냐?'의 꿈을 키웠다. 김칫국을 연속으로 드링킹! 태현의 성격을 모르니까 할 수 있는 생각!

정수혁도 '게임을 못 하고', '절박하게 무릎을 꿇고 매달리는' 것 때문에 태현의 마음이 약해져서 받아준 것!

저렇게 자신만만하게 '같이 게임하죠!' 이러는 플레이어에게는 '네가 뭔데 나랑 같이 게임하자 그러냐, 나 아냐, 미쳤냐, 깃발 꽂고 붙을까?' 소리가 바로 나오는 태현이었다. 판타지 온라인 2를 시작하고 정체를 숨기기 위해 많이 참아서 그렇지, 원래 판타지 온라인 1 할 때 태현은 더럽게 성격 더러운 놈이었다. 오죽하면 판타지 온라인 1 때 플레이어들이 아직까지 원한의 칼을 갈고 있겠는가!

대화에서 불안함을 느낀 정수혁은 화제를 돌렸다.

"그, 그래서 너희들은 요즘 뭐 하고 있는데?"

"우리는 파티를 짜서 같이 움직이고 있어. 혹시 〈파이브 스타즈〉라는 이름 들어봤어?"

기대하는 표정을 지으면서 물어보는 친구들. '들어봤어'라는 대답을 기대하는 것 같았다. 그렇지만 처음 듣는 이름!

"처…… 음 듣는데."

"그래? 아쉽네. 우리 파티 이름이거든. 5명이 같이 투기장을 돌고 있어. 요즘 투기장이 뜨거운 거 알고 있지?"

"알고야 있지."

투기장은 어느 도시에서나 인기 있는 장소였다. 그러나 정수혁은 투기장을 마음 편히 생각할 수가 없었다. 태현이 투기장에서 친 깽판이 아직도 기억에 생생했기 때문! 싸우기 전에 사람들이 음식에 독을 타고 몰래 손을 잡고 배신을 하고 동료한테 폭탄 갑옷을 입히고 돌진시키고 마지막에는 악마가 나오는…….

'아냐, 투기장은 원래 그런 곳이 아니야!'

아무리 생각해도 투기장은 그런 곳이 아니다. 정정당당하게 싸워서 승자가 나오는 곳이 투기장!

"우리가 보니까, 투기장에서 유명 플레이어들이 많이 나오는 것 같더라고."

"그래?"

플레이어들끼리 부딪히고, 그 과정을 생생하게 중계할 수 있는 투기장은 언제나 인기 콘텐츠였다. 당연히 유명 플레이어들이 나올 수밖에 없었다. 이들이 노리는 것도 바로 그것!

"그래서 생각했지. 투기장을 집중적으로 돌면서, 투기장의 유명인이 되자고!"

"음……."

"너도 곧 우리 이름을 듣게 될지도 몰라!"

"어…… 음……."

"다음에 선배님 만나게 될 때 연락해! 같이 만나게!"

"우와! 진짜 김태현 만날 수 있는 건가?"

"나 만나면 물어볼 거 많은데. 뭐부터 물어보지?"

말리기도 전에, 친구들은 장밋빛 미래를 꿈꾸고 있었다.

'아, 왜 이렇게 불안한 걸까?'

"으음…… 으 으 으음……."

"……?"

태현이 혼자 땅바닥에 앉아서 히죽거리자, 케인은 이상한 눈빛으로 쳐다보았다.

'아니, 저놈 저러는 게 한두 번이냐.'

태현은 지금 오스턴 왕국에서 갖고 온 전리품들을 확인하고 있었다. 왕자들을 레이드하고+왕자들의 부하들도 레이드하고+거기에 에드안이 떠나기 직전 왕궁 창고를 털어서 갖고 나온 것까지!

오스턴 왕가의 풍요를 상징하는 깃발:
오스턴 왕가가 대대로 사용했던, 왕국의 풍요를 상징하는 깃발이다, 이걸 다른 곳에서 써도 되는지는 의문이지만!
영지에 장착 시 영지 세금에 보너스, 주민 NPC들의 불만도 하락. 스킬 '깃발의 이름으로' 사용 가능.

오스턴 왕가의 흑철로 만들어진 장식용 검
……

오스턴 왕가의 칠색 보석:
오스턴 왕가의 왕관에 박혀 있는 보석이다. 이걸 빼가는 놈이 있으리라고는 정말 아무도 생각하지 못했을 것이다.

[현재 스킬이 부족합니다. 오스턴 왕가의 칠색 보석의 추가 옵션을 볼 수 없습니다.]

'에드안 이 자식······! 너무 잘 훔쳤잖아!'

얼마 시간도 안 줬는데, 온갖 것들을 훔치다 못해 심지어 오스틴 왕국의 왕관 보석을 빼 왔다. 아무리 그래도 그렇지 이건 너무 대담하지 않은가!

태현은 갑자기 궁금해져서 사이트에 들어갔다. 검색한 것은 〈오스틴 국왕 즉위식〉 영상! 참가한 플레이어들이 많았으니 당연히 촬영 영상도 있었다.

태현은 분명히 확인했다. 3왕자가 쓰고 있는 왕관의 보석이 하나 빠져 있는 것을! 사람들은 그냥 '원래 없나 보구나' 하고 넘어갔지만, 태현에게는 명확하게 보였다.

'일단 다른 건 다 영지에 설치해야지.'

에드안은 영지에 쓸 수 있는 것 위주로 빼 온 것 같았다. 실제로 깃발이나 조각상, 장식 같은 건 비싸기도 했고······.

'그런데 내 영지에 주민 NPC들이 있기나 한가?'

지금 있는 거라고는 행운에 눈이 먼 플레이어들과 곧 생길 아키서스 사제들과 성기사들 정도?

거기에 교단이 부활하기 전부터 태현을 따라다니던 아키서스 관련 NPC들이 전부였다.

[주변 영지에서 주민들이 이주해 옵니다. 주변 귀족들이 불만을 가질 수 있습니다.]

'아, 이런 식이군.'

영지 자체의 질을 올리니, 주변에서 알아서 주민들이 찾아오기 시작했다. 물론 다른 귀족들이 불만을 가지고 있다는 메시지도 같이 떴지만, 태현에게는 이제 이 정도 원한은 웃으면서 무시할 수준! 원한에 대해서는 스페셜리스트!

〈어떻게 원한을 잘 적립할 수 있을까〉로 방송한다면 3부작 정도는 너끈히 찍을 수 있는 태현이었다.

'쳐들어올 거면 쳐들어오라 그래.'

지금 갖고 있는 인맥과 공적치 포인트, 아이템들을 사용하면 영지전 한두 번 정도는 충분히 치를 자신이 있었다.

'에드안 아이템은 확인했고…… 왕자들하고 호위대장들은 뭘 갖고 있었을까?'

오스턴 왕가의 비전 갑옷

'……점점 오스턴 왕국 가기가 힘들어지는데…….'

태현은 그렇게 생각하며 입맛을 다셨다. 태현이 만든 〈철벽〉도 엄청나게 좋은 갑옷이었지만, 〈오스턴 왕가의 비전 갑옷〉은 그걸 능가했다. 단순히 스탯뿐만 아닌, 갖고 있는 스킬이 어마어마했던 것. 〈왕가의 가호〉는 방어력과 HP를 몇 배로 순간 뻥튀기시켜 주고, 〈왕가의 축복〉은 걸린 디버프 대부분을 해제시켜 주는 사기 스킬이었다. 착용하는 순간 말 그대로 바퀴벌레 수준의 생존력을 자랑! 1왕자나 2왕자가 레벨이 되어서 이걸 착용하고 있었다면 그렇게 허무하게 당하지는 않았을 것이다.

'이러다가 오스턴 왕국 아이템 세트 착용하는 거 아냐?'

왕자의 목걸이

'이것도 착용하고.'

이제 아이템에서 느껴지는 경고 정도는 무시할 수 있을 정도로 성장한 태현이었다. 저주 반사는 태현처럼 저주가 약점인 플레이어에게 매력적인 스킬이었다. 반복은 더 어마어마한 스킬이다. 일정 확률로 방금 사용했던 스킬을 다시 사용할 수 있게 만드는 것!

태현의 행운과 함께한다면 거의 확정으로 2번이나 다름없었다.

오스턴 왕가의 오리하르콘 석궁:

내구력 ∞/∞, 공격력 ?

오로지 왕가의 오리하르콘 화살만 사용 가능함. 세상에 어떤 미친놈이 오리하르콘으로 석궁을 만들었을까요?

'???'

태현은 고개를 갸웃거렸다. 이게 뭔 ×같은 아이템?

'녹여서 오리하르콘을 추출하라는 뜻인가?'

오스턴 왕가가 잘나갈 때 이런 식으로 골드 낭비를 했다는 건가? 태현은 고개를 갸웃거리며 아이템을 확인했다. 이게 어떻게 쓰라고 있는 아이템이지? 게다가 왜 공격력은 물음표인지 알 수 없었다.

[오스턴 왕가의 오리하르콘 석궁은 행운 스탯의 영향을 받습니다.]

"……!!"

태현은 황급하게 눈을 감았다가 떴다. 방금 뭐라고?

드디어 떴다. 행운 스탯 버프를 받는 공격 아이템이!

판온에서 한 번에 폭딜을 넣을 수 있는 스킬이나 아이템은 죽창이라는 별명이 붙었다. 위험하고 불안정하지만, 뭐든지 한 번에 끝낼 수 있는 강력함! 이건 그냥 죽창이 아니었다. 강력한 오리하르콘 죽창!

석궁을 들고 환호하던 태현은 멈칫. 잠깐, 그러고 보니……

'오로지 왕가의 오리하르콘 화살만 사용 가능함.'

화살 몇 개 있냐?

그러나 아무리 찾아도 획득한 아이템 중 왕가의 오리하르콘 화살은 없었다. 석궁에 끼워져 있던 한 개! 단 하나!

'제, 제작법…… 제작법을……'

고민하던 태현은 좌절했다.

제작법을 찾으려면? 오스턴 왕국에 가야 했다.

오스턴 왕국에 가면? 지금은 자살행위지!

오스턴 왕국에 가더라도 나중에 가야 했다. 교단 세력이 완전히 퍼져서, 걸려도 잃을 게 없을 때!

태현은 입맛을 다셨다. 한 개라도 있다는 게 어딘가 싶었지만, 그래도 사람 마음이란 게 그렇게 단순하지가 않았다.

'제작법이란 게 이렇게 아쉬울 줄은 몰랐는데. 그러고 보니 〈차가운 울음의 검〉 제작법 때문에 고생한 놈이 있었는데 이름이 뭐였더라.'

"저……."

"내가 김태현인데, 행운 버프는 안 걸어주니까 저리 가."

누군가 말을 걸어오자, 태현은 얼굴도 보지 않고 손을 휘휘 저었다. 영지에 있으면 이게 귀찮았다. 시도 때도 없이 사람들이 찾아오는 것이다.

제발 제 상자를 대신 열어주세요, 제 강화를 대신 해주세요! 제발!

태현이 초보자의 상자를 대신 깠더니 안에서 대박이 나왔다는 소문은 벌써 퍼질 대로 퍼진 상태였다.

"그런 게 아니라……."

"그런 게 아니면 뭔데. 아키서스 교단 직업으로 전직하고 싶다고? 그런 거 없으니까 그냥 가라."

"그런 것도 아니라……."

뭔가 자신감 없고 우물쭈물! 마치 죄라도 지은 것 같은 말투였다. 고개를 들어 누군지 확인했다. 누구길래 이러지?

"……."

구성욱은 시선을 피했다. 그러나 피할 이유가 없었다. 왜냐하면 태현은 구성욱이 누군지 바로 못 떠올렸기 때문!

"누구지?"

"……구성욱입니다."

"구성욱이 누구더라……."

"그, 차가운 울음의 검……."

"아아! 그 구성욱!"

태현은 반갑다는 듯이 손뼉을 쳤다. 그걸 보고 구성욱은 살짝 놀랐다. 설마 태현이 반겨주나? 생각해 보니 잘츠 왕국에서

부터 만났고, 마르덴 후작을 상대하면서도 함께 했었다. 스미스와 함께 태현에게 맞서기는 했지만 직접 공격은 안 했으니 그 정도는 넘어가 줄 수도…….

"스미스하고 손잡고 나 공격한 구성욱! 맞지?"

"……."

없었다.

"네…… 맞습니다…… 제가 죽일 놈입니다……."

"아니, 왜 그래. 뭐 공격할 수도 있지! 판타지 온라인에서 영원한 친구도, 영원한 적도 없는데. 안 그래? 물론 난 비가 내리면 스미스한테 맞은 상처가 아직도 쑤시지만 말이야."

물론 그런 것도 없었다. 태현한테 맞은 상처가(판타지 온라인 1에서) 쑤시는 건 오히려 스미스! 애초에 스미스한테 별로 대미지를 입지도 않았던 태현이었다.

'널 때린 건 오크 대족장하고 주술사들이잖아……!'

물론 구성욱은 그 말을 속으로 삼킬 수밖에 없었다.

'흑흑, 스미스 님…… 스미스 님 생각은 틀렸어요…….'

구성욱은 스미스를 떠올렸다.

"결정했습니다. 김태현을 찾아가서 부탁할 생각입니다."

"잘 생각하셨습니다!"

스미스는 자기 일처럼 기뻐해 줬다. 그러나 구성욱은 같이 기뻐할 수가 없었다. 태현의 성격을 잘 알기 때문!

'분명 그냥 주지는 않을 텐데……'

구성욱이 걱정하는 걸 눈치챘는지, 스미스가 말했다.

"괜찮습니다. 김태현 씨는 그런 것으로 원한을 품으실 분이 아닙니다."

자기 기준으로 생각하는 스미스!

"정 불안하시면 제가 같이 가서 사과해 드리겠습니다. 여러 분은 저와 같이 움직인 것밖에 없으니……."

"아, 아닙니다! 괜찮습니다."

구성욱은 사색이 되어 스미스를 말렸다. 안 그래도 많은 도움을 준 스미스를 여기까지 끌어들일 수는 없었다.

같이 가봤자 더블로 고생할 뿐! 스스로 극복할 수밖에.

"아이고! 상처가 쑤신다!"

"……."

"상처가 쑤시는데 아무 말도 안 하는 거야? 와, 피도 눈물도 없는 거 봐."

"그, 그게 아니라……."

"케인, 이 사람 좀 봐. 패놓고 저렇게 무표정해!"

케인마저 고개를 돌릴 정도의 뻔뻔함!

한바탕 난리를 치고 나서, 태현은 자세를 바로잡았다.

"자. 농담은 여기까지만 하고."

'농담이었냐?!'

구성욱은 속으로 외쳤다. 태현만 만나면 속으로 삼키는 말이 많아지는 것 같았다.

"스미스랑 같이 나를 레이드하려고 해놓고……."

끝까지 그냥 넘어가 주지는 않는 태현이었다.

"……이렇게 찾아온 건 당연히 원하는 게 있어서겠지. 그냥 사과하러 온 건 아닐 거잖아. 설마 그냥 사과하러 온 거야? 아무것도 바라는 거 없이? 그런 거면 내가 마음 넓게 용서를 해 줄 수도 있는데."

"그런 건 아닌데요……."

"역시! 바라고 온 게 있어서야. 케인, 봐라. 이 사람이 이렇게 나쁜 사람이라니까."

'네가 악당 같아 이 자식아…….'

"뭘 원하는데?"

구성욱은 한숨을 푹푹 쉬며 필요한 것을 털어놓았다. 사연을 다 듣자 태현도 황당한 표정이었다.

"그 검은 뭔 검이길래 그렇게 만드는 게 힘드냐?"

구성욱도 100% 공감!

"펠마스, 저 〈교황의 축복을 받은 강철〉, 만들 수 있나?"

"교황으로서 할 수 있는 것 중에 있을 겁니다."

태현은 상태 창을 확인해 보았다. 할 수 있는 게 워낙 많았기에 제대로 찾기도 힘들었다.

"아. 여기 있군. 아이템에 축복 내리기. 성수랑 상급 마법석이랑 잡다하게 들어가네. 못 구할 정도는 아니고."

확인을 끝낸 태현은 웃음을 띠며 물었다.

"그런데 우리 구성욱 씨는 뭘 해주실 수 있으신지?"

"이야, 검은 바위단! 역시 대단한 우정! 감동이야 감동!"

"……."

검은 바위단 길드원들은 썩어가는 얼굴로 태현 옆에 서 있었다. 전혀 칭찬으로 들리지 않는 태현의 말!

-김태현이 저런 놈이었냐?

-제가 몇 번이고 말했잖습니까!

-솔직히 성욱이가 오버한 줄 알았는데…….

직접 보니 확실하게 느껴지는 인성! 태현은 옳다구나 하고 이번 교단 퀘스트에 검은 바위단의 지원을 요청했다. 한 명이 아닌, 최소한 파티는 되는 지원!

구성욱이 얼마나 마음고생을 하고 있는지 아는 길드원들은 한숨을 쉬며 지원해 주러 나온 것이다. 사실 태현의 말이 비웃는 것처럼 들려서 그렇지, 진심이 담겨 있는 말이었다. 길드원 한 명이 고생한다고 다른 길드원들이 이렇게 다 나와서 도와주려는 길드는 흔하지 않았다. 소규모로 돌아가는, 끈끈한 우정을 가진 검은 바위단이기에 가능한 모습!

"뭐 다 모였으니까 지금 만들어서 줄까?"

"??!!"

구성욱은 깜짝 놀랐다. 태현이 보상을 선불로 준다니. 그리고 구성욱이 깜짝 놀란 걸 눈치챈 태현이 말했다.

"뭐야. 말도 안 된다고 생각한 거야? 나 기분 상했어."

"아, 아닙니다! 정말 아닙니다! 그냥 기뻐서 그런 겁니다!"

"정말?"

"정말입니다!"

구성욱과 태현의 대화를 듣고 있던 길드원들은 점점 환상이 깨져가는 표정을 지었다. 그 김태현이 저런 사람이었나!

이제까지 구성욱이 태현의 욕을 해도 '에이, 설마 방송에서 그렇게 멋지게 나온 사람이……' 이렇게 생각했던 길드원들은 드디어 현실을 마주하게 됐다.

[교황의 축복을 받은 강철을 제작합니다.]

[대장장이 기술 스킬이 오릅니다. 스킬 레벨이 오릅니다.]

'이제 중급 7인가?'

대장장이가 아닌 직업으로 중급 대장장이 스킬을 레벨 7까지 찍었다는 것 자체가 대단한 일이었지만, 태현은 만족하지 못했다. 주력 스킬인 대장장이 스킬, 기계공학 스킬, 검술 스킬은 고급까지 찍고 싶다!

남들이 들었다면 미친 생각이라고 했겠지만, 태현의 근성과 끈기, 거기에 〈아키서스의 화신〉 직업 특성만 있다면 불가능은 아니었다.

땅, 땅, 땅-

태현이 망치를 두드리는 걸 보고, 검은 바위단 길드의 대장장이 필은 정말 놀랐다.

'정말 대장장이가 아니라고?'

아무리 봐도 대장장이 직업만 계속 플레이해야 나오는 안정된 자세! 저런 자세를 갖고서도 대장장이 직업이 아니라니, 다른 대장장이들이 본다면 질투의 눈물을 흘릴 것이다.

사실 필은 딱히 검은 바위단 지원군 파티에 낄 필요가 없었다. 대장장이가 파티에 있으면 좋기는 했지만, 검은 바위단 길드도 길드의 메인 대장장이를 이런 퀘스트 지원 파티에 보내고 싶지는 않았던 것이다. 따라온 이유는 하나. 호기심 때문이었다.

'아냐. 김태현은 대장장이가 분명해!'

필은 태현의 직업에 대한 추측이 있었다. 나름 가능성이 높다고 생각하는 추측! 그걸 확신으로 바꾸기 위해서는 확인이 필요했다.

"너무 가까운 거 아냐?"

"……!"

그제야 필은 정신을 차렸다. 구경을 하는 사이에 너무 앞으로 나와서 구경하고 있었던 것이다.

"이거 본다고 뭐 뺏기는 것도 없으니까 상관없긴 한데……."

"정말로 직업이 대장장이가 아니라고?"

"아저씨, 남 직업을 그렇게 쉽게 알려고 하면 안 되지. 내가 아저씨한테 말해줄 거면 이미 공개하지 않았겠어?"

태현은 필의 질문을 가볍게 넘겼다. 필은 얼굴을 붉혔다.

"그, 그렇긴 해."

"보니까 대장장이 같은데 파티는 왜 따라온 거?"

"대장장이라고 무시하는 건 아니겠지? 나 정도 되는 대장장이는 스킬을 무시할 수가 없다는 걸 알 텐데."

"그거야 당연히 아는데."

태현의 반응에서 필은 태현이 대장장이 직업에 대해 꽤 잘 안다는 걸 느꼈다. 어디서 보거나 들은 게 아닌, 직접 체험해서 얻은 것 같은 느낌!

"원래 길드에서 메인 대장장이 정도 되면 이런 파티에 일일이 껴서 움직일 필요 없잖아? 그런데도 이렇게 온 거면 파티 껴서 필드에 나가는 걸 좋아하거나, 아니면……."

태현은 망치를 두드리는 걸 끝내며 말했다.

"다른 이유가 있어서?"

"다, 다른 이유라니."

"내가 망치질하는 걸 엄청 유심히 보던데. 뭐, 호기심 생기는 건 알겠는데 봐서 나올 거 없어."

태현은 진심으로 말해준 것이었다. 이미 태현을 오해하고 따라다니던 대장장이가 몇 명 있었다. 물론 그들은 엄청나게 이득을 봤지만, 그게 엄밀히 따지면 태현이 무슨 대장장이 직업의 비밀을 갖고 있어서는 아니었다. 그러나 필에게는 다른 의미로 들렸다.

'얼마나 대단한 걸 숨기고 있으면 저렇게 말하는 걸까!?'

워낙 태현이 꼬인 모습을 많이 보여주다 보니, 저런 말도 반대로 보이는 것!

'확실해. 뭔가 숨기고 있어. 지금 하고 있는 것도 뭔가 단서가 될지도 몰라.'

태현은 배려해 줬는데도 꼬아서 생각해 버리는 필이었다.

"여기 강철 있다. 차가운 울음의 검을 만들어보라고. 나도 어떤 아이템인지 궁금하네."

"크…… 크흑……!"

"?!"

구성욱이 강철을 받아들고 울먹거리자, 태현이 당황했다.

얘 왜 이래?

"드디어…… 진짜 드디어……!"

"……."

태현도 살짝 미안했다. 얼마나 마음고생을 많이 했으면…….

"빨리 만들라고."

'그래야 퀘스트 때 내가 마음 놓고 부려먹지.'

태현이 먼저 강철을 만들어준 이유는 간단했다. 앞으로 깨야 할 퀘스트가 그만큼 난이도가 높아 보였기 때문!

〈차가운 울음의 검〉이 어떤 아이템이든 간에, 저렇게 사람을 굴려 먹었는데 보통 성능의 검일 리는 없다.

"필 씨! 여기 재료를 다 모아왔습니다!"

"음…… 김태현한테 부탁해 보는 건 어때?"

"예?!"

구성욱은 하늘이 무너지는 표정을 지었다. 방금 태현한테 당한 걸 보고서 이게 무슨 소리란 말인가.

"아니, 아니. 괴롭히려는 게 아니라. 내가 시험해 보고 싶은 게 있어서 그래."

울먹이는 구성욱을 달래며, 필은 이유를 설명했다.

'태현이 〈차가운 울음의 검〉 같은 아이템을 제작하는 걸 직접 본다면, 필의 대장장이 관련 스킬로 뭔가 숨겨진 비밀을 알아낼 수 있을지도 모른다!'

필의 대장장이 기술 스킬은 결코 낮은 편이 아니었고, 관련 스킬도 꽤 풍부했다. 그중에는 아이템의 성능을 파악하거나, 대장장이 스킬을 파악하는 스킬도 몇 개 있었다. 제작하는 동안 잘 관찰한다면 뭔가 알아낼 수 있으리라는 속셈!

'김태현도 내가 이런 스킬이 있는지는 모를 테니까!'

필의 말에 구성욱은 몇 번이고 싫은 표정을 지었지만, 결국 포기하고 태현에게 부탁하러 갔다.

"뭐, 그 정도야 해주지."

"?!"

태현은 흔쾌히 수락했다. 재료도 다 제공해 주는데, 굳이 거절할 이유가 없었다. 게다가 이런 아이템을 만들면 대장장이 기술 스킬이 올랐다.

필이야 태현의 비밀이 너무 궁금해서 그걸 포기하고서라도 알아내려고 하는 것이었지만, 태현은 정말로 숨기고 있는 게 없었다. 그냥 대장장이 기술 스킬+높은 행운+아키서스의 화신 직업 스킬 보정이 전부! 옆에서 본다고 해서 숨겨진 스킬이 뜨거나 그러지는 않았다.

'본다! 뭔가 있을 거다! 내 두 눈으로 확인해 주겠어!'

물론 그런 건 없었다.

"자. 다 됐다."

[대장장이 기술 스킬이 오릅니다. 높은 행운으로 제작 가능한 아이템보다 더 높은 수준의 아이템을 만들었습니다.]

태현은 깔끔하게 〈차가운 울음의 검〉을 만들었다. 〈장비 위조〉나 〈불안정한 장비 제작〉 스킬로 더 뜯어먹을 수도 있었지만, 태현은 그러지 않았다. 태현도 양심이 있었으니까! 솔직히 여기서 더 뜯어먹으려고 하면 구성욱이 접어도 이상하지 않을 것 같았다.

[<차가운 울음의 검>이 제작되었습니다. 신의 축복을 받습니다. 제작한 사람은 김태현입니다. 가장 가까운 신의 축복을 받습니다. 아키서스의 축복을 받습니다.]

"응?"

자리에 있던 사람들에게 뜬 메시지창. 모두가 고개를 갸웃거렸다. 뭔 축복?

"????"

구성욱은 몇 번이고 눈을 깜박였다. 그리고 절규했다.

"안 돼에에에에에에에!"

"야, 너무 그러지 마. 내가 알고 그런 것도 아니잖아."

"으흑흑흑흑……."

태현은 구성욱을 달래고 있었다. 세상 무너진 얼굴로 엎드려 있는 구성욱!

"이딴 게임 안 할 거야…… 안 할 거라고……!"

"긍정적으로 보라고! 아키서스의 축복이 다른 신의 축복보다 좋을 수도 있잖아!"

"그런 이유가 아니야……."

"그럼 왜 이러는데?"

"그쪽이랑 엮이기 싫었다고…… 흑흑……."

이쯤 되자 태현도 반성하는 기분이 들었다.

"야, 앞으로 안 괴롭힐게. 내가 설마 이거 축복받은 거로 널 뜯어먹고 그러겠어?"

"흑흑…… 진짜?"

"진짜. 자. 여기 검 있어. 받으라고."

구성욱은 말없이 〈차가운 울음의 검〉을 받았다. 그러자 제 정신이 돌아왔다. 뒤에서 소곤거리는 길드원들!

"성욱이가 많이 힘들었나 봐."

"앞으로는 잘 대해주자."

소곤소곤 말했지만 다 들리는 목소리!

"그, 그런 게 아니라……!"

구성욱은 부끄러움으로 얼굴을 붉히며 손을 흔들었다. 아키서스가 뜬 충격 때문에 너무 이성을 잃었던 것이다.

"미…… 미안하게 됐다."

"필 씨까지 왜 그래요!"

"아니, 그냥 내가 제작했으면 평범하게 내가 믿고 있는 신 축복 받았을 텐데."

"괜찮습니다. 아키서스도 꽤 좋은 신이니까……."

구성욱은 정신을 차리고 아이템을 확인했다. 아키서스와 태현 때문에 정신을 놓고 있었지만, 지금은 매우 중요한 순간이었다. 드디어 차가운 울음의 검을 손에 넣는다!

'드디어……!'

차가운 울음의 검:

내구력 ?/?, 공격력 ?, 마법 공격력 ?, 속성 공격력 ?

스킬 '이도류' 사용 가능, 스킬 '울음의 증폭' 사용 가능.

직업 제한-차가운 울음의 쌍검술사만 착용 가능.

이제는 잊혀진, 옛 차가운 울음의 쌍검술사가 사용했던 검이다. 능력에 따라 검의 능력이 달라진다.

[차가운 울음의 검은 직업 스킬의 영향을 받습니다. <질풍의 걸음> 스킬을 갖고 있습니다. 공격 속도에 추가 보너스를 받습니다. <화려한 연격> 스킬을 갖고 있습니다. 공격력에 추가 보너스를 받습니다.]

계속해서 뜨는 메시지창들! 구성욱은 길게 숨을 내쉬었다. 그동안 고생을 해왔던 것에 보상을 받는 기분이었다. <차가운 울음의 검>은 구성욱의 직업 그 자체였다.

직업마다 다양한 특색이 있었지만, 구성욱의 직업은 특정 장비 하나와 같이 성장하는 콘셉트였다. 얻기 전, 후의 전투력은 천지 차이!

[아키서스의 축복을 받았습니다. 현재 신성 스탯이 100 미만입니다. 보너스를 받지 못합니다. 아키서스 교단을 믿지 않습니다. 보너스를 받지 못합니다.]

<아키서스의 축복>

차가운 울음의 검에 내려진 아키서스의 축복. 사용자의 스탯에 따라 치명타율에 보너스를 준다.

"……!"

이미 충분히 좋은 아이템에 추가된 믿지 못할 효과!

치명타율이라니. 결코 무시할 수가 없는 아이템 효과였다.

구성욱처럼 스피드하게 연속 공격을 퍼붓는 직업은 치명타처럼 폭딜을 넣을 수 있는 수단 하나하나가 중요했다.

'그런데 왜 하필! 왜 하필! 아키서스 관련이란 말인가!'

물론 저 치명타율을 올려주는 버프가 아키서스의 축복이었으니, 다른 신의 축복을 받았다면 저런 게 나오지 않았을 것이다.

"크으으으윽……!"

구성욱이 웃었다 울었다 표정이 휙휙 바뀌자, 태현은 검은 바위단 길드원들에게 말했다.

"쟤 원래 저렇게 이상한 놈이었어?"

'너 때문이잖아!'

진정이 되고 나서, 구성욱은 한층 가라앉은 목소리로 필에게 물었다.

"그래서 필 씨, 김태현이 쓰는 스킬 같은 거 찾으셨어요?"

"아니……"

필은 미안한 표정이었다. 구성욱에게 저런 고생을 시켰는데,

정작 알아낸 건 하나도 없는 것이다.

"그렇지만 오히려 얻어낸 게 있어."

"그게…… 뭔데요?"

"김태현은 나름 잘 숨겼다고 생각했겠지. 하지만 한 가지는 놓쳤어. 이렇게 아예 아무것도 안 나온다면, 오히려 그게 단서가 된다는 걸!"

'그러고 보니 필 씨, 추리소설 마니아라고 했는데 너무 빠지신 거 아냐?'

구성욱은 그렇게 생각했지만, 필이 너무 신이 난 것 같아서 굳이 끼어들지 않았다.

"내 생각에는 김태현이 스킬을 숨기는 패시브 스킬 같은 걸 갖고 있는 것 같아."

"예?"

"생각해 봐. 내가 보고 있는데 스킬이 아무것도 안 떴어. 그게 왜겠어?"

"확실히……."

"김태현 직업 제대로 아는 사람이 없잖아. 그게 다 그런 식의 스킬이 있어서겠지."

필은 자신만만하게 스스로의 추리를 늘어놓았다.

"김태현이 아키서스 교단을 부활시켜서 다들 신성 관련 직업이라고 생각하는데, 내 생각은 아니야. 대장장이 관련 직업인데 퀘스트를 깨다 보니 아키서스 교단과 연이 닿아서 부활을 시켰던 거지!"

날카로운 필의 추리! 물론 방향은 완전히 반대였지만…….

"왜 이제까지 김태현 직업을 아무도 제대로 추측하지 못했겠어? 이런 식으로 직업과 전혀 상관없는 교단이 들어가서 다른 사람들이 눈치를 못 챈 거지."

"그냥 잡캐일 수도 있잖아요?"

"야. 잡캐로 어떻게 저렇게까지 만들어? 게다가 김태현은 기계공학 스킬까지 있는데."

"그렇긴 하네요."

"내 말이 맞다니까. 다른 놈들은 사고방식이 막혀서 못 알아챈 거야. 나처럼 이렇게 창의적으로 생각을 해야지. 그리고 한 가지 더! 이건 정말 나만 알고 있는 거야. 원래는 추측이었는데, 이제는 확신으로 바뀌었어. 아마 99% 정도?"

"……?"

"김태현의 직업은 〈라제단 대장장이〉가 분명해."

"라제단…… 대장장이요?"

대장장이 직업이 아닌 구성욱은 처음 듣는 직업이었다. 그러나 필은 〈라제단 대장장이〉에 대해 꽤 자세히 알고 있었다. 자기 직업만 키우는 게 아니라, 대장장이 관련 서적을 읽으면서 다른 대장장이에 대해서 폭넓게 공부한 필이었다.

"라제단 대장장이는 꽤 독특한 직업이야. 〈장비 위조〉나 〈불안정한 장비 제작〉 같은 스킬이 있거든."

"……그거 정말 대장장이 맞아요?"

"약간 좀 비열하고 변칙적인 스타일의 대장장이 직업이지. 기계공학 스킬도 꽤 들어가는 대장장이 직업이고. 어때. 누구 생각나지 않아?"

"……김태현!"

"그래! 게다가 라제단 대장장이는 아이템 감정을 막는 스킬도 있거든."

아무리 들어도 대장장이보다는 사기꾼에 가까운 직업 스킬들! 그렇지만 분명히 김태현을 떠올리는 직업이기는 했다. 게다가 필은 한 가지 더 확신을 갖고 있었다.

"이거 봐. 여기 사이트에 올라온 글."

-김태현 개××가 판 아이템 사기당했어! 김태현이 장비 위조했다니까!

영지에서 일어난 경매에서 태현은 악독하게 대형 길드 몇몇만 골라서 위조 장비를 팔았다. 나중에 속았다는 걸 깨달아도 아무도 믿어주지 않도록! 실제 반응도 태현이 예상한 대로였다.

-구라치고 있네. 그런 스킬이 어디 있어?

-김태현 이미지 깎아 먹으라고 네 길마가 시켰지?

-암살자 보냈다가 잡혀놓고 이러면 안 창피하냐, ㅉㅉ.

아무도 믿어주지 않는 분위기! 그러나 필은 여기서 〈장비 위조〉의 단서를 눈치챘다. 분명 라제단 대장장이의 스킬!

필의 설명을 들은 구성욱은 흥분했다. 아무도 몰랐던 태현의 직업을 필이 혼자 알아낸 것이다. 정말로 대단한 추리!

"필 씨, 대단해요!"

"하하. 운이 좋았지."

"운이라뇨! 실력입니다!"

"앞으로 김태현이 너 너무 부려먹으려고 할 때, 이걸 들이대면서 협상하는 거야. 알려지기 싫으면 물러설 수밖에."

"필 씨……!"

생각해 주는 마음에 구성욱은 감동의 눈물을 글썽거렸다.

얼싸안는 둘!

태현은 그걸 보며 생각했다.

'이상한 놈이 두 명으로 늘었군.'

"이다비, 내가 영지에 없는 동안 할 일이 있다."

"골드 관리면 맡겨주세요! ……제가 너무 앞서나갔죠?"

"응."

이다비는 내밀었던 손을 얌전히 뒤로 뺐다.

"저놈이 폭주하지 않도록 말리는 건 당연하고……."

태현은 펠마스를 가리키며 말했다. 없는 동안 펠마스가 무슨 사악한 생각을 떠올릴지 알 수가 없었다.

'잠깐, 지금 고양이한테 생선 가게 맡기는 거 아닌가?'

이다비도 골드 좋아하는 거로 따지면 못지않은 사람!

"열심히 할게요!"

"음…… 그래……."

이미 내린 결정이었다. 불안함을 감추고 고개를 끄덕였다.

"그런데 교단에서 나온 퀘스트, 같이 안 가도 되나요? 난이도가 보통이 아닌 것 같던데……."

"보통이 아니긴 하지."

"근데 너희 길드원들은 별로 도움이 안 되잖아."

"……죄송합니다……."

이다비는 시선을 피했다. 〈파워 워리어〉 길드는 그 커다란 규모 치고는 강한 길드원들이 정말로 없었다.

"상관없어. 너희들한테 그런 걸 기대한 적도 없고. 영지 보면서 건물 지어지는 거 보고, 주변에 있는 플레이어들 관리도 좀 하고, 펠마스 적당히 말리고 정도만 하면 돼."

"어, 좀 많아지지 않았어요?"

"뭘 원하는데?"

"나중에 저희 방송에 몇 번만 더 나와주시면 헤헤……."

이다비는 생글생글 웃으면서 태현을 쳐다보았다. 걸어 다니는 골드로 보이는 태현이었다. 한 번 나왔다고 펄쩍 뛰어오른 길드 방송 구독자 숫자!

"뭐, 알겠어. 그 정도야 해주지. 나머지 남는 시간에는 너희들도 알아서 레벨업 좀 하고…… 아. 그리고 한 가지 더."

"뭔가요?"

"지금 들어보니까 나 싫다고 연합하는 길드 놈들이 좀 있는 것 같더라고."

"……."

이다비는 '그렇게 작작 좀 하시지 그랬어요' 하는 눈빛으로 태현을 바라보았다. 그러나 태현은 당당했다.

하늘을 우러러 한 점의 부끄러움도 없다! 대형 길드원들이 '너무하잖아!'라고 외친다면 '그러게 왜 내가 얻으려는 보상 옆에 서 있었냐'라고 대답할 태현!

어쨌거나 쉽게 넘길 사실은 아니었다. 태현한테 당한 대형 길드들을 주축으로, 길드 연합이 만들어지고 있다는 사실. 이세연한테 얼핏 들었지만 태현은 충분히 가능성이 있다고 생각하고 있었다.

'이세연이 그런 거 갖고 거짓말할 성격은 아니지. 그리고 처음 있었던 일들도 아니고.'

판타지 온라인 1에서도 그랬다. 사람들이 하도 당하고 당하다 보면 나중에는 당한 사람들끼리 손을 잡고 태현을 쫓아다녔다. 은근히 무서운 패배자 연합!

역시 가장 좋은 건 제대로 뭉쳐지기 전에 흔드는 것이었다. 태현은 미리미리 대비해 놓으려고 했다.

"너희 길드원 사용해서 거기 연합에 들어갈 생각이야."

"어, 저희 길드는 대형 길드들이 이미지 안 좋다고 싫어해서 안 받아줄걸요……."

"……."

대형 길드로서의 권위라고는 조금도 없는 〈파워 워리어〉.

"길드 통째로 가서 연합하겠다고 말하라는 게 아니라……. 너희 길드원 중에서 믿을 만한 애들 몇 명 있을 거 아니야. 걔네 골라서 그 길드 연합 쪽에 들여보내라고."

"아. 스파이로요?"

"어허. 스파이라니. 남이 들으면 오해하겠다."

"스파이 맞잖…… 읍읍!"

"어쨌든 잘 부탁한다."

파파팍!

밑에서 날아오는 화살들은 보통이 아니었다. 고렙 궁수들이 쐈는지, 보라색 오러가 넘실거렸다. 그것들을 향해 김태산은 망치를 휘둘렀다. 그러자 넓게 펼쳐지는 붉은 오러!

"지금이다!"

"우오오!"

김태산의 말이 떨어지자, 성벽에 몸을 숨기고 있던 길드원이 곧바로 일어서서 마법을 난사했다. 〈오크식 마법 저장〉으로 마법을 몇 개 저장해 놨다가, 일순! 쏟아내는 폭딜 스킬!

제대로 허를 찔린 병사들은 비명을 지르며 도망쳤다.

"후퇴! 후퇴하라!"

"이 저주받을 오크 놈들! 감히 오스턴 왕국의 성을 무단 점령하다니! 절대로 무사하지 못할 것이다!"

[오스턴 왕국의 병사들이 후퇴합니다. 명성, 악명이 오릅니다. 왕국 내 평판이 하락합니다. 오스턴 왕국이 점령한 도시에서 불이익을 받을 수 있습니다.]

"튐니다!"

"어우. 죽겠다…… 이제 끝난 거 맞지?"

"일단은 그런 거 같은데."

오크 아저씨들은 성벽 위에서 주저앉은 채 한숨을 내쉬었다. 오스턴 왕국이 갑자기 통일되고 나서부터 시작된 돌발 퀘스트! 이제까지 각 요새와 성에, 도시에 가만히 있던 오스턴 왕국의 병사들이 움직이기 시작한 것이다. 혼란스러운 오스턴 왕국의 상황만 믿고 '영지 하나 장만해 보자!' 하고 몰려온 플레이어들에게는 악몽 같은 상황!

벌써 힘이 약한 몇몇 플레이어들은 눈물을 머금고 점령한 요새나 마을을 버리고 튄 상태였다.

남은 건 버틸 힘이 있는 플레이어들뿐!

"계속 갈라져서 싸울 것 같던 왕국이 왜 통일된 거야?"

"거기 도시에 있던 플레이어들 말 들어보니까, 태현이 그놈이 1왕자하고 막 같이 다녔다는데. 엄청 친하게."

"2왕자하고도 같이 다녔다는 말 들었지. 아무리 생각해도 그놈이 뭔가 한 거 같아."

"그렇지? 왕자 둘이 같이 사디크의 화염에 타죽은 것도 좀 이상하잖아."

척하면 척! 이 갑작스러운 상황의 원인을 태현으로 추측하는 사람들은 아저씨들뿐만이 아니었다. 아무리 공개를 안 하고 플레이를 했어도, 1왕자와 2왕자의 성에서 그렇게 깽판을 치고 다녔는데 플레이어들의 눈을 완전히 피할 수는 없었던 것이다. 아니 땐 굴뚝에 갑자기 연기가 날 리는 없었다. 굴뚝에 연기가 난다는 건 이유가 있다는 것!

"형님 지금 속으로 되게 아쉬워하는 거 같지 않냐?"

"그때 태현이를 구하지 말걸 하고 있는 거지. 쯧쯧. 나 같아도 속이 쓰리겠다. 그놈의 정이 뭔지……."

"자식 낳아봤자 좋을 거 없어. 무자식이 상팔자라니까."

"넌 인마 결혼부터 하고서 그런 소리를 해라."

"쉿. 오신다. 속 쓰리실 테니까 그런 소리는 하지 말자고."

그러나 김태산의 얼굴은 평온했다.

"다들 회복했냐?"

"예? 아, 예."

"지금 성벽 보강하는 건 언제 끝나지?"

"이틀 후면 끝날 겁니다."

"하루 안에 끝내라고 해."

"무리 아닐까요? 이미 일정을 당겼는데……."

"따블로 준다고 해라."

"……그래도 안 된다면요?"

"따따블!"

"흠. 이 정도면 괜찮은 편이지?"

"형님……."

"아, 왜 그런 눈빛으로 보는 거야!"

양성규가 딱한 눈빛으로 보자, 김태산은 버럭했다.

"애초에 폼을 잡으시려면 오크로 고르지 마셨어야……."

"뭐? 오크가 어때서?"

"잘생긴 종족은 아니죠."

"멋있지 않나??"

김태산은 진심으로 반문했다. 양성규는 대답 대신 어깨를 으쓱거렸다.

지금 김태산이 겉모습을 확인하고 있는 이유는 하나였다. SBC 방송국의 배미나와 손을 잡은 것이다.

"형님이 방송까지 나가실 줄은 몰랐습니다. 그런 거 안 좋아하시잖아요."

"태현이 그놈 괴롭히려고 나가는 거다."

다른 사람이 들었다면 '농담인가' 싶었겠지만, 양성규는 진담이라는 걸 알 수 있었다. 100% 진심!

"이야기해 보니까 거기 PD도 아주 좋아하던데."

"당연히 좋아하겠죠. 캐릭터에 화제까지 다 있으니……."

현재 가장 뜨거운 플레이어 중 하나인 김태현. 태현과 아주 직접적으로 연관이 있는 플레이어 아닌가!

게다가 원래 가족만큼 망신거리를 많이 알고 있는 사람도 드물었다. 가족한테 다른 가족을 헐뜯으라고 설득하는 건 어려웠지만, 김태산은 처음부터 작정하고 나온 상황!

　"처음 방송에서는 그놈이 몇 살까지 오줌을 못 가렸는지 말하고 다닐지 이야기할 생각인데."

　"형님…… 너무……."

　"아 왜! 나도 당한 건 좀 갚아줘야지!"

　어쩌다가 이렇게 유치하게 놀게 됐을까! 양성규는 그렇게 말하려다가 참았다. 김태산은 유치하게 놀면 한없이 유치하게 놀 수 있는 사람이었다.

　"형님. 그래도 한 가지는 생각하셔야 합니다."

　"뭔데?"

　"형님이 시작하시면 태현이 놈도 받아칠 거라는 거……."

　갑자기 김태산은 뒤가 싸늘해지는 느낌을 받았다.

　"나, 나는 꿀리는 거 없어."

　"뭐, 방송국에서는 좋아하겠네요."

　실제로도 그랬다. 배미나는 김태산의 말에 엄청난 기대를 걸고 있었다.

　"완벽한 기회야!"

　두 부자 사이에 싸움을 붙일 필요도 없이, 벌써 활활 타오르고 있는 상태!

"게다가 둘의 사이가 의외로 좋다는 게 더 완벽해."

부자가 정말 재산 분할 같은 거로 질척거리면서 싸우는 게 아닌, 게임 내에서 선의의 경쟁(?)을 하는 사이 아닌가. 물론 두 사람은 절대로 인정하지 않겠지만…….

방송에서 폭로전을 하겠다지만 그건 디테한 폭로전이라기보다는 유치한 투닥거림이 될 가능성이 컸다. 디테한 폭로전이라면 남는 거 없이 서로의 이미지가 더러워지겠지만, 이대로 간다면 잘나가는 김태현의 이미지를 더럽힐 필요 없이 거기에 김태산을 올려 태울 수 있었다. 서로 윈윈하는 전략!

김태산이 나와서 김태현과의 관계를 말하고, 애증 섞인 불평을 하고, 태현에게 귀여운 공격(?)도 하고……. 그러면 자연스럽게 김태산의 캐릭터가 형성이 될 것이다. 새로 소개하고 게임 플레이를 공개할 필요도 없었다.

"방송 중에서 언제나 연예인 가족들 나오는 방송은 잘나가지. 이것도 그렇게 될 거야."

사이가 좋지만 서로 투닥거리는 두 부자! 이것이 배미나가 노리는 콘셉트였다. 물론 지금 혼자서도 잘나가는 MBS 쪽에서는 양보할 생각이 조금도 없을 것이다.

경쟁 방송사한테 좋은 일을 뭐 하러 하겠는가.

"그러니까 김태산 씨를 내보내서 양보하게 만드는 거지!"

김태산이 화제를 끌고 인기를 모은다면, MBS도 양보해서 손을 잡는 게 서로 이익이라는 걸 인정할 수밖에 없을 것이다. 배미나는 의욕에 불타고 있었다.

배미나가 태현의 이미지를 더럽힐 생각이 조금도 없다는 것도 모르는 채, 김태산은 게임을 끄고 밖으로 나왔다.

'그러고 보니 요즘 판타지 온라인 2를 너무 많이 했군. 한 번 시작하면 끊기가 힘들다니까.'

김태산과 얼굴을 맞대는 사람들은 종종 착각하기 쉬웠지만, 김태산은 수천억대 자산가였다. 서울시의 알짜배기인 XX구와 YY구에 빌딩만 여러 채! 거기에 토지까지 더한다면…… 그냥 가만히 있어도 부동산의 임대 수익이 월에 몇십 억대로 들어왔다. 젊었을 때야 쉴 시간도 없이 뼈 빠지게 일했지만, 자리를 잡고 나서 김태산은 여유롭게 살아왔다.

태현이 '아버지는 맨날 골프만 치시잖아요!' 하고 디스하는 데에는 이유가 있는 법!

아침에 기상하면 느긋하게 식사를 하고 뉴스를 본다. 그다음에는 골프장으로 이동해서 느긋하게 골프 레슨을 받고, 같은 골프장 멤버들과 느긋하게 골프를 한다.

이 일정이 끝나면 점심! 점심에는 특급 호텔로 이동해 느긋하게 씻고 식사를 한 후 집으로 돌아간다. 저녁이 되기 전에 모든 일정이 끝나는 것이다. 딱히 약속이 없는 경우에는 그냥 넓은 자택에서 여유롭게 시간을 보내는 김태산이었다.

인생의 승리자 그자체!

판타지 온라인을 시작했지만 거기서 바뀐 건 별로 없었다. 골프장에 갈 시간에 캡슐에 들어가 판타지 온라인을 하고, 저녁에도 판타지 온라인을 하는 것뿐. 오랜만에 캐릭터를 키우고, 예전 동료들과 같이 판타지 세계를 돌아다니는 것에 푹 빠지긴 했다. 그래도 한두 번 정도 얼굴은 내밀어야 사람들이 그를 잊지 않는 법!

김태산은 그렇게 생각하며 골프장으로 향했다.

CHAPTER 3

"이 사람. 하도 안 보여서 죽은 줄 알았네."

"어르신. 오랜만입니다."

나이가 들고 머리가 새하얗게 셌지만, 노인의 모습에서 약한 느낌은 전혀 느껴지지 않았다. 꼿꼿하게 세운 허리에 강한 눈빛! 딱 봐도 범상한 노인은 아니었다.

이 골프장은 VIP 중의 VIP만 들어올 수 있는 곳. 애초에 여기에 들어온다는 것 자체가 어느 정도 사회적 지위가 있다는 뜻이었다. 실제로 김태산은 몇몇 사람과 명함을 교환한 적이 있었다. 그렇지만 김태산은 눈앞의 노인이 누군지 몰랐다. 이유는 간단했다. 노인이 신분을 묻지 않았던 것이다.

그렇기에 김태산도 굳이 노인의 신분을 묻지 않았다. 얼굴을 마주치면 인사를 하는 것 정도가 다였다.

"농담이야. 사실 나도 최근에는 안 나왔지. 자네가 오랜만에 온다는 건 여기 직원한테 들은 거고."

"예? 건강이라도 편찮으신……."

"건강은 무슨. 건강은 괜찮아. 낚시에 빠져서 그렇지."

"낚시요?"

"왜, 자네도 낚시 좋아하나?"

"할 줄은 압니다. 저보다는 제 아들놈이 잘하죠."

"호, 자네 아들이니 범상한 친구는 아니겠군."

"배배 꼬인 놈입니다."

"크크크…… 자식 농사는 생각처럼 안 되는 법이지. 나도 자식 때문에 속 썩인 적이 많거든."

노인은 크큭 웃으며 김태산을 쳐다보았다.

"낚시하려면 다른 곳에 가야 하는데 왜 왔는지 아나?"

"글쎄요?"

"자네 때문에. 자네가 오면 연락을 하라고 말해놨거든."

"……?"

김태산은 고개를 갸웃거렸다. 왜 그런 짓을?

"친구 구하기 힘든 세상이잖나. 난 자네가 마음에 들었어."

"……."

"이유가 궁금한 얼굴이군. 여기 오는 놈들을 봐. 다들 욕심이 가득하지 않나? 골프를 치러 왔으면 골프나 쳐야지, 왜 명함을 교환하고 서로 과시를 해댈까?"

노인은 들어오는 사람들을 가리켰다. 김태산은 민망하다는 듯이 손을 흔들었다.

"그건 그냥 더 친해지려고 하는 겁니다."

"웃기는 소리지. 욕심이 가득해서 그래. 자네는 내가 누군지 묻지 않았지. 저놈들은 나만 보면 꼬리를 흔들면서 명함을 내밀지. 내가 누군지 알면서 말이야. 자네는 모르지?"

"예……."

"쯧쯧. 내가 얼굴을 많이 내밀지는 않지만 아예 안 내미는 편은 아닌데, 자네는 뉴스를 좀 더 볼 필요가 있어."

"맨날 챙겨보는데요……."

"그럼 사람 얼굴을 못 알아보는 거지. 기억력 좀 키우게."

아픈 곳을 찔렸다. 김태산은 속으로 투덜거렸다.

"어쨌든 자네는 내가 누군지 묻지 않았어. 내가 안 물어보니 배려를 해준 거겠지. 궁금할 텐데도 말이야."

"별로 배려까지는……."

"그것도 그렇고, 내가 방금 저놈들을 욕하려고 하자 변명을 해주려고 했지. 그렇게 친한 것도 아닌데 말이야. 입 무겁고 배려심 강하고 겸손한 건 좋은 남자란 증거야. 그렇게 생각하지 않나?"

김태산은 뭔가 울컥하는 감정을 느꼈다. 그러나 입을 열어서 뭐라고 하지는 않았다. 이런 감동을 굳이 말로 표현할 필요는 없었으니까.

"좋은 남자는 좋은 친구나 마찬가지야. 그리고 요즘은 친구 구하기 힘든 세상이지. 난 자네하고 여기서 골프를 친 게 전부지만 친구라고 생각하고 있었네. 자네는 어떤가?"

"예?"

"친구라고 하기에는 나이 차이가 너무 나지?"

"아닙니다! 합시다, 친구!"

김태산은 덥석 손을 잡았다. 노인은 다시 크큭 웃어댔다.

"사람 참 화끈해서 좋군."

"어르신께서 절 화끈하게 만드셨습니다."

"누가 들으면 오해할 소리를…… 그리고 날 너무 공손하게 대할 필요는 없네. 자네가 어떤 사람인지는 대충 알아."

노인은 사람을 꿰뚫는 눈빛으로 김태산을 쳐다보았다.

"꼿꼿한 떡갈나무 같은 사람이지. 나한테 공손하게 대하는 건 내가 늙은 사람이라 그런 것 같은데, 다른 노약자한테 하는 것처럼 나한테 그럴 필요는 없네."

"제가 어르신에게 공손하게 대한 건 어르신께서 그럴 만한 자격이 있으셔서입니다."

"사람 참, 부끄럽게 만드는군. 어쨌든 자네가 골프장에 빌길을 끊을까 봐 걱정했네. 이렇게 보게 되어서 기쁘군. 앞으로 골프장은 오지 않더라도 친구가 됐으니 종종 연락하게. 여기 내 명함이야."

김태산은 명함을 받았다. 아무것도 없이 '유성수'라고만 쓰여 있었다.

노인은 흥미진진한 눈빛으로 김태산을 쳐다보았다.

"뭐 떠오르는 거 없나?"

"음, 성수는 데메르 교단 성수가 최고인데……."

"……뭐라고?"

"죄송합니다."

김태산이 곰처럼 머리를 긁적이자 노인은 한숨을 쉬었다.

"쯧쯧. 날 이렇게 못 알아본다는 걸 알면 내 아들놈이 기겁할 거야."

"모르는 걸 어떡합니까?"

김태산은 툴툴거리며 대답했다.

"유성수에서 수를 빼보게."

"유성이 되네요."

"뭐 떠오르는 거 없나?"

"제 아들놈 장비 이름이 유성……."

"크흠."

"후. 유성그룹. 뭐 떠오르는 거 없나?"

"아, 유성그룹! 그 이번에 과징금 물은……."

"그, 그거는 내 아들놈 잘못이네."

"회장님이셨습니까?!"

"이제야 알아보는군. 나 참, 엎드려 절 받는 기분이구만."

노인, 아니, 유 회장은 김태산과 같이 밖으로 걸어 나왔다. 양복을 입은 경호원들이 모시려고 몰려왔지만 유 회장이 손짓하자 옆으로 물러섰다.

"어쩐지 범상치 않다 싶었습니다."

"말은 잘하는군. 이름 알려줘도 못 깨달은 주제에."

"그, 그건 어쩔 수 없었던…… 제가 요즘 관심이 없어서…… 그래도 과징금 뉴스는 떠올렸잖습니까."

"왜 하필 그딴 걸 떠올리나! 그리고 아들놈 잘못이라고 했을 텐데!"

잠시 씩씩대던 유 회장은 다시 입을 열었다.

"그래서 자네, 앞으로 골프장은 언제 오나?"

"앞으로 한동안은 안 올 것 같습니다만……."

"뭐야, 무슨 일인가? 혹시 다른 취미라도 찾은 건가?"

김태산이 골프 좋아하는 건 유 회장도 알고 있었다. 그런데 골프장에 안 온다니.

"네. 판타지 온라인 2라고 아십니까?"

"게임이군. 이름만 들어봤네. 애들 하는 거 아닌가?"

"어른들도 많이 합니다. 저도 하고, 저보다 나이 많은 사람들도 합니다."

"그래?"

유 회장은 별로 관심 없는 표정이었다.

"어르신도 한번 해보시는 게 어떻습니까?"

"됐네. 난 그런 이상한 게임보다 낚시가 좋아."

"어르신께서 가상현실게임은 해본 적이 없으시잖습니까?"

"그건 현실이 아쉬운 놈이나 하는 거지. 내가 뭐 하러 그런 캡슐에 들어가야 하나?"

"어르신. 가상현실 게임은 현실을 대체하기 위해서 하는 게 아닙니다. 현실에서 경험할 수 없는 걸 하기 위해서 하는 겁니다."

김태산은 진지하게 말했다. 게임 폐인 성격이 나온 것이다.

"으음……."

김태산이 말하자 유 회장도 살짝 흔들린 표정이었다.

"어르신, 현실에서 낚시는 한계가 있지만 판타지 온라인 2에서 낚시는 한계가 없습니다. 저 높은 하늘을 날아가며 새를 낚시해 본 적 있으십니까? 저 깊은 바닷속으로 들어가서 괴물을 낚시해 본 적 있으십니까?"

"새야 그렇다 쳐도 괴물을 낚시하고 싶지는 않은데……."

"정말 색다른 경험입니다. 판타지 온라인 2는 지금 가능한 최고 기술이고, 어르신도 한번 해보시면 정말 빠져드실 겁니다."

"그, 그래. 알겠네. 자네가 그렇게까지 말하면 한번 생각해보지."

유 회장은 김태산의 박력에 밀려 한 걸음 물러섰다.

"그러고 보니 손녀가 집에서 하고 있었는데."

"애들한테도 인기가 좋으니까요."

"선머슴 같은 애였는데 요즘 좀 이상해졌어."

"예? 뭐가 말입니까?"

"안 읽던 잡지를 읽고, 이것저것 옷을 사더군."

"……보통 그 나이대 여자애면 다들 그러지 않습니까?"

"내 손녀가 원래는 안 그랬으니까 그렇지."

"연애라도 하는 거 아닙니까?"

"으음…… 어떤 같잖은 놈팡이하고…….'"

유 회장의 눈썹이 꿈틀거렸다.

김태산은 속으로 웃었다. 자식 둔 부모 마음은 다 같은 모양이었다.

"근데 연애는 아닌 것 같단 말이야."

"예? 그걸 어떻게 아십니까?"

"경호원을 시켜 지수를 따라다니게 했네."

어이없는 소리를 당당하게 말하는 유 회장!

"그런데 만나는 놈은 없더군."

"그러면 짝사랑이라도 하는 거 아닙니까?"

"뭐?! 어떤 같잖은 놈이 감히 내 손녀를 마음고생 시킨다는 건가?!"

"그, 사람 마음이라는 게 원래 어쩔 수 없잖습니까."

"끄으으으응……."

유 회장은 정말 싫다는 표정이었다.

"어떤 놈인지 알아내기만 하면……."

"너무 몰아세우지 마십시오."

"자네 딸 없다고 이러나?!"

"괜히 그러다가 손녀분이 화낼 수도 있잖습니까."

김태산의 말에 유 회장은 입맛을 다셨다. 확실히 그랬다.

"어쨌든 자네가 그렇게 말하니 한번 들어가는 보겠네."

"어르신! 친추 하시죠!"

"뭐? 친추? 그게 뭔가?"

"친구 추가 말입니다."

"……꼭 줄여서 말해야 하나?"

"하하. 요즘 신세대는 그렇게 합니다."

"거, 사람 참…… 알겠네. 그렇지만 크게 기대는 하지 말게나. 나는 현실에서 하는 낚시가 좋단 말일세."

"하하. 어르신도 분명 푹 빠지실 겁니다."

김태산은 그렇게 말하며 유 회장을 배웅하려고 했다. 그 순간, 유 회장은 뭔가 떠올랐다는 표정을 지었다.

"아, 잊을 뻔했군. 다음 달이 내 생일이네."

"생신 축하드립니다?"

"다음 달이라고 했잖나. 내 지위가 지위다 보니 기념을 안 할 수가 없지."

"소규모로 하시죠."

"소규모로 해도 어쩔 수 없이 규모가 생겨. 자네가 내 입장이 되어보게."

"골치 아플 것 같아서 싫습니다."

"말하는 것 하고는…… 어쨌든 오게. 올 수 있지?"

"당연히 가야죠. 친구의 생일인데."

유 회장은 김태산의 말에 씩 웃었다. 방금 김태산이 한 말이 정말로 마음에 든 것 같았다.

"역시. 내가 사람을 제대로 봤어. 그래, 자네 같은 친구라도 있어야 내가 덜 심심해지지. 아! 아들놈이 있다고 했나?"

"예? 예."

"아들놈도 데리고 오게. 얼굴 한번 보고 싶군."

"별로 정신 건강에 좋을 것 같지 않습니다만……."

"자네가 아들 아끼는 게 자네 얼굴에 다 보여. 자네 아들에, 자네가 아낀다면 괜찮은 친구겠지. 그런 남자는 알고 지낼수록 좋지 않겠나."

"안 좋을 수도 있습니다. 전 분명히 말씀드렸습니다."

"크크크. 걱정 말게나. 그리고 자네야 욕심이 없지만, 자네 아들은 욕심이 있을 수 있잖나. 앞으로 살아가면서 사업을 하든, 뭘 하든, 내 집에서 만날 수 있는 인맥은 무조건 도움이 될 거야."

"어르신, 제 아들은 저보다도 욕심이 없는 놈입니다."

"……어쨌든 데리고 오게나!"

"그거야 어렵지 않습니다만……."

"근데 넌 왜 날 따라오냐?"

"네? 저희 길드원이야 그렇다 쳐도 저는 괜찮아요. 발목 안 잡을 정도는 되니까요."

"아니, 그런 게 아니라 퀘스트 실패할 경우 괜히 사망 페널티 받으니까 하는 소리인데……."

이다비는 〈파워 워리어〉 길드원들한테 일을 맡겨놓고, 태현을 따라오고 있었다. 분명히 '이거 위험한 퀘스트고, 여차하다 싶으면 난 그냥 내 행운으로 회피하면서 다른 교단 놈들 버리고 튈 거다'라고 말했는데도!

"괜찮아요. 괜찮아. 한 번 죽을 수도 있지."

"……?"

"그보다 태현 씨 혼자 보내는 게 더 그렇지 않나요. 그런 위험한 퀘스트에!"

"그건 좀 감동…… 아니지. 네가 그럴 사람이 아닌데. 너 돈 때문에 이러는 거지?"

노골적으로 시선을 피하는 이다비!

"아, 아니에요. 우리 사이는 그런 골드 때문에 같이 하는 사이가 아니잖아요. 그런 오해를 하니까 좀 슬픈……."

"우리 사이가 무슨 사인데 그러면."

태현은 어이없다는 듯이 대답했다. 남들이 들으면 오해하기 딱 좋은 소리!

"난 분명히 말했다? 튈 상황이면 내 목숨부터 챙긴다고."

"괜찮아요. 사망 페널티 한 번 정도는."

'뭔가 있나 보군.'

이다비의 태도에서 태현은 무언가 있다는 걸 알아차렸다. 태현이 아키서스 교단을 부활시키고 사기 스킬인 〈부활〉을 얻었듯이, 이다비도 숨겨진 스킬을 갖고 있어도 이상할 게 없었다. 사망 페널티를 줄여주거나, 없애거나, 그런 부류의 스킬이 분명했다.

'저 직업도 참 웃기는 직업인데…….'

이다비의 직업을 생각하던 태현은 갑자기 슬퍼졌다. 〈아키시스의 화신〉을 가진 놈이 남 비웃을 처지가 아니었던 것.

"그래. 같이 가자. 혼자보다는 둘이 낫겠지."

"……나는 안 보이냐 이 자식들아?"

묵묵히 따라오던 케인은 태현의 말에 울컥해서 외쳤다.

생각해 보니 억울한 차별대우!

이다비한테는 위험할 수도 있으니까 안 와도 된다고 해놓고, 케인은 의사도 묻지 않고 데리고 온 것이다. 태현과 같이한 시간으로 따지면 케인이 훨씬 더 많은데!

찬물도 위아래가 있고 노예에도 급이 있는 법인데, 고참 노예(?)로서 대접을 못 받는 케인은 갑자기 서러워졌다.

'이다비가 예뻐서 그런 거냐! 그런 거냐!'

"뭐라는 거야. 넌 어차피 따라와야 해."

"왜?! 나도 가기 싫어할 수 있는데!"

"네 직업을 생각해 봐."

"……!"

"너 없는 곳에서 나 죽거나 위험에 처하면 페널티 받는 게 누구겠냐. 넌 무조건 따라와야지."

"……!!"

케인은 입을 벌렸다. 그랬다. 저번에도 그랬던 것처럼, 태현이 위기에 처하면 그에게 퀘스트가 뜰 가능성이 컸다. 페널티 받기 싫으면 옆에서 바짝 붙어 지켜야 했다!

"크…… 으흑흑…… 으흐흑흐긓. 그흑흑……!"

땅바닥에 엎드려서 절규하는 케인. 〈검은 바위단〉 길드원들은 케인을 이상한 눈빛으로 쳐다보며 지나갔지만, 구성욱은 그럴 수 없었다. 이제 알았다. 왜 태현 주변의 사람들이 저렇게 절규하는지.

'그래. 울 수밖에 없으니까 우는 거야!'

구성욱은 케인 옆에 무릎을 꿇고 어깨동무를 했다. 절규하던 케인은 고개를 들고 구성욱을 쳐다보았다.

태현한테 당한 피해자들 사이에서 싹트는 동지의식!

"저 둘 뭐 하는 거예요?"

"몰라. 창피하니까 아는 척하지 말자."

태현은 뻔뻔하게 이다비에게 그렇게 말했다.

"김태현 백작님. 이제 돌아오셨으니 저도 제 영지로……."

"아이고! 다른 교단들이 대륙을 구해달라고 부탁하다니! 내 영지를 또 내버려 둬야 한단 말인가!"

"……."

아농 백작은 당황한 표정으로 태현을 쳐다보았다. 태현이 없는 사이, 자기의 기사단을 이끌고 태현의 영지를 지켜준 아농 백작. 물론 공짜는 아니었다. 마르덴 후작을 쓰러뜨리면서 얻은 피 같은 공적치를 사용해서 부탁한 것이다.

당연히 태현은 최대한 본전을 뽑기 위해, 돌아와서도 아농 백작을 만나지 않고 끝까지 피하려고 했다. 그러나 그런 잔 수작에는 한계가 있는 법. 떠나려는 태현을 막아서고 아농 백작이 찾아왔다.

"교단에서 부탁했단 말입니까?"

"나는 정말로 하기 싫지만, 교단들이 부탁하니 어쩔 수 없자……."

"아닙니다! 김태현 백작님처럼 용감하시고 정의로우신 분이 어떻게 그런 부탁을 거절하겠습니까!"

"하지만 내가 없는 사이 내 영지는……."

태현은 힐끗 아농 백작을 쳐다보았다. 공적치 포인트가 없으면, 아무리 친밀도가 높고 사이가 좋아도 이런 부탁은 불가능했다. 기사단을 부려먹는 일인데, 어떻게 공짜로 가능하겠는가. 그러나 태현에게는 한 가지 달라진 점이 있었다.

고급 화술. 불가능을 가능으로 만드는 마법의 혀!

[고급 화술 스킬을 갖고 있습니다. 불가능한 설득을 성공적으로 해낼 수 있습니다. 화술 스킬이 오릅니다.]

"김태현 백작님! 제가 도와드리겠습니다!"

"오오! 아농 백작!"

순진한 아농 백작은 태현의 속셈도 모르고 홀랑 넘어갔다.

이걸로 또 한동안 영지 경비는 문제없음!

아탈리 왕국의 제노마 시.

태현에게는 추억이 있는 도시였다. 처음 왔을 때 순진한 플레이어들을 꼬드겨서 섬으로 데리고 가, 짭짤하게 남겨 먹었던 추억! 그리고 지금, 제노마 시의 항구에는 거대한 함선들이 정박해 있었다. 그리고 그 위에는 각 교단의 깃발이 펄럭거렸다.

"뭐야, 뭐야?"

"퀘스트 있나 본데?"

항구 주변에서 각자의 일을 하던 플레이어들은 갑자기 나타난 함선들을 보고 수군거렸다. 대박 퀘스트를 보면 참가하고 싶은 게 사람의 마음!

게다가 제노마 시에는 전설이 있었다. 광장에서 별생각 없이 있다가 태현이 불렀을 때 참가했던 플레이어들! 물론 생각했던 것처럼 그렇게 행복하고 좋았던 기억은 아니었지만, 밖에서 보는 사람들은 다르게 생각할 수밖에 없었다.

나도 하고 싶다! 저 사람하고 나하고 딱히 다른 것도 없는데, 나도 운만 좋으면!

"아저씨가 진짜 김태현하고 친해요?"

"아, 진짜라니까! 왜 사람 말을 못 믿어! 여기 영상 봐! 영상 끝에 나 있잖아!"

우정식은 벌컥 화를 내며 영상을 보여주었다. 그러나 플레이어들은 의심을 풀지 않았다.

"합성 아닌가?"

"작아서 안 보이는데……."

"나 참, 미치겠네! 이걸 어떻게 합성을 해!"

우정식이 정말 억울하다는 듯이 화를 내자, 플레이어들은 어쩔 수 없이 믿는다고 말했다.

"그런데 김태현하고 친하면 왜 여기서 이러고 있어요?"

"야, 내 직업이 뭐냐? 대장장이잖아. 대장장이가 계속 같이 돌아다니면 뭐 해. 나도 내 스킬 올리고 레벨업 해야지!"

우정식은 거짓말을 하지 않았다. 김지산, 박성찬과 같이 태현과 갈라지고 나서, 그들은 아쉬움을 삼키고 도시로 돌아왔다. 직업 관련 퀘스트를 깨고 도시 내에서 평판을 올려야 하니까! 제노마 시는 제작 직업 플레이어들이 많았고, 매일 치열하게 경쟁이 벌어졌다. 거기에서 이기기 위해서는 차별화가 필수! 김태현과 같이 다녔던 대장장이. 이거면 충분했다. 이거 하나면 사람들의 시선을 한눈에 받을 수 있었다.

문제는 사람들이 잘 안 믿어준다는 것!

"김태현하고 같이 다녔으면 기계공학 할 줄 알아요?"

"아니……."

"에이, 거짓말인가 봐."

"야! 기계공학을 왜 배워! 그 쓰레기 스킬을!"

"김태현은 잘 쓰던데요."

"그건 그놈이 이상한 거고! 지금 대장장이들 봐라! 기계공학 파는 놈이 있나!"

우정식은 일어서서 광장 구석을 가리켰다. 광장 구석에는 거지꼴로 앉아 있는 대장장이 몇 명이 있었다. 앞에는 〈기계공학 전문 대장장이. 기계공학 관련은 뭐든지 합니다. 환상의 기계공학 쇼! 뭔가 보여 드리겠습니다!〉라고 적혀 있는 팻말이 있었다. 그러나 아무도 찾아주지 않았다. 가끔가다 할 일 없고 심심한 플레이어 몇 명이 〈태엽으로 돌아가는 작은 인형〉 같은 무해하고 안전한 아이템을 사는 게 전부!

그랬다. 태현이 활약한 다음 기계공학 스킬에 반짝 붐이 찾아왔다. 그러나 그건 어디까지나 반짝 붐이었다. 시간이 지나고 기계공학의 실체가 드러나자, 사람들은 기계공학 스킬을 멀리하기 시작했다.

뭐만 하면 폭발! 뭐만 하면 오작동!

아무리 기계공학 스킬이 대장장이 기술로 만들 수 없는 독특하고 다양한 아이템을 만들 수 있다지만, 길 가다가 갑자기 폭발해 버리는 아이템을 살 사람은 많지 않았다. 이렇게 되자 곤란해진 건 태현만 보고 기계공학 스킬을 파기 시작한 대장장이들이었다. 어떻게든 아이템을 만들어서 사람들한테 팔고, 그걸로 다시 골드를 벌어서 또 아이템을 만들어야 하는데……아이템을 사주는 사람이 없는 것!

덕분에 〈기계공학 스킬 전공 플레이어〉는 〈거지〉와 다름없는 단어가 되었다. 그냥 가만히 앉아만 있어도 어두운 분위기가 풀풀!

"음…… 확실히……."

우정식의 말을 들은 플레이어들은 고개를 끄덕였다. 그들도 기계공학 스킬의 악명은 잘 알고 있었다. 사람들은 '기계공학 스킬이 좋아서 그런 게 아니라, 김태현이니까 기계공학 스킬을 활용할 수 있었던 거 아닐까?' 하고 의심하고 있었다.

"기계공학 스킬이 좀 쓰레기기는 하지."

"그치? 기계공학 배우는 놈들은 다 변태밖에 없잖아."

기계공학 파는 플레이어들이 들으면 목덜미를 잡을 소리! 더 슬픈 건 반박하기가 힘들다는 것이었다.

"그러면 여기서 할까?"

"김태현하고 아는 사이니까 좀 낫겠지."

두 사람은 의심을 멈추고 우정식에게 장비를 건넸다. 우정식은 한숨을 쉬었다. 수리 한 번 하기 정말 힘든 세상이었다.

"최선을 다해서 수리해 주지. 믿어보라고."

우정식은 망치를 들었다. 수리는 대장장이에게 기초 중의 기초 스킬이었다. 그러나 그 스킬이야말로 대장장이의 실력이 가장 잘 드러나는 부분! 허접한 대장장이는 쉬운 난이도의 아이템을 수리해도 총 내구도를 깎아 먹지만, 뛰어난 대장장이는 단순히 수리 스킬만 써도 버프 효과까지 추가시켰다. 그리고 우정식은 나름 괜찮은 대장장이였다. 두 플레이어가 내민 갑옷도 그렇게까지 고렙 아이템도 아니었고.

'쉽군.'

이 정도면 무난하게 완벽한 수리를 할 수 있을 것 같았다. 우정식은 망치를 높게 들었다.

[수리를 시작합니다.]

"좋아, 간······."

"김태현이 왔다!!!"

삐끗- 땅!

[수리에 실패했습니다. 아이템의 내구도가 하락합니다.]

"방금 뭔가 이상한 소리가 났는데?"

장비를 맡긴 플레이어들이 빤히 우정식을 쳐다보았다. 우정식은 최대한 표정을 유지하며 말했다.

"원, 원래 수리할 때 이런 소리가 난다고."

"아닌 거 같은데……."

"수리하고 나서 보면 되잖아!"

의심의 눈빛을 풀지 않는 플레이어들! 우정식은 등에서 땀이 나는 걸 느꼈다. 다행히 아이템의 총 내구도는 내려가지 않았다. 내려간 내구도는 다시 제대로 수리해서 올리면 됐다.

땅, 땅, 땅-

[수리에 성공했습니다. 아이템의 내구도가 올라갑니다.]×2

'그런데 김태현이 왔다고? 무슨 일이지?'

여유가 생긴 우정식은 속으로 궁금해했다. 태현이 하는 퀘스트들은 너무 어마어마해서 이제 그가 참가하기는 힘들겠지만, 그래도 궁금한 게 사람 마음!

"김태현이다!"

"케인도 있어! 무표정하게 근엄한 거 봐! 멋지지 않냐?"

"저건 누구야?"

"파워 워리어 길마, 이다비다!"

"우우! 파워 워리어! 죽어라! 우우!"

"흥! 너희들도 파워 워리어에 들어와라! 두 번 들어와라!"

제노마 시의 성문은 혼돈의 도가니였다. 다가오는 태현 일행을 본 플레이어들 덕분에 소문이 빠르게 퍼진 것이다.

"저건 데메르 교단 사제 같은데? 딱 봐도 레벨 높아 보이는 고위 사제야."

"김태현이면 데메르 교단하고 같이 퀘스트 해도 이상할 거 없잖아. 아키서스 교단 부활시켰는데."

"아니…… 그러면 사이 안 좋지 않나?"

"저기 옆에 있는 건 누구야? 처음 보는 얼굴인데."

"저건 〈검은 바위단〉이네."

"검은 바위단?"

"소수정예 길드. 랭커도 꽤 있고 실력 괜찮은 길드일걸."

"과연. 김태현하고 같이 다닐 정도라 이건가."

구경하는 플레이어들이 떠드는 사이, 태현은 멈추지 않고 사제들과 함께 이동했다. 도시 안으로 들어오자 바로 마중 나오는 데메르 성기사들! 빛나는 갑옷과 투구, 잘 연마된 롱소드. 겉으로 보는 것만으로도 강하다는 게 느껴지는 데메르 성기사들이있다. 그리고 그들이 모셔가는 태현!

이 장면만 올려도 관심이 그냥 쏟아질 듯한 장면.

"태현 님!"

"……?"

이 위압감 넘치는 상황에서 태현의 이름을 부르다니!

모두 소리가 난 곳으로 고개를 돌렸다.

'어떤 놈이 감히 나대는 거야? 나도 가만히 있는데!'

이런 생각을 하면서.

태현은 갑자기 나타난 플레이어의 모습을 곧바로 알아봤다. 저 특유의 복장은 대장장이 직업이었다. 게다가 허리춤에 차고 있는 화약 주머니는…….

"기계공학?"

"헉! 알아보셨군요! 맞습니다! 저도 기계공학을 파고 있는 대장장이입니다!"

"근데 왜 길을 막지?"

"저, 그게…… 기계공학을 배우는 데 너무 힘이 들어서…… 혹시 조언이라도 해주실 수 없나 해서…….''

보고 있던 플레이어들은 피식 웃었다. 김태현 정도 되는 플레이어가 저렇게 갑자기 나타나서 대뜸 도와달라고 하는 초보자한테 친절할 이유가 없었다. 하루에 만나는 초보자만 해도 수십 명이 넘을 텐데, 그 초보자들의 부탁을 일일이 다 들어준다면…….

까딱까딱-

"?!"

"이리로 오라고."

태현은 손가락으로 플레이어한테 오라고 신호했다. 다른 사람들이 듣지 못하도록 하기 위해서.

태현은 게임을 못하는 사람에게 약했다. 그중에서 못하는 데도 열심히 노력하는 사람에게는 더욱 약했다. 골드나 아이템을 달라고 구걸하는 게 아닌, 조언을 달라고 했던 게 마음에 들었던 것이다.

"그래, 기계공학을 올리는 데 뭐가 힘든데?"

"일단 기계공학 아이템을 만드는데 오작동 확률이 너무 높아요…… 이거 때문에 다른 사람들이 아무도 사려고 하지 않습니다. 태현 님은 이걸 어떻게 해결하셨어요?"

정답은 행운! 더럽게 높은 행운!

문제는 다른 사람들은 이 방법을 쓸 수 없다는 것이었다.

"기계공학 스킬을 올리면 좀 나아지겠지만, 그때까지는 어쩔 수 없지. 대신 발상을 바꿔봐."

"예? 발상이요?"

"꼭 기계공학으로 아이템 만들어서 팔아야지 스킬을 올릴 수 있는 건 아니잖아. 기계공학 아이템으로 사냥을 해. 그것도 방법 중 하나지."

"하지만 저는 대장장이고 제작 직업인데……."

"대장장이는 싸우면 안 되냐? 공격 스킬이 별로 없어서 그렇지 스탯만 보면 은근히 튼튼해. 나가서 몇 대 맞아주면서 싸우라고. 그리고 거기서 끝내지 마. 더 활용해 봐."

"??"

"기계공학 아이템은 불안정하지. 그렇지만 단점에 매달릴 필요는 없어. 장점을 써먹어야지. 기계공학의 장점이 뭐야. 유틸성과 화력 아니야? 적 상대할 때 이만한 게 어딨어?"

"아⋯⋯!"

조언을 구한 플레이어는 뭔가 깨달은 표정이었다. 태현도 흡족하게 고개를 끄덕였다.

태현은 상상도 못 했다. 이 순진무구한 플레이어가 사람들을 공포에 떨게 만들 기계공학 빌런이 될 거라고는.

세상일은 아무도 모르는 법. 태현의 눈앞에 있는 대장장이는 연신 고개를 끄덕이며 태현의 말을 경청했다.

"그리고 뭐가 더 있나⋯⋯ 아, 파티 플레이를 해."

"기계공학 대장장이는 파티에 잘 안 넣어주는데요⋯⋯."

대장장이도 파티에 들어가는 게 힘든 상황에서, 기계공학 대장장이는 더 말할 필요가 없었다.

태현은 고개를 저으며 대답했다.

"다른 직업을 가진 플레이어들하고 파티할 필요는 없지. 같은 기계공학 대장장이들하고 파티를 해."

"······!"

"기계공학이 불안정하기는 하지만 원래 기계공학 스킬 갖고 있으면 페널티가 좀 덜하잖아. 사고를 쳐도 좀 피해가 덜하겠지. 그리고 화력도 몇 배로 늘어날 거고."

"그런 방법이······!"

이제까지 도시나 성에서 플레이어들 상대로 장사를 할 생각만 했지, 뭉쳐서 필드에 나갈 생각은 해본 적이 없었다.

제작 직업의 고정관념!

"손에 손잡고 필드에서 폭탄을 뿌리면서 사냥을 해봐. 나름 괜찮을걸?"

"감사합니다! 꼭 해보겠습니다!"

도와달라는 말을 하지 않고, 직접 하겠다는 대답. 마음에 쏙 드는 대답이었다. 흡족한 얼굴로 고개를 끄덕였다.

"이름이 어떻게 되지?"

"가브리엘입니다."

"그래. 가브리엘. 열심히 해봐."

가브리엘은 고개를 숙이더니 몸을 돌려 뛰어갔다. 그걸 본 플레이어들은 다시 수군거렸다.

"뭐야, 저런 놈이 물어보는 것도 받아줘?"

"김태현이야 원래 성격 좋잖아. 방송 못 봤냐?"

"아무리 성격 좋아도 그렇지 저렇게 달라붙는 플레이어 하나하나 다 상대해 주지는 않잖아. 유명 플레이어 중에서 성격 좋은 사람들도 저렇게 상대해 주는 건 못 봤는데."

"야. 그런 플레이어랑 김태현이랑 같냐? 그런 가식적인 연기 하는 놈들하고 김태현은 다르다고. 케인 봐라. 원래 그렇게 깽 판을 치던 놈인데도 김태현은 끝까지 따라다니면서 충성하잖 아. 진짜 참인성이니까 가능한 거지."

케인이 들었다면 바로 PK를 신청했을 소리!

그러나 사람들에게는 언제나 이런 이야기가 잘 먹히는 법이 었다. 게다가 눈앞에서 태현이 가브리엘에게 친절하게 대해준 걸 본 이상 더더욱 그랬다. 누군가가 말했다.

"나, 나도…… 물어보면 대답해 주지 않을까?"

"……!"

처음이 어렵지, 한번 말이 나오자 다들 욕심을 부리기 시작 했다. 나름 자신이 있는 플레이어가 앞으로 뛰쳐나갔다.

"김태현 씨!"

"……?"

"제 파티에 들어오시죠!"

뛰쳐나온 플레이어는 속으로 생각했다. 중요한 건 자신감이 라고! 방금 나타난 초보 플레이어도 친절하게 대해준 태현을 봤을 때, 오히려 이런 식의 접근이 더 효과적일 수도 있었다. 자신감 넘치게, 당당하게!

'김태현을 파티에 넣을 수만 있다면 대박이다!'

그러나 돌아온 건 싸늘한 목소리였다.

"미쳤냐?"

"……네?"

"네가 누군데? 너 나 알아? 왜 갑자기 친한 척이야?"

"어, 그게, 그러니까, 김태현 씨 팬……."

"팬이면 어쩌라고. 네 말 다 들어줘야 하냐? 깃발 꽂고 싶냐?"

1초도 걸리지 않고 바로 튀어나오는 협박! 플레이어는 이마의 땀을 닦아내며 당황했다. 알고 있던 김태현하고 많이 다른 모습!

"……."

그 모습에 손을 들고 태현한테 말을 걸려던 다른 플레이어들은 조용히 입을 다물었다. 겁 없는 플레이어 한 명이 먼저 나서서 당해준 덕분에 망신 당하지 않을 수 있었다.

"김태현 성격 좋다고 한 새끼 나와봐."

"아, 아냐. 분명 저 플레이어가 실수한 거야. 저렇게 건방지게 나왔으니까 그렇지……."

"아무리 그래도 그렇지! 저 눈빛 안 보이냐? 사람 한 명은 그냥 죽이겠다!"

플레이어들이 웅성거리면서 자기들끼리 싸우는 사이, 태현은 그대로 그들 사이를 돌파했다.

"김태현 씨! 여기! 여기 좀 보십쇼!"

"……?"

거리에서 멀어져서 항구로 향하는데 뒤에서 익숙한 목소리가 들려왔다. 우정식이었다.

"저 알면 손 좀 흔들어주십쇼! 이 자식들이 제 말을 안 믿어요!"

태현은 어이가 없다는 표정을 짓더니 손 한 번 흔들어주고 항구로 향했다. 그래도 우정식은 의기양양했다. 손을 흔들어주지 않았는가!

"봤냐?! 봤냐고!"

"그냥 '손 좀 흔들어주십쇼'만 듣고 흔들어준 거 아닌가?"

"별로 친해 보이지 않던데……."

쉽게 풀리지 않는 불신!

"이 자식들이 진짜 속고만 살았나!!"

항구에서 대기하고 있는 각 교단의 NPC들. 태현은 순식간에 그들의 견적을 파악했다.

'저 성기사 갑옷하고 검…… 레벨 200은 넘는 거 같은데. 성기사단장인가?'

그렇게 숫자가 많지는 않지만, 다 고레벨 NPC였다. 이번 퀘스트가 어느 정도의 난이도인지 짐작이 갔다.

"헉. 야타 교단의 〈검투사를 위한 야타의 허리띠〉잖아요?"

"그게 뭔데?"

"비싼 아이템이죠."

한눈에 알아보는 이다비였다.

"예전에 길드 몇 개가 야타 교단 들어가서 저 허리띠 얻으려고 온갖 퀘스트는 다 했는데 결국 못 얻었다고 들었거든요. NPC가 차고 있네요."

"쟤 죽으면 훔칠 수 있나?"

"에드안이 할 소리를 왜 그쪽이 해요……?"

"하하. 농담이야."

농담이라고 말했지만 그렇게 들리지 않는 게 태현이었다. 이다비는 불안한 눈빛으로 태현을 쳐다보았다. 사망 페널티 한 번은 감수할 수 있었기에 따라왔지만, 그래도 가능하면 피하고 싶은 게 사람 마음!

'그나저나 진짜 대단하네.'

보통 플레이어라면 만나지도 못할 고위 NPC들을 아주 숨 쉬는 것처럼 만나고 다니는 태현! 그뿐만이 아니었다. 태현은 단순히 모험가 취급을 받는 게 아니라, 엄청난 명성과 업적을 가진 영웅으로 대우 받았다. 그게 더 대단했다.

지금도…….

"퉷!"

"……."

태현을 동경하는 눈빛으로 보던 이다비는 당황한 표정을 지었다. 보자마자 침을 뱉는 다른 교단의 성기사들!

철컥!

"태현 님! 진정하십시오!"

"그 석궁은 또 뭡니까! 쏘시면 안 됩니다!"

"저 자식이 쏴달라고 말한 거 같은데?"

"그런 말 한 적 없습니다!"

"아냐. 말한 거 같아. 나한테 텔레파시 마법을 보냈다고. '저한테 석궁을 쏴주세요!'라고 했어."

한 발밖에 없는 석궁을 꺼내 드는 태현. 에드안과 루포, 케인은 필사적으로 태현을 말렸다.

그랬다. 데메르 교단이야 온건하고 평화주의적인 교단이었기에 태현한테 별로 적대적이지 않았다. 그러나 다른 교단들은 아니었다.

[타이란, 야타, 파이토스 교단이 당신을 적대합니다.]

[데메르 교단은 당신에게 호의를 가지고 있습니다.]

데메르 교단 빼고 태현에게 맺힌 게 많아 보이는 상황!

"흥. 어디서 같잖은 교단의 놈이 오다니."

"천박하기 그지없군."

태현한테 들리라고 떠들어대는 각 교단의 NPC들. 다른 플레이어였다면 참았을 것이다. 원래 적대 관계에 있는 NPC들은 저런 반응이 당연했으니까! 참고 참아서 퀘스트를 완수하면, 저렇게 플레이어를 무시하던 NPC들의 반응도 바뀌게 되어 있었다. 그러나 태현은 달랐다.

"나 갈래. 기분 더러워서 못 해먹겠네. 나 간다."

"아, 아니. 김태현 백작님!"

데메르 교단의 하론이 당황해서 태현을 붙잡으려고 했다. 그러나 태현은 매몰차게 손을 치우고 걸어갔다.

"저, 저런 책임감 없는!"

"그래. 나 책임감 없으니까 그냥 갈 거야."

[고급 화술 스킬을 가지고 있습니다. 협박에 추가 효과가 부여됩니다. 중급 협박 스킬을 가지고 있습니다. 추가 보너스를 받습니다. 위압 스킬이 적용됩니다. 당신의 협박에 사람들이 매우 불안해합니다.]

〈고급 화술 스킬〉을 갖고 있다는 건, 아무 NPC나 붙잡고 욕설을 퍼부어도 뒷감당이 된다는 뜻이었다. 온갖 욕설을 퍼부은 다음 '하하 사실 그쪽한테 한 말이 아니라 그쪽 뒤에 보이는 유령한테 한 말이었어'라고 해도 넘어갈 수 있는 게 〈고급 화술 스킬〉!

"잠, 잠깐! 지금 대륙의 위기가 눈앞에 닥쳐왔는데 이렇게 멋대로 빠져도 되는 것인가!"

"같잖은 교단의 천박하기 그지없는 놈인데 뭐 어쩌겠냐."

쌓은 원한은 1분도 지나기 전에 꼬박꼬박 갚는다! 태현을 욕했던 NPC들은 당황한 표정을 지으며 하론에게 말했다.

"하론 사제! 저걸 저렇게 두고 볼 생각이오?! 아키서스 교단을 모시고 온 건 데메르 교단일 텐데?"

"아니, 누구한테 책임을 돌리는 겁니까? 김태현 백작을 모욕한 게 누군데!"

하론도 만만치 않았다. 괜히 데메르 교단을 대표해서 사신으로 온 게 아니었다. 자기가 한 일도 아닌데 책임을 씌우려고 하자 곧바로 정색하는 하론!

"어쨌든 김태현 백작이 필요하니 알아서들 데리고 오십시오! 전 분명히 여기까지 모시고 왔습니다!"

하론이 정색하자 다른 사제들이 깨갱 하고 물러섰다.

"그, 그래도 하론 사제가 데리고 왔으니 좀 친하지 않은가. 달래보게나, 좀."

"맞, 맞네. 부탁하네."

태현은 뒤를 돌아보지 않고 소리만 듣고 있었다.

'뭔가 이상한데?'

사실 이렇게 태현이 고집을 부리면, 시비를 걸어온 사제들이 사과를 할 거라고는 예상하고 있었다. 〈고급 화술 스킬〉을 갖고 있는 데다가 지금 상황은 태현보다는 저 사제들이 잘못한 상황이었으니까. 게다가 태현의 지위는 절대 낮은 편이 아니었다. 그렇지만 이렇게 안절부절못하는 건 이상했다.

태현은 하론 사제를 불렀다.

"하론 사제, 그런데 나 없어도 다들 뛰어난 사람들인데 왜 저렇게 매달리는 거지?"

"김태현 백작님. 이번 원정은 각자의 실력이 중요한 게 아닌, 각 교단에서 힘을 합치고 화합하는 게 중요한……."

"아니, 그딴 입에 발린 소리는 됐고."

시무룩해지는 하론!

"신에게 받은 예언의 내용을 맞추려고 하는 겁니다."

"예언의 내용이 뭔데?"

"특정 교단들의 이름을 불러가면서 꼭 같이 힘을 합쳐야 한다는 내용이었습니다. 거기에 아키서스 교단도 들어가 있었습니다."

"아, 그래서 쟤네들이 나 빠질까 봐 이러는 건가?"

신에게 받은 예언의 내용을 철저하게 믿는 사제들의 입장에서, 그길 지키지 않는 건 절대로 안 되는 일이었다. 설마 한마디 했다고 삐져서 '나 안 해'라고 할 줄은 몰랐던 것!

"김태현 백작님. 저들도 많이 반성했을 테니 사과한다면 그 사과를 받아주시는 게⋯⋯."

"물론이지. 하론 사제. 대륙의 위기가 코앞인데 내가 설마 개인적인 감정으로 일을 그르치겠나?"

"김태현 백작님! 과연 백작님은 영웅이십니다!"

[하론의 친밀도가 오릅니다. 데메르 교단 내에서 당신의 평가가 오릅니다.]

하론이 돌아가고, 옆에서 듣던 이다비가 놀란 목소리로 말했다.

"그래도 이번 퀘스트가 많이 중요한가 봐요? 그렇게 양보할 줄은 몰랐어요."

"응? 무슨 양보?"

"방금 적당히 넘어가 주겠다고⋯⋯."

"그래. 적당히는 이제부터 정해야지."

그러는 사이 타이란 교단의 사제가 왔다. 그는 우물쭈물한 목소리로 태현에게 사과했다.

"김태현 백작, 미안하게 됐소. 감정이 앞서서 모욕한 것을 사과하오."

"⋯⋯."

"김태현 백작?"

"아. 미안. 다른 걸 좀 생각하고 있었지."

태현의 태도에 사제는 발끈했지만, 지은 죄가 있어서 뭐라고 하시는 못했다.

"그러면 이걸로 된 거요?"

"다른 사제들은 사과 안 하나?"

"그들도 차례대로 와서 사과할 거요."

"흠. 그래, 그렇단 말이지……."

태현은 손을 내밀었다. 타이란 교단의 사제는 악수를 하자는 걸로 오해하고 손을 잡으려고 들었다.

탁!

"왜 내 손을 잡으려고 그래?"

"악, 악수하자는 거 아니었소?"

"내 손바닥을 봐. 위를 향해 펴져 있잖아. 이게 무슨 뜻이겠어? 얼마까지 알아보고 오셨나?"

타이란 사제는 경악한 표정으로 말했다.

"뇌물을 요구하는 건가!"

"누가 들으면 오해하겠네. 뇌물이라니. 마음이 담긴 선물."

"그게 무슨 마음이 담긴 선물이오!"

"왜 그래. 가치가 높으면 높을수록 진심이 담긴 기라고. 안 그래, 이다비?"

"맞는 말이네요."

쿵짝이 맞는 두 사람! 타이란 사제는 이를 갈며 말했다.

"좋소! 얼마를 원하시오!"

"골드보다는 다른 걸 원하는데. 공적치 포인트 내놔."

"……!"

무슨 맡긴 물건을 달라는 것처럼 당당하게 말하는 태현! 타이란 교단의 사제는 말도 안 된다는 듯이 대답했다.

"공적치 포인트는 교단을 위해 헌신한 사람만이 얻을 수 있는 것이오! 어디 아무것도 하지 않은 자가!"

"싫으면 말던가. 참고로 지금 뒤에서 사과할 사제들이 더 있는데, 뒤 순서로 갈수록 공적치 포인트 더 많이 받아낸다. 어지간하면 지금 내고 끝내는 게 이익일걸."

"……절대 안 되오!"

"알겠어. 싫으면 말라니까."

"안 된다고 했잖소!"

"……귀가 막혔냐?"

안 된다고 하면서 발걸음은 떼지 않는 타이란 사제!

"안 할 거면 가라니까!"

"김태현 백작! 지금 대륙의 위기가……."

"아, 안 사요. 안 사. 애들아! 사제님 좀 치워라!"

케인과 루포는 곧바로 타이란 사제의 양팔을 붙잡았다. 힘껏 저항하는 타이란 사제!

"이럴 수는 없소! 이럴 수는 없단 말이오!"

"자, 다음 분!"

약점을 잡힌 사제들이 할 수 있는 건 없었다. 다들 안 된다고 뻗댔지만, 결국 항복하는 한 명이 나왔다.

"야타 교단은 훌륭해! 좋아. 공적치 포인트는 잘 받겠어."

야타 교단의 사제가 항복하자, 다른 사제들은 발끈해서 야타 교단의 사제에게 외쳤다.

"아니, 어떻게 그럴 수가! 그쪽은 자존심도 없소? 교단의 공적치 포인트를 그렇게 함부로 주다니!"

"김태현 백작을 원정대에 넣는 게 중요한 거 아닙니까!"

나름 대의를 위해 희생을 했는데 동료들이 불평을 하자, 야타 교단의 사제도 울컥한 듯이 외쳤다. 생각해 보니 이 원인을 제공한 게 저들 아닌가!

"자기네들이 입단속 못 해서 남까지 이런 상황에 빠뜨려놓고! 반성은 못 할망정!"

"뭐, 뭐요? 지금 말 다 했소?"

아수라장! 대륙의 위기를 해결하기 위해 힘을 합치기 위해 모인 교단의 일원들. 그들은 출항도 전에 싸우기 시작했다.

"……."

"이거 위험한 거 아닌가?"

사제들끼리 멱살을 잡고 이놈 저놈 하는 꼴을 본 루포가 중얼거렸다.

"크윽…… 타이란 님. 죄송합니다……."

가장 마지막까지 고집을 부리다가 가장 많은 공적치 포인트를 바치게 된 타이란 교단의 사제! 그는 눈물을 글썽거리며 태현에게 공적치 포인트를 건넸다.

"그러게 먼저 했어야지. 공적치 포인트는 잘 받았네."

실수 한마디로 한 장사치고는 쏠쏠하게 남는 장사였다.

'아이템을 받는 것도 좋겠지만 그건 지금 할 게 아닌 거 같고, 관계를 우호로 만들어야 하나?'

태현은 사제들을 쳐다보았다. 태현에게 원망 섞인 시선을 보내는 사제들! 이미 틀어진 관계를 원래대로 돌릴 수 있을지 의문이었다.

'흠, 그냥 다른 데다가 쓰는 게 낫겠다. 사이는 계속 안 좋아도 뭐 어쩌겠어?'

사이가 안 좋아진 걱정은 조금도 안 하는 태현이었다.

분위기가 싸늘해지자, 사제 하론이 입을 열었다.

"여, 여러분. 여러분들은 여기 대륙의 위기를 해결하기 위해 모이신 분들입니다."

"……."

그러나 분위기는 변하지 않았다. 서로가 서로를 쳐다보지
않으려고 했다. 방금 태현이 공적치 포인트를 뜯어내는 과정에
서 일어난 불화!

"흥! 우리는 먼저 가보겠소."

"누가 할 소리!"

각 교단의 사람들은 각자 끌고 온 함선을 향해 냉큼 올라타
버렸다. 그걸 본 하론은 털썩 주저앉았다.

"어떻게, 어떻게 이런 일이……!"

루포와 케인, 에드안까지 태현을 쳐다보았다. '이거 어쩔 거
야' 하는 시선!

그러나 태현은 당당했다.

"다들 배 탔으니 나도 배 타도 되지?"

"배 떠납니다."

"좋아! 30분 후에 우리도 닻 올리고 쫓아간다!"

"그런데 형님, 너무 위험한 거 아닙니까?"

"뭐가 위험해?"

"김태현이잖아요. 상위 랭커……."

"랭커 안 잡아봤냐?"

"잡아보긴 잡아봤는데…… 그게 정면으로 싸워서 잡은 게 아니라 바다에 빠뜨린 거잖습니까."

"그게 중요한 거야! 일단 바다에 빠뜨리면 우리가 유리하다 고. 스미스 봤냐? 그놈 바다에 빠뜨리면 어떻게 될 거 같냐. 자랑하는 말은 타지도 못하고 허우적거릴걸?"

해적 플레이어 잭. 그는 어렸을 때부터 해적을 동경하던 사람이었다. 지금도 핸드폰 벨소리는 론리 아일랜드의 '잭 스x로우'일 정도로!

그런 그가 판타지 온라인에서 해적을 선택한 건 당연하다고 할 수 있었다.

물론 해적이 쉬운 직업은 아니었다. 도시에서는 악명 때문에 쫓기는 일이 많고, 바다에서는 그보다 더 강한 해적이나 왕국 해군을 피해 가면서 움직여야 했다.

잭은 치밀하고, 끈기 있게 행동했다. 강한 적은 피하고 약한 적은 덮쳤다. 배를 습격해서 약탈하는 것이야말로 해적 플레이어의 성장 방식! 그 결과 잭은 약탈자 세계에서는 나름 알아주는 약탈자가 되어 있었다. 경쟁자가 엄청나게 많은 육지와 달리, 비교적 경쟁자가 적은 바다는 잭의 세계!

그런 잭에게 의뢰가 왔다.

-아탈리 왕국의 제노마 시에 김태현이 있다. 항구에서 배를 타려고 하는 걸 보니 어딘가로 가려는 게 분명하다. 김태현을 습격해서 퀘스트를 방해해라.

　길드 연합(태현한테 당한 게 많은)에서 온 의뢰! 무려 2천 골드가 걸린 의뢰였다. 환전하면 1억 원 가까이 되는 돈으로 바꿀 수 있는 양!
　그만큼 길드 연합은 태현한테 쌓인 게 많았던 것이다.
　"물론 정면 승부는 힘들겠지. 나도 안다."
　"그러면요, 형님?"
　"우리가 이제까지 했던 대로 하는 거다. 몰래 뒤를 쫓는다. 언젠가 빈틈이 나올 테니까!"
　잭은 이제까지 약한 상대하고만 싸우지 않았다. PVP를 즐기는 약탈자 플레이어들은 언제나 자기보다 강한 상대와 싸울 가능성이 있었다. 그럴 때일수록 중요한 것이 실력! 잭은 기다렸다가 빈틈을 노리는 데 도가 튼 플레이어였다.
　"역시 형님이십니다!"
　"깃발 제대로 바꿨지? 해적인 거 숨겨야 해. 들켰을 때 변명할 수 있도록."
　"히히, 제 미술 스킬 아시잖습니까."

해적선 위의 플레이어들은 바다 위의 약탈에 최적화된 스킬들을 갖고 있었다. 한두 번 해본 솜씨가 아니었던 것!

"재수 없게 말이야. 김태현 같은 이름이나 갖고 있고."

잭의 중얼거림을 들은 부하가 말했다.

"판온 1 때 이야기입니까, 형님?"

"그래. 김태현이란 이름만 들어도 재수가 없어."

'저 이야기만 몇 번째인지……'

판온1 때 태현한테 PVP를 시도했다가 처절하게 털린 잭! 게다가 그때 태현은 대장장이였기에 그 충격은 더욱 컸다. 한동안 약탈자들 사이트에서 비웃음거리가 되었던 것이다. 물론 그 비웃음은 다른 약탈자들도 태현한테 차례대로 사이좋게 털리고 난 이후 사라졌지만…….

"어쨌든! 지금 해야 할 일에 집중한다고. 쫓아!"

"잭한테 메시지를 보냈나?"

"그래. 보냈지."

"일은 철저하게 해야지. 다른 곳에도 다 보냈겠지?"

"보냈으니까 걱정하지 말라고."

"어차피 이놈들 중에서 대부분이 실패할 텐데…… 선금을

준 게 좀 아까운데."

"선금을 안 주면 이놈들도 안 움직이지. 헛소리하지 마."

"알아. 어차피 선금은 푼돈이니까."

대형 길드 연합! 야심차고 패기 넘치게 결성된 그들이 가장 먼저 한 것은 태현한테 암살자들을 보내는 것이었다.

〈김태현한테 당한 피해자 연합〉이라고 이름을 지어도 될 정도로, 태현한테 당한 길드 비중이 높았던 것!

〈크라잉 해머〉, 〈성기사이즈킹〉처럼 태현한테 직접 당한 길드들은 당연히 있었고, 당한 건 없어도 잘나가는 솔로 플레이어인 태현을 눈엣가시로 여기는 길드들도 있었다.

물론 모두의 의견이 일치하지는 않았다.

"꼭 김태현한테 신경을 써야 하나? 지금 같은 상황에?"

태현한테 직접적으로 당한 게 없는 길드의 마스터들은 지금 상황을 좋아하지 않았다. 기껏 잘나가는 대형 길드들끼리 모여서 한다는 짓이 플레이어 한 명한테 암살자를 고용해서 보내는 것이라니. 쪽팔린 것에도 정도가 있지!

"맞아. 우리가 지금 대륙 최고가 되려고 모였지 쪽팔리려고 모인 건가?"

그러자 쑤닝이 입을 열었다. 태현의 단골 고객! 아니, 가장 많이 당한 피해자! 그래서 그런지, 목소리에 진심 섞인 살기가 담겨 있었다.

"우리가 골드 냈지, 너희가 냈나? 그리고 지금 오스턴 왕국의 상황. 이것도 김태현 때문인 걸 알 텐데? 오스턴 왕국의 상황 때문에 우리 계획이 얼마나 꼬인 줄 알면서 그런 소리를 해? 우리 연합에 방해되는 놈한테 본보기를 보여준다. 이걸로 이유는 충분할 터!"

"으음……."

태현이 별생각 없이 아키서스 교단의 힘을 키우려고 오스턴 왕국에서 벌인 일! 그게 나비효과로 돌아오고 있었다. 여기서 오스턴 왕국에 영지를 만들려고 했던 길드들이 꽤 있었던 것이다.

세력을 갖추게 되면 전원이 공개적으로 연합을 발표하고, 패도적이고 강력한 연합의 길을 당당하게 나아가려고 했는데……. 스턴 왕국의 병사들과 싸우느라 그럴 여유가 사라진 것이다. 덕분에 태현을 향한 길마들의 이 가는 소리는 더욱더 높아질 뿐!

"다른 길드들을 더 끌어들이겠다는 계획은 어떻게 됐지?"

"지금 초대장은 다 보내 놨다."

"지금도 충분하지만 더 많이 모아서 나쁠 건 없지. 대형 길드가 우리만 있는 게 아니니까."

"맞는 말이야. 따로 다니는 랭커들을 상대하려면 더 뭉칠 필요가 있어."

우습게도, 현재 랭커 중에서 최상위권을 다투는 랭커 중에서 대형 길드 소속은 의외로 적었다. 스미스나 이세연은 각자 이끄는 소수 정예 길드 소속이었고, 태현은 아예 길드도 없는 솔로 플레이어!

많은 인원과 철저한 협동으로 길드 내 고렙을 지워해 주는 대형 길드 입장에서는 체면이 말이 아니었다.

"내가 아는 랭커 중 쓸 만한 놈이 있는데. 로이라고."

"로이?"

"그 자식 그거 PK꾼 아냐?"

"PK꾼이어도 랭커면 끌어들이는 게 이익이지. 들어올 생각 있다면 들어오라고 해."

"아니, 지금은 어디에 잡혀 있나 봐."

"⋯⋯?"

"랭커인데 잡혀 있다고?"

자리에 모인 길마들은 '바보인가?' 하는 표정을 지었다.

"〈최강지존무쌍〉 길드에 잡혀 있다던데. 제대로 코가 꿰였다고 하더군."

"등신 같은 놈이네."

"뭐 하러 그런 놈을 불러?"

"끝까지 들어봐. 나도 궁금해서 찾아봤는데, 거기 길드가 의외로 강하더라고. 안 알려진 게 신기한 정도였어."

그 말에 다른 길마들이 관심을 가졌다.

"그래?"

"뭐, 소수 정예 길드는 원래 잘 안 알려지니까. 그래서 하고 싶은 말이 뭔데?"

"로이 그놈이 그러는데, 거기 길마가 김태현을 매우 싫어한다고 하더라고."

"과연! 거기 길마도 김태현한테 당한 게 분명해!"

"아주 잘됐네. 그 길마도 초대하라고."

쑤닝과 성기사이즈킹 길마는 신이 나서 떠들어댔다. 그걸 본 다른 길마는 속으로 생각했다.

'이놈들을 정말 믿을 수 있을까?'

현명한 길마의 불안과 달리, 태현한테 당한 피해자들은 신이 나서 김태산한테 접촉을 시도했다. 적의 적은 나의 친구! 그러나 세상은 논리적으로만 돌아가는 게 아니었다.

"저, 길마님⋯⋯."

로이는 헤헤 웃으며 김태산에게 말을 걸었다. 김태산한테 잡힌 다음, 로이는 제대로 된 퀘스트에 참가하지를 못했다. 기껏 시켜주는 일이라고는 성벽 도주 같은 초보자들이 하는 잡퀘스트! 차라리 페널티를 받고 도주할까 싶었지만, 이렇게 오랫동안 잡혀 있자 오히려 억울해지고 독한 마음이 들었다.

'반드시 내가 복수한다!'

"뭐냐?"

"제가 아는 형님께서, 길마님한테 메시지를 하나…… 보내셨는데……."

"뭔데?"

"길마님한테 잘 어울리는 제안일 겁니다. 헤헤."

"네가 그렇게 웃는 걸 보니 별로 좋은 제안 같지 않은데. 너 함정 팠냐?"

"아, 아닙니다. 제가 어떻게……."

"흐으음……."

의심의 눈초리로 로이를 쳐다보는 김태산! 로이는 갑자기 긴장되는 걸 느꼈다.

로이의 계획은 간단했다. 김태산이 길드 연합에 들어가면, 김태산을 길드 연합에 소개시켜 준 공으로 로이는 김태산에게서 해방되는 것이다. 길드 연합에 들어갔는데 다른 길마들의 말을 듣지 않을 수는 없을 테니까!

"어쨌든 말씀이나 들어보시죠?"

"찾아오라고 해."

"예?"

"찾아오라고 하라고. 여기로."

"아니, 그게…… 귓속말도 있잖습니까?"

"난 네가 아는 형님이랑 친추하고 싶지 않다."

"……."

고집을 피우는 김태산!

로이는 속으로 김태산을 욕했다. 아니, 억지를 부릴 게 따로 있지 왜 이런 걸로 억지를 부린단 말인가.

귓속말로 이야기해도 되고, 아니면 사이트에서 익명으로 이 야기해도 되고, 온갖 방법이 많은데 왜 하필 직접 판온에서 얼굴을 맞대고 이야기하겠다는 거란 말인가.

"예…… 알겠습니다. 그러면 그렇게 말하겠습니다."

그러나 로이는 김태산의 고집을 잘 알고 있었다.

한번 말한 이상 절대 꺾지는 않을 양반!

CHAPTER 4

"이야, 바다 예쁘네. 이렇게 보는 것도 장관인데?"

"정말 그러네요."

태현과 이다비는 함선의 앞머리에 서서 빠르게 갈라지는 파도를 구경하고 있었다. 반짝이는 물결 밑에는 온갖 종류의 물고기들이 돌아다니고 있었고, 더 밑으로 보면 바다의 몬스터들이 하나씩 하나씩 보였다. 그야말로 판타지 세계의 장관!

둘의 대화를 뒤에서 듣던 케인은 속으로 생각했다.

'아무리 저 둘이라지만 감수성은 좀 남아 있나 보군.'

감수성과는 거리가 멀어 보이는 둘!

한 명은 바다를 보면 '흠, 저기다가 시체를 빠뜨리면 증거를 없애기 좋겠는데'라고, 다른 한 명은 '저기 먼저 선점하면 골드 좀 벌 수 있지 않을까요'라고 말할 사람!

그래도 저렇게 순순히 경치를 감상하고 있다니, 케인은 그가 잘못 판단했다고 생각했다.

"저걸로 골드 벌 방법이 있지 않을까요?"

"글쎄. 훔치거나 처리 곤란한 아이템 있으면 여기에다가 던져놓은 다음에 나중에 찾아가게 할까?"

"그런 방법 말고요! 좀 더 순수하고 깨끗하게, 관광만 시켜 줘도……."

"관광하려고 골드를 낼까?"

"이렇게 크고 빠른 배, 플레이어들은 구하기 힘들잖아요."

"으음. 이 배를 어떻게 뺏을 방법이 없나……."

"몰래 사고를 일으켜서 다른 교단의 배를 뺏는 거예요. 당사자들이 다 죽으면 우리 거!"

"글쎄. 교단에 다른 동료들이 찾으러 오지 않나?"

케인은 둘의 대화를 들었다. 그리고 다른 곳으로 갔다.

'모르는 척하고 싶다…….'

저 멀리 수평선이 유난히 반짝이고 푸르렀다. 케인은 초점 없는 눈으로 먼 곳을 쳐다보았다.

"저 자식 눈치챈 거 아냐?!"

"아, 아닌 것 같습니다. 그냥 그대로 있는데요."

"왜 여기를 계속 보는 거야? 불길하게. 저놈 누구냐?"

"케인이네요."

"케인, 케인…… 어디서 들어봤더라?"

"유명한 놈이죠. 원래 약탈자였는데, 어느 순간부터 김태현하고 같이 다니더라고요."

"재수 없는 놈이네."

"약탈자 플레이어들은 다 케인 싫어해요. 똑같이 놀던 놈이 갑자기 뒤통수치고 세탁한 다음 깨끗한 척한다고."

케인이 듣는다면 억울해서 꺼이꺼이 울었을 소리였다.

내가 ×× 하고 싶어서 이렇게 됐냐!! 니들도 당해봐야 알지!!!!

그러나 케인의 억울함과는 상관없이, 케인은 이미 사람들 사이에서 단단히 이미지가 굳혀진 상태였다.

김태현의 오른팔! 마음을 고쳐먹은 악당!

방송에서 보여준 모습 덕분에 케인을 좋아하는 사람들도 꽤 있었지만, 케인을 싫어하는 사람들도 만만찮게 있었다. 레드존 길마로 했던 짓 때문에 싫어하는 사람도 있었지만, 그건 소수였다. 그만큼 케인은 이미지 세탁을 완벽하게 했던 것이다. 케인을 싫어하는 대부분은 약탈자 플레이어들!

-약탈자 주제에 착한 척하고 다니냐!
-약탈자 망신은 다 시키고 다녀요!
-만나면 PK 신청한다. 어디 김태현 없어도 잘 싸우나 보자!

이렇듯 케인을 싫어하는 사람들은 많았다. 잭과 부하들도 거기에 속했다.

"일단 망원경은 치우자고. 저놈이 본 것 같지는 않지만……."

"거리를 좀 벌릴까요?"

"그래. 그러자. 들키는 것보단 낫지."

잭은 신중한 사람이었다. 케인은 멍하니 '모르는 척하고 싶다' 생각하며 수평선을 본 것뿐이었지만, 잭에게는 예리한 눈동자로 주변을 둘러본 것으로 보였다.

'김태현의 적이 많다는 걸 알고 있다 이거지? 재수 없는 자식. 같은 약탈자 주제에…….'

잭은 추측했다. 태현이 이제까지 많은 습격에서 무사할 수 있었던 건 케인 때문이라고. 본인이 약탈자 출신! 그래서 어떻게 덤비고 함정을 파는지 잘 알고 있을 게 분명했다.

'그놈이 알려준 게 분명해!'

아무리 실력이 뛰어난 플레이어라도, PVP만 전문으로 뛰는 약탈자 플레이어들에게는 당할 때가 많았다. 몬스터와 싸우는 플레이어와 플레이어와 싸우는 플레이어는 그만큼 달랐던 것이다. 그러나 잭은 알지 못했다. 케인이 태현한테 알려준 게 아니었다는 것을.

"왜 여기서 멈추지?"

"여기입니다. 백작님."

"……?"

태현은 주변을 둘러보았다. 아무것도 없는 망망대해! 던전이라고 해서 어딘가의 섬이라고 생각했다. 그러나 좀 더 생각해보니 그게 아닐 수도 있겠다는 생각이 들었다.

"음. 여기 주변에 던전의 입구가 있다는 건가?"

"예. 그렇습니다. 역시 백작님이시군요."

하론은 고개를 끄덕였지만, 태현은 신경도 쓰지 않았다.

"그래서 어디로 들어가는데?"

"이제 곧 열릴 겁니다. 모두 모이시오!"

하론의 말은 큰 목소리가 아니었는데도 주변의 모두의 귓가에 생생하게 들렸다.

신성 마법!

그러자 각 교단의 함선에서 사제들이 나오기 시작했다. 그들은 서로 어색하고 피하는 눈빛으로 쳐다보았다. 태현 덕분에 생긴 감정의 골이 아직도 풀리지 않은 것이다. 대륙의 위기를 해결하기 위해 모인 교단의 강자들을 헛바닥 하나로 갈라놓은 태현!

그래도 사제들은 일단 마법을 시전하기 시작했다. 던전의 입구를 열기 위한 마법이었다.

"……!"

콰아아아-

엄청난 굉음과 함께 바다가 갈라지기 시작했다. 그리고 저 밑에서 보이는 입구!

[잊혀진 괴물이 봉인된 해저던전의 입구를 찾았습니다. 명성, 신성이 오릅니다.]

[잊혀진 괴물이 봉인된 해저던전의 입구에 들어갈 경우, 로그아웃이 제한됩니다. 강제로 로그아웃할 경우 페널티를 받을 수 있습니다.]

"……바다 밑 던전이야?"

"바로 그렇습니다! 역시 백작님이시……."

"너 놀리는 거 아니지?"

태현이 하론과 대화하면서 시간을 끌자, 타이란 교단의 성기사가 발끈하며 나섰다.

"이런 중요한 일에 시간을 끌다니! 먼저 들어가겠다!"

"아. 그러던가."

"……이런 명예를 뺏겨도 된단 말인가?"

"던전 처음 들어가는 게 명예냐? 새로 지은 건물 화장실 처음 쓰는 것도 명예라고 할 놈일세."

"……."

타이란 교단의 성기사가 울컥해서 뭐라고 하려고 하자, 뒤의 사제들이 말렸다. 그들은 이미 알고 있었던 것이다. 태현과 화술로 붙어봤자 절대로 이길 수 없다는 것을!

씩씩대던 성기사는 흥하고 고개를 돌리더니 그대로 배 밖으로 뛰어내렸다.

첨벙!

"저렇게 들어가야 한다고?"

"예!"

"아무리 봐도 자살행위 같은데……."

저 깊은 바닷속으로 사라진 성기사는 보이지도 않았다.

태현은 입맛을 다시며 뛰어내릴 준비를 했다. 서두르지 않은 데에는 이유가 있었다. 어차피 NPC는 먼저 들어가 봤자 던전 특혜를 받지 못하니까!

이 주변의 플레이어 중에서만 가장 먼저 들어가면 됐다.

"입수!"

첨벙!

[던전: 잊혀진 괴물이 봉인된 해저던전에 입장하셨습니다. 던전 내에서는 신성 관련 스킬이 봉인됩니다.]

"……응?"

물속을 헤엄치다가 툭, 하고 던전의 입구로 떨어진 태현은 앞에 뜬 메시지창을 보고 경악했다.

방금 뭐라고?

신성 관련 스킬이 그냥 봉인된다니. 묻지도, 따지지도 않고 그냥 봉인! 괜히 이름이 〈신 잡아먹는 괴물〉이 아니었다.

'뭐 이런 미친……'

순간 어이가 없었던 태현이었지만, 곧바로 생각을 다잡았다. 차라리 태현은 나을 수도 있었다. 태현의 핵심 전투력은 바로 어마어마한 행운 스탯에서 나왔다. 엄청난 회피력, 미친 듯한 치명타율, 거기에 연계되는 강력한 폭딜 스킬들과 유틸기까지. 이 모든 근원이 행운 스탯이었다.

그 행운 스탯은 그대로였다.

게다가 태현은 만약을 대비해서 온갖 스킬들을 익힌, 그야 말로 잡캐! 평생 신성 스킬만 주야장천 파온 성기사들과 사제들에 비해서는 상황이 나았다.

"이게 뭐야?!"

옆에서 지금 막 떨어진 케인이 절규했다. 원래 직업이었다면 상관이 없었겠지만, 〈아키서스의 노예〉도 일종의 성기사 같은 직업! 관련 스킬 모두 봉인!

'이거 진짜 골치 좀 아프겠는데……'

태현은 관련 스킬을 열어서 전부 확인했다.

[행운의 일격은 사용할 수 없습니다.]

"뭐?! 행운의 일격은 왜?!"

〈행운의 일격〉은 아키서스의 화신으로 전직하기 전부터 써왔던 폭딜 스킬. 이것도 막혔다는 건…….

'이게 아키서스 관련 스킬이었나 본데?'

아키서스의 화신은 일정 행운 스탯 이상을 최초로 찍었을 때 강제로 전직되는 직업. 그렇다면 행운 스탯만 찍었다고 바로 받는 〈행운의 일격〉 스킬이 아키서스 관련 스킬이라고 추측하는 것도 이상할 게 없었다.

"그렇지, 김태현. 이제야 눈치챘군. 그렇게 좋은 스킬이 일반 스킬이겠어?"

최명성 팀장은 태현의 상황을 보며 중얼거렸다. 폭딜 스킬 〈행운의 일격〉이나 스킬 성공 확률을 보정해주는 〈확률 조작〉스킬은 〈아키서스의 화신〉 전직 이전에 얻었지만…… 아키서스 관련 스킬이었다. 서버 최초로 행운 스탯을 그렇게까지 찍은 것에 대한 보상!

판타지 온라인은 그렇게 만만하지 않았다.

"어, 팀장님. 김태현 들어갔습니까?"

"그래. 들어갔어. 이제 좀 힘들어지겠지. 데리고 온 교단 NPC들이 다 전력이 반쪽이 됐으니까."

"NPC들 챙기면서 퀘스트 깨기 힘들지 않을까요?"

"김태현이 그러지는 않을걸?"

최명성은 우왕좌왕하는 교단 NPC들을 보며 생각했다. 보통 플레이어들이라면 당황했겠지만…… NPC들을 이용해 먹을 놈!

"뭐, 알아서 잘하겠지. 김태현은 실패하더라도 크게 타격을 입지 않을 거야. 도망은 칠 수 있을 테니까."

태현의 스킬셋을 알고 있는 최명성이었기에, 그렇게까지 걱정하지 않았다. 못 잡더라도 도망은 칠 수 있는 상황!

"팀장님, 여기 길마들끼리 모이는데요."

"아, 그 반푼이들?"

"……."

최명성 팀장이 반푼이라고 했지만, 대형 길드 연합은 절대 반푼이가 아니었다. 길마, 그것도 대형 길드의 길마를 하려면 게임 실력에 어느 정도 자신이 있고, 현실에서도 여유가 있어서 꽤 현질이 가능한 사람만이 할 수 있었다.

결코 아무나 하는 게 아닌 자리!

그러나 최명성의 눈에 길드 연합은 태현한테 당한 피해자 모임으로 보일 뿐이었다.

"그래도 모이면 위험하지 않겠습니까?"

"모일 리가 있나. 그런 놈들 전에도 있었어. 왜 안 됐겠냐."

최명성은 심드렁했다. 그는 길드 연합에 크게 기대를 하지 않고 있었다. 판온 1 때도 비슷한 걸 본 적이 있었기 때문이었다. 그러나 그런 건 결코 잘될 수가 없었다.

사람의 이기심 때문! 대형 길드의 길마 정도 되면 욕심이 어마어마했다. 자기가 최고가 되려는 욕심, 자기가 더 잘 나가려는 욕심……. 그런 욕심을 가진 사람들은 절대로 힘을 합칠 수 없었다. 당장에는 손을 잡는 거 같아도 결국에는 갈라지게 되어 있었다.

"반푼이들 모아봤자 반푼이들이지. 알아서 저들끼리 싸우고 갈라질 거다."

"에이, 그래도 나름 좀 한다는 사람들인데……."

"사람은 안 변한다니까. 아쉬운 거 없는 놈들은 안 뭉쳐."

그러나 최명성은 잊고 있었다. 1과 달리, 이번의 그들은 뭉칠 이유를 하나 갖고 있었다.

바로 김태현!

"아니…… 스킬이 다 봉인됐네. 기계공학 재료를 좀 더 갖고 올 거 그랬어. 너무 안일했다."

"튈까요?"

"너의 그 현실적인 태도는 참 마음에 드는데, 그래도 지금 튀는 건 좀 아니지."

이다비의 말에 태현은 고개를 저었다. 지금 도망칠 수는 없었다. 그래도 좀 도망칠 만한 상황에 도망을 쳐야지, 아무것도 안 했는데 냅다 도망치면 다른 교단 NPC들이 바로 물어뜯을 게 분명했다. 안 그래도 사이가 안 좋은데 구실을 만들어줄 수는 없는 상황!

케인은 구시렁대며 구석에 앉아 있었다.

"하필 왜 이상한 직업으로 전직해가지고……."

"이제까지 이득 본 건 다 기억에서 지웠냐? 그만 구시렁대고 일어서!"

케인은 투덜거리며 일어섰다.

타타탁-

기다리고 있자, 차례대로 〈검은 바위단〉의 길드원들이 떨어졌다. 그들 중에서 사제 직업을 가진 플레이어들은 당황한 표정이었다.

"어? 스킬이 봉인됐는데?"

"괜찮아?"

그들이 떠드는 사이, 다른 교단의 NPC들도 차례대로 던전에 들어왔다. 그들도 당황한 기색이 역력!

"이게 어떻게 된 일이오?"

"기록에 이런 건 듣지 못했는데……."

태현은 그들을 보며 피식 웃었다.

"그러게 좀 조사 제대로 하고 오지 그랬어."

"그, 그쪽한테 그런 말을 들을 이유는 없소이다!"

"정말 불쾌하군! 우리는 우리가 알아서 이 던전을 조사하겠소. 뭔가 찾으면 그때 말하리다!"

"앗! 야타 사제! 기다리시오!"

하론이 말리려고 했지만, 다른 교단의 NPC들은 잔뜩 화가 나서 자기들끼리 먼저 출발을 해버렸다. 그걸 본 하론이 머리를 감싸고 괴로워했다.

"앗…… 아아…… 이렇게 돼버리면 안 되는데……."

"괜찮아. 괜찮아. 어차피 옆에 있어 봤자 별 도움도 안 될 놈들이었어."

"……."

〈검은 바위단〉 길드원들은 태현을 어이없다는 듯이 쳐다보았다. 먼저 원인 제공을 해놓고 저렇게 뻔뻔하게…….

"그러면 우리도 슬슬 가볼까?"

"네? 어디를요?"

"쟤네들이 먼저 갔을 테니까, 뒤를 천천히 쫓아가자고. 함정이 있으면 알아서 걸려주겠지."

"……."

태현의 속셈은 간단했다.

총알받이!

〈신의 예지〉 스킬도 봉인된 상황에서, 함정이나 그런 걸 피하기 가장 좋은 건 역시 누군가 앞장서주는 것이었다. 물론 태현은 앞장설 생각이 없었다.

하론 사제가 당황한 목소리로 말했다.

"그, 그러…… 같은 목적을 가진 동지들입니다! 도와야 합니다!"

"그래. 도울 거야. 좀 뒤에서."

"같이 가야죠!"

"쟤네들이 싫다잖아. 걱정 마. 바로는 안 죽을 거야. 스킬 봉인되어도 워낙 빵빵한 놈들이라……."

태현은 그렇게 말하며 던전을 훑어보았다. 수많은 던전을 깨고 클리어한 태현이었지만, 이번 해저 던전은 꽤 독특했다.

무엇보다 해저라는 점!

'설마 바닷물이 들이닥친다거나 하는 건 아니겠지…….'

태현은 갑자기 불길한 생각이 들었다. 해저 던전의 벽은 물이었다. 건드리면 찰랑거리면서 손에 잠기는 바닷물!

어떻게 유지되고 있는지는 모르겠지만, 이게 사라지면 그대로 덮쳐오는 것이다.

퉁, 퉁-

태현은 벽을 치며 앞으로 나아갔다. 벽에서 경쾌한 소리가 났다. 다른 사람들도 경계를 늦추지 않고 뒤따랐다.

그 순간…….

파아아아아앗!

[시험의 방이 열립니다. 당신은 <아키서스의 방>으로 이동합니다.]

불길하다고 생각한 지 얼마나 됐다고 무너지는 파도의 벽!

거센 물소리와 함께 들이닥쳐 사람들을 나누기 시작했다.

"이건……!"

"김태현 백작님! 이쪽으로 오십! 으헉헉! 어푸어푸!"

하론은 끝까지 말하지도 못하고 허우적거렸다. 혼란스러운 와중에도 태현은 예리하게 관찰했다.

'물이 그냥 움직이는 게 아니다!'

태현하고 케인을 묶고, 하론하고 데메르 성기사단을 묶고 있었다. 게다가 방금 뜬 〈아키서스의 방〉으로 이동한다는 메시지창.

'관련된 신과 함께 엮는 건가?'

태현은 고개를 홱 돌렸다. 〈검은 바위단〉 길드원 대부분은 물이 덮치지 않고 있었다.

'역시 맞았군!'

촤아악!

"푸허억!"

케인은 물을 뱉어냈다. 갑작스러운 물벼락!

"아오, 김태현 이 자식이랑 다니니까 진짜 별의별……."

"나 옆에 있는데."

"……재밌고 유쾌한 일을 겪게 되네! 아이 신나라!"

케인은 순발력에 감탄했다. 이렇게 성장할 줄이야!

[<아키서스의 노예>가 나타납니다. 쓰러뜨리십시오.]

"잉?"

케인은 메시지창을 보고 눈을 깜박거렸다. <아키서스의 노예>라니, 그건 그였다.

-후-우-우-욱…….

앞에서 나타난 건 온몸에 쇠사슬을 칭칭 감고 있는 중갑의 전사였다. 투구의 틈으로 번쩍이는 눈빛! 딱 봐도 고렙 몬스터의 감이 왔다.

"나…… 나, 스킬 봉인됐는데."

"스탯으로 때려잡아."

"그게 말이 쉽지! 그보다 저 자식은 뭐 저렇게 흉측해?!"

-내…… 영혼은…… 아키서스에게 묶여 있다…… 내…… 허기를…… 달래다오…….

케인은 적에게 달려들며 외쳤다.

"너도 사기당했냐! 이 멍청한 자식아!"

콰직!

'윽, 힘이 뭔……'

케인은 물러섰다. 상대의 휘두르는 검격이 만만치 않았다.

"상대할 수 있겠냐?"

"그래! 가능할 거 같다."

허세를 부리는 게 아니었다. 케인은 속으로 생각했다. 그나마 다행이라고. 플레이어보다 압도적으로 힘이 높거나, 민첩이 높은 적은 상대하면 바로 알 수 있었다. 그러나 상대는 그 정도까지는 아니었다. 어디까지나 비슷한 수준!

스킬이 봉인됐다지만 다 사라진 건 아니었다.

"후. 강타! 파워 스매시!"

케인은 초보자 때 쓰던 스킬로 돌아왔다. 상대는 재빨리 방패를 꺼내 막아냈다. 공격을 퍼부은 다음 케인은 물러서려고 했다. 스킬 사용 후 짧은 시간 동안 경직이 있었다.

그때가 반격당하기 좋은 타이밍! 그러나 상대는 곧바로 치고 들어왔다.

-노예의 쇠사슬!

"야! 그건 내 스킬이야!!"

케인은 억울해서 외쳤지만 상대는 묵묵부답이었다. 순식간에 케인의 팔에 쇠사슬이 묶이더니 그대로 끌려갔다.

퍼퍼퍽!

"크으윽…… 김태현! 도와줘!"

"지금 내가 도와줄 때가 아닌데."

"?!"

"어쩐지 같은 곳에 묶어놓는다 했다⋯⋯."

[<아키서스의 화신>이 나타납니다. 쓰러뜨리십시오.]

앞에서 나타나는 허름한 차림의 검사. 태현은 한숨을 푹 내쉬었다. 케인 저런데, 그의 상대가 쉬울 리 없었던 것이다.

"좋아. 어떤지 한번 보자고."

파파팍!

태현은 빠르게 움직이며 페이크를 걸었다. 그런 다음 상대의 품 안으로 들어가 검을 휘둘렀다.

"⋯⋯!"

상대가 막거나 피할 줄 알았는데, 그냥 몸으로 막으면서 반격해 들어왔다.

이건 설마⋯⋯.

[회피에 성공했습니다.]

"⋯⋯."

서로 때려도 빗나가는 두 사람! 태현은 어이가 없다는 듯이 상대를 쳐다보았다.

"뭐 하자는 거야?"

상대는 대답하지 않고 검을 휘둘렀다.

[공격이 빗나갔습니다.]

무한 반복!

"아니, 이게 뭐 하는……."

아키서스의 화신 특성 때문에 벌어진 웃지 못할 상황!

옆에서 케인은 처절하게 비명을 지르고 포션을 쓰고 바닥을 구르며 싸우고 있었다. 그러나 태현은 그냥 앞에 서서 주거니 받거니 칼을 휘두를 뿐!

"와, 내 직업이기는 하지만 정말 짜증 나는 직업이다."

태현은 이제까지 그를 상대했던 사람들이 얼마나 짜증 났을지 느낄 수 있었다. 마땅한 공격 수단이 없으면 그냥 투명한 공기를 때리는 기분!

태현은 생각에 잠겼다. 그 사이에도 상대는 검을 휘둘렀다. 간간이 스킬도 섞어서 썼지만, 그건 아무 의미가 없었다. 〈행운의 일격〉도 빗나가고, 〈아키서스의 신성 영역〉은 태현의 행운 스탯이 그대로여서 그냥 통과!

'이걸 어떻게 쓰러뜨리나…….'

검술 스킬은 의미가 없고, 마법도 마찬가지. 기계공학 스킬도 저 정도 되는 회피력은 의미가 없었다.

태현은 처음으로 막막한 벽 앞에 선 기분이었다. 자신이 이렇게 상대하기 어려운 놈이었다니!

"케인, 잘 싸우고 있나?"

태현은 일단 상대를 무시하고 케인을 도와주려고 했다. 어차피 상대는 공기나 다름없었다.

"헉, 헉헉……. 여유 있으면 좀 도와줘 이 자식아……."

"알겠어. 지금 간다."

태현은 케인 앞에 다가가 케인의 상대인 〈아키서스의 노예〉의 머리통을 강하게 후려갈겼다.

[치명타가 터졌습니다!]

아키서스의 노예는 바로 태현을 향해 공격하려고 했다. 태현도 맞설 준비를 했다. 그런데…….

"??"

그냥 돌아서서 다시 케인을 향해 덤비는 아키서스의 노예!

"야 이 자식아! 저기 김태현! 저기 좀 공격하라고!"

HP가 많이 깎인 케인은 울부짖었지만, 태현은 이유를 알 수 있었다.

"아, 이게 직업 특성을 그대로 베낀 거구나."

"야! 지금 떠들 때냐!"

케인은 막다가 이제 뒤로 돌아서서 도망치고 있었다. 아키서스의 노예는 무기를 들고 케인의 뒤를 천천히 쫓았다. 그러거나 말거나 태현은 말했다.

"너하고 얘가 팽팽하게 싸울 때 눈치를 챘어야 했는데. 상대는 우리 스탯을 그대로 복사한 거야. 거기에다가 각 직업 특성을 복사해 넣은 거지."

"악! 아아악! 야! 도와달라니까!"

"그래서 저놈이 날 공격 못 하는 거지. 아키서스의 노예 페널티 알잖아?"

"크아악! 크헉!"

"그러면 이제 화신을 어떻게 쓰러뜨리냐가 문제인데……와, 진짜 생각도 안 해봤네. 날 상대하게 될 줄은 몰랐어. 아차. 일단 네 적부터 쓰러뜨리자고."

"나 혼자 잡았다, 이 자식아!!"

케인은 씩씩대며 태현을 향해 외쳤다. 발밑에는 쓰러진 아키서스의 노예가 있었다.

"뭐? 혼자 잡았나? 성질도 급해가지고."

"내가 도와달라고 했잖아!!"

케인은 가슴을 치며 외쳤다.

그 순간 태현한테 메시지창이 떴다.

[레벨업 하셨습니다.]×3

"……어?"

뜬금없이 올라버리는 레벨. 태현은 어안이 벙벙했다.

왜 갑자기?

'방금 한 건…… 케인이 상대하던 놈을 한 대 때린 것밖에 없는데? 그걸로 레벨이 올랐다고?'

태현은 이유를 찾으려고 노력했다.

일단 케인은 레벨이 100이 넘었다. 그렇다면 그를 복사한 적도 레벨이 100이 넘을 가능성이 컸다. 그래도 좀 이상했다. 태현이 온갖 난리를 쳐도 안 오르던 레벨이었다. 레벨 200을 넘는 보스 몬스터를 잡아도 짜게 오르던 레벨. 게다가 방금 쓰러뜨린 적은 대부분 케인이 공격하지 않았는가. 태현은 한 대 친 게 전부였다.

"아!"

태현은 뒤통수를 한 대 맞은 기분이 들었다.

〈신의 품격〉! 레벨업에 필요한 경험치를 행운에 비례해서 올려 버리는 미친 페널티 스킬!

이것도 신성 관련 패시브 스킬이었다. 그런데 이게 봉인이 된 상태라면?

태현의 레벨은 60대. 100 넘는 적이 상대라면 몇 대만 때려도 경험치가 폭풍처럼 오를 것이다.

"젠장……! 내가 잡았어야 했는데! 그냥 도와달라고 할 때 도와줬으면 됐을 텐데 말이야."

태현은 입맛을 다시며 스탯을 확인했다. 〈아키서스의 변덕〉이 사라진 덕분에 추가 스탯 보너스도 없었지만, 랜덤 배분도 사라진 상태였다.

'아니, 이건 올리지 말고 기다리는 게 낫겠군.'

레벨업으로 HP/MP가 오른 것에 만족했다. 태현에게 필요한 건 바로 그것이었으니까. 남은 스탯은 던전에 나가면 다시 스킬이 돌아올 테니, 랜덤으로 배분되더라도 추가 보너스를 받는 게 나았다.

"야, 저거 그냥 내버려 둘 거냐?"

퍽, 퍽, 퍽퍽퍽-

태현의 뒤에서 〈아키서스의 화신〉이 태현을 향해 계속해서 검을 휘두르고 있었다. 뭔가 웃기면서도 무서운 모습! 계속 회피가 떠시 실제로는 대미지를 입지 않았지만, 이대로 계속 둘 수는 없었다.

"에잇!"

케인은 아키서스의 화신을 향해 검을 휘둘렀다. 그러나 제대로 들어가지도 않는 공격!

"아오, 이 김태현 같은 자식이……"

"나 옆에 있다니까."

"하하, 강하다는 뜻이었습니다."

태현은 아키서스의 화신을 쳐다보며 생각에 잠겼다. 어떻게 해야 쓰러뜨릴 수 있을까?

"음, 쓰러뜨리지는 못해도…… 다른 건 할 수 있겠지."

"……?"

"일단 못 해봤던 연습을 해볼까. 어둠의 화살!"

"……"

케인은 어이가 없다는 눈으로 태현을 쳐다보았다. 지금 필살기를 때려 넣어도 대미지가 들어갈까 말까인데, 기초 흑마법으로 뭐 하자는 플레이?

그러나 태현은 묵묵하게 공격을 꽂아 넣었다.

"야, MP 포션 좀 내놔봐."

MP가 떨어지면 포션까지 빨아가면서 어둠의 화살을 날리는 태현!

[공격이 빗나갔습니다. 마법 스킬이 오릅니다.]

[공격이 적중했습니다. 마법 스킬이 크게 오릅니다. 흑마법 스킬이 크게 오릅니다.]

"역시……."

태현은 흡족한 표정으로 고개를 끄덕였다. 상대가 그와 똑같은 성능을 갖고 있다면, 그건 다시 말해서…… 엄청나게 좋은 스킬 연습 상대란 뜻! 어쩌다가 제대로 된 공격이 들어가면 스킬 경험치를 몇 배로 받을 수 있었다.

"뭐 하냐?!"

"뭐 하냐니. 스킬 경험치 올리잖아. 너도 와서 검 휘둘러."

"……너무 멍청해 보이는데……."

"네가 그러니까 케인인 거지."

"케인인 게 뭔데 이 자식아!"

케인은 투덜거리면서도 검을 들고 태현 옆에 섰다.

"근데 너는 왜 검 안 휘두르냐?"

"검술 스킬은 중급 후반이라 얘 상대로 휘둘러도 지금 당장 효과 보기 힘들어."

'이런 미친놈…….'

케인은 속으로 경악했다. 검술 스킬이 중급 후반이라니.

기계공학에, 요리에, 화술에, 마법에……. 아무리 봐도 태현은 정통 전사 계열이 아닌 직업이었다. 그런데도 검술 스킬이 중급 후반!

'나는 이제까지 뭘 한 거지?'

"흑마법 스킬이 중급이니까, 이번 기회에 마법 스킬까지 중급으로 올려놓을 생각이다."

고급 마법 스킬을 달성하면, 마르덴 후작이 갖고 있던 〈화신 봉인 저주 비전서〉를 배울 수 있었다. 만약 그걸 배울 수 있었다면 이런 화신은 쉽게 제압할 수 있었을 것이다.

"마법을 중급으로? 마검사라도 할 생각이냐?!"

"마검사 좋지."

"좋긴 뭐가 좋아! 하이브리드 직업은 다 구리다고!"

하이브리드. 여러 직업의 특성을 가진 직업. 이렇게만 들으면 그럴듯해 보이지만, 사실 판타지 온라인에서 하이브리드 직업은 별로 대우가 안 좋았다.

원래 어중간한 건 키우기 힘든 법! 하이브리드 직업의 장점을 살리려면 여러 스킬을 다 같이 올려야 했는데, 이게 보통 힘든 게 아니었던 것이다. 하나만 올려도 힘든 상황에서 몇 개를 같이 키우는 것이니까.

케인 입장에서 태현처럼 다양하게 스킬을 올리는 건 정말 잡캐, 망캐의 지름길로밖에 보이지 않았다.

"못 써먹는 놈들이나 구린 거지. 너도 그만 떠들고 칼질이나 계속해."

"이게 뭔 재미가 있다고……."

"너 수혁이 알지?"

"알지."

케인도 정수혁은 알았다. 태현을 졸래졸래 쫓아다니는, 뭔가 어수룩해 보이고 둔해 보이는 친구.

딱 봐도 게임을 잘할 것 같지는 않았다.

"걔는 이 짓만 해서 마법 스킬을 고급까지 찍었다. 그러니까 불평 그만하고 빨리 검이나 휘둘러. 이 케인 같은 놈아."

"알겠다고……!"

[당신은 <마이다스의 방>으로 이동합니다.]

"아니, 저는 왜요!"

그렇게 항의하며 이다비는 다른 곳으로 이동됐다. 황금의 신 마이다스, <죽음의 황금 상인>과 관련된 신이었다.

앞에 나타난 적도 뚱뚱해 보이는 상인! 상인은 뒤에 커다란 금화 자루를 들고 다가왔다.

촤르륵!

"포, 폭발하는 골드?!"

바닥에 반짝이는 골드들을 본 이다비는 깜짝 놀랐다. 저 스킬은 분명 그녀도 갖고 있는 스킬이었다.

바닥에 골드를 뿌려서 폭발시키는 마법! 그녀는 돈 아까워서 한 번도 써본 적이 없는 마법이었다.

"안 돼! 뭐 하는 거야!"

이다비는 급히 골드를 주워서 챙겼다. 그러자 폭발하는 골드들!

퍼퍼퍼펑!

"으윽……."

이다비는 울먹이면서 사라지는 골드들을 쳐다보았다. 저걸 현금으로 바꾸면 얼마인데! 그러거나 말거나, 상인은 계속해서 다음 스킬을 쓰려고 했다. 이번에 꺼낸 건 보석들!

"아, 안 돼! 제발! 그건 쓰면 안 돼!"

-보석 흡수!

보석을 소비해서 스탯을 올리는 강력한 버프 스킬!

슬슬 강해지자, 상인은 자루를 휘두르며 공격을 시작했다. 이다비는 울먹이면서 도망쳤다. 그리고 외쳤다.

"그냥 싸워도 되는데 왜 그런 걸 쓰는 거야! 잡았을 때 전리품이 줄잖아! 으아앙!"

1시간이 지나고, 2시간이 지나고…….

"야, 언제까지 이러고 있을 거냐?"

케인은 하품을 하며 물었다. 태현은 지치지도 않고 아키서스의 화신을 향해 어둠의 화살을 쏘아내고 있었다.

"쓰러지기 전까지는 계속 쏴야지."

"아니, 안 쓰러지잖아. 대미지 주고 있는 거 맞아?"

"가끔 한 대씩 들어가고 있는 거 같으니까 맞겠지."

다행히 상대는 회복은 하지 않았다. 그러나 이렇게 때려서 대체 언제 죽을지 알 수 없었다.

"지금 다른 놈들은 벌써 다 끝내지 않았을까?"

"몰라. 기다리라 그래."

-어둠의 화살!

[어둠의 화살 스킬 레벨이 10에 도달했습니다. 더 이상 오르지 않습니다. 어둠의 화살 스킬을 더 빠르게 사용할 수 있습니다. 싸우면서도 사용할 수 있습니다.]

하도 많이 사용했기에 뜨는 스킬 완료 메시지창! 중급 어둠의 화살 스킬이었지만 보통 이렇게까지 스킬 레벨 한계까지 올리는 사람은 드물었다. 보통 다양하게 마법을 배우고 사용하는 게 정상! 그러나 마법 스킬이 별로 없는 태현은 주야장천 어둠의 화살만 써댔다.

'어차피 싸우면서 같이 써야 하는 마법인데, 차라리 MAX로 올려서 제한 없이 쓰는 게 편하지.'

스킬 레벨을 한계까지 올리면 시전 시간이 주는 등 여러 보너스가 생겼다. 움직이면서 싸우는 태현한테는 안성맞춤!

"김태현은 왜 안 나오는 거지?"

"글쎄요……."

〈검은 바위단〉 길드원들은 지루해하며 기다렸다. 갑자기 각 교단의 NPC들이 사라지고 나니 할 수 있는 게 없었다.

던전을 좀 더 돌아다녔지만, 특이하게도 던전에는 몬스터가 없었다. 통로를 돌며 찾아봤지만 그냥 빙빙 돌 뿐!

"엄청나게 강한 몬스터를 만난 거 아닐까요?"

"확실히, 카이스 말 들어보니까 엄청 강한 거 같더라."

카이스는 검은 바위단 길드원 중 사제 직업을 가진 플레이어였다. 아까 다들 각자의 방으로 끌려갈 때, 카이스도 끌려갔었다.

그러나 카이스는 돌아온 상태! 적을 쓰러뜨리고 돌아온 것이다. 카이스만 그런 게 아니라, 다른 교단의 NPC들도 꽤 많이 돌아와 있었다.

"김태현이라면 정말 강한 적을 만났을 확률이 높아."

"와, 상상도 안 되네요. 얼마나 치열하게 싸우고 있을지……."

파아아앗-

물로 된 벽 안에서 케인과 태현이 뛰쳐나왔다.

가장 마지막으로 나온 둘!

케인의 얼굴에는 피곤함이 가득해 보였다. 그걸 본 사람들은 생각했다.

'역시 제일 강한 몬스터가 나왔나 보다.'

'저렇게 피곤해하는 걸 보면…….'

그러나 케인은 몬스터와 싸워서 피곤한 게 아니었다. 태현이 어둠의 화살을 쏘는 걸 계속 지켜만 봐서 그런 것.

'환청이 들리는 거 같아. 저 미친놈…….'

가만히 있으면 귓가에서 '어둠의 화살'이라고 소리가 들려오는 것 같았다. 결국 마법 스킬을 중급까지 찍은 태현!

정말 어마어마한 집념이었다.

그러나 태현은 쌩쌩했다. 주변을 둘러보며 물었다.

"뭐야, 우리가 가장 마지막이었나? 다들 빨리도 나왔네. 몬스터라도 잡고 있지."

"이 주변에 몬스터가 없던데요."

구성욱의 대답에 태현의 얼굴이 찌푸려졌다. 기껏 패시브 스킬을 봉인당해서 레벨업 좀 하려고 했더니…….

'저놈들이 갑자기 미쳐서 나한테 덤벼주면 참 좋을 텐데.'

태현은 흉흉한 생각을 하며 다른 교단의 NPC들을 쳐다보았다. 정말 타의 추종을 불허하는 태현!

이다비는 태현을 보면서 생각했다.

'저 눈빛은 뭔가 견적을 내는 눈빛 같은데 착각이겠지……?'

견적을 내고 있는 게 맞았다.

모두 모이자 데메르 교단의 사제, 하론이 입을 열었다.

"다행히 모든 분이 시험을 통과해 이 자리에 모였습니다. 그러면 모두 열쇠를 꺼내주십시오."

"열쇠?"

"각 교단이 예전에 괴물을 봉인했을 때 사용했던 열쇠입니다. 그것들을 모아야 던전 내부의 길이 열립니다."

"그런 건 좀 진작에 말하지?"

"……죄송합니다……."

하론 사제는 풀이 죽어서 열쇠를 찾아 꺼냈다. 다른 교단의 일행들도 열쇠를 꺼냈다.

[교단의 신성한 열쇠가 모였습니다. 잊혀진 괴물이 봉인된 해저 던전의 내부 통로가 열립니다. 잊혀진 괴물의 봉인지의 문이 열립니다.]

눈 부신 빛과 함께 열리는 수중 통로!

〈검은 바위단〉 길드원들은 모두 긴장한 얼굴로 고개를 끄덕였다. 던전의 페널티도 그렇고, 절대 만만치 않을 것이다. 방금 겪은 시험으로 그걸 깨달은 것이다.

그러나 태현은 여전히 아쉬운 얼굴이었다.

'여기서 뽕을 뽑고 가야 하는데…….'

"그나마 적이 적어서 다행입니다."

태현의 속도 모르고, 옆에서 구성욱이 그렇게 말했다.

신성 직업을 가진 플레이어들은 스킬이 봉인 당한 상황.

아까처럼 하나씩 나와서 맞상대하는 게 아닌, 적이 우르르 나오는 형태였다면 원정대는 큰 피해를 입었을 것이다.

"……."

그러나 태현에게는 아쉽기 그지없는 상황! 뭐라도 좀 때리고 잡아서 경험치를 올리고 싶은데…….

"들어갑시다, 김태현 백작!"

"흥! 오지 않을 거면 두고 오게. 아까도 가장 늦게 오더니 이번 원정에 별 열의도 없는 것 아닌가?"

"무슨 말씀을 그렇게 하시오!"

"내가 틀린 말을 했나!"

사제들끼리 싸우는 걸 보며 태현은 속으로 생각했다.

'넌 나중에 처리해 준다.'

한마디 했다가 태현한테 그렇게 당해놓고, 학습 능력이 없는 것 같았다. 언제나 그런 사람은 VIP 고객이나 마찬가지!

"언제 나오는 거야?"

"따라 들어가 볼까요?"

"아니…… 너무 위험하지, 그건."

잭은 수평선에 멈춰선 교단의 함선들을 살펴보았다. 함선 위에는 보기만 해도 흉흉해 보이는 성기사들이 우글거렸다.

원정대를 제외했는데도 강력한 전력!

잭의 수준에서 이길 수 있을 것 같지 않았다.

'다른 놈들은 어디로 간 거야? 바다 밑으로 내려갔나?'

어떻게든 태현의 빈틈을 잡아서 멱을 따야 하는데, 워낙 같이 다니는 놈들이 쟁쟁해서 그게 쉽지가 않았다. 사실 다른 교단의 NPC들은 태현을 많이 싫어했기에 잘 접근한다면 다른 방향의 뒤통수가 가능했을지도 모르겠지만…….

그런 걸 생각해 내는 건 태현 정도!

콰아아아아아-

"……?"

저 멀리서 뭔가 거대한 소리가 들리자, 잭과 그의 부하는 바로 고개를 돌렸다.

이게 무슨 소리?

"배, 배다!"

"반대 방향에 배! 열 척은 넘어!"

잭의 해적선에 있는 해적 부하들은 그래도 나름 시야가 좋았다. 그런 해적 부하들의 시선을 뚫고 갑자기 벼락처럼 나타난 함선들!

"왕국 해군이냐?!"

잭은 기겁해서 외쳤다. 왕국 해군이면 최악의 상황. 그러나 다행히 최악의 상황은 벌어지지 않았다.

"해적입니다! 갈…… 갈르두!"

"뭐?! 갈르두?!"

에스파 왕국에서 움직이던 대해적 갈르두! 해적 꿈나무(?)

인 잭은 강력한 해적 NPC인 갈르두에 대해 알고 있었다. 저주를 받아서 바다를 떠도는 대해적 갈르두. 그의 성격에 거슬리는 건 뭐든지 다 부숴 버리는…….

"도망치기에는 이미 늦었습니다!"

"바칠 거 갖고 나와! 골드! 전부 긁어모아!"

잭은 그래도 판단이 **빨랐다**. 다른 플레이어들이라면 욕심을 부려서 도망치려고 했을 것이다. 그러나 잭은 알고 있었다. 이미 늦었다는 것을! 그렇다면 차라리 모든 걸 바치고 납작 엎드려서 배라도 건져야 했다.

"항복 깃발 올려! 항복!"

[대해적 갈르두의 해적단에게 항복 요청을 보냈습니다. 요청이 받아들여졌습니다.]

"살았다!"

얼마나 뜯길지는 모르겠지만, 그래도 목숨은 구한 것이다. 잭은 안도의 한숨을 내쉬었다.

좌르륵-

잭과 부하들은 해적들에게 둘러싸여 갈르두의 해적선 갑판으로 끌려갔다. 삐끗하면 바로 관통당할 살벌한 분위기!

"뭐냐, 너는?"

"저, 저는 잭입니다. 해적으로 살아오면서 언제나 갈르두 님의 아름다운 명성과 이름을 존경해 왔습니다! 부디 제가 준비한 선물을 받아주십시오!"

갈르두는 피식 웃었다. 잭의 화술 스킬은 갈르두를 속일 만큼 높지 않았다. 속셈을 훤히 들여다보는 갈르두였다.

"좋다, 받아주겠다! 원하는 건 네 목숨이렷다?"

"예!"

"살려주도록 하지."

'살았다!'

잭은 안도의 한숨을 내쉬었다.

"내려라!"

"예?"

"살려준다고 했을 텐데. 지금 내리라고 했다."

"……!!"

잭은 갈르두의 말뜻을 알아듣고 창백한 표정을 지었다.

날강도 그 자체! 해적선을 놓고 꺼지라는 뜻 아닌가.

"그, 그것이……."

"목숨이 별로 필요하지 않은가 보군."

'$*@#&$($*#(……'

잭은 피눈물을 삼키며 내릴 준비를 했다. 그 순간 갈르두가 물었다.

"여기서 뭘 하고 있었지?"

"해적질을 하려고 기다리고 있었습니다."

"누구를?"

"저 교단들의 배를……."

갈르두의 눈빛이 번쩍였다.

"네 배를 돌려받고 싶나?"

"예? 예! 물론입니다!"

"좋아. 그러면 내 말을 따라라!"

〈갈르두의 협박-해적 퀘스트〉

대해적 갈르두는 당신의 해적선을 볼모로 잡고 당신에게 임무를 강요하고 있다. 임무를 제대로 해내지 못할 경우, 당신의 해적선은 갈르두의 손아귀에 들어가게 될 것이다. 그러나 성공할 경우 해적선을 돌려받을 수 있을 것이다. 갈르두를 만나는 건 해적으로서의 영광이기도 하다. 최선을 다해서 임무를 해내라!

보상: ?, ???, ?????

꿀꺽-

잭은 침을 삼켰다. 판타지 온라인은 언제나 위기가 기회로 바뀌는 곳이었다.

'갈르두의 밑으로 들어가는 건 기회다!'

이번 일만 잘 해내면 갈르두의 부하로 들어가서 이것저것 얻어낼 기회가 될 수 있었다.

그리고 언젠가는 뒤통수를 치고 갈르두의 모든 걸 삼킨다!

"하겠습니다! 뭐든지 시켜만 주십시오!"

"저 교단의 함선으로 다가가라. 그리고 염탐해라! 특히 김태현 백작이라는 놈이 있을 것이다."

"????"

잭은 깜짝 놀랐다. 갈르두가 왜 대체 태현을 찾고 있는 거란 말인가?

잭은 몰랐지만, 태현은 에스파 왕국을 탈출하면서 데넬손인 척을 한 적이 있었다.

그때 갈르두를 만났을 때 친 사기!

갈르두는 상상도 못 한 채 믿고 있다가, 결국 찾아오지 않은 태현에게 분노해 카테란드 섬으로 찾아갔다.

그리고 깨닫게 된 진실! 찾아서 박살 낸다!

갈르두를 속이고 무사할 사람은 없었다.

"왜 귀가 간지럽지?"

던전의 안쪽으로 이동하면서 태현은 중얼거렸다. 이다비가 그걸 듣고 물었다.

"누가 욕하는 거 아니에요?"

"흠, 너무 많아서 짐작이 안 가는데. 그나저나 여기 던전은 왜 이래? 몬스터 하나 없고. 뭔 쓰레기 같은……."

"좋은 거 아닌가요? 클리어해야 보상을 받을 수 있는데……."

"난 싸우고 싶다고. 뭐라도 좀 안 나오면 저 교단 놈들이라도 잡아야……."

"그건 안 돼요!"

이다비는 기겁을 하고 말렸다. 태현은 어이가 없다는 듯이 이다비를 쳐다보았다.

"설마 내가 진짜 잡을 거라고 생각한 건 아니지? 가끔 네가 날 어떻게 생각하는지 궁금해질 때가 있단 말이야…… 하론 사제. 여기는 원래 이런 곳인가?"

"예, 백작님. 고서에 따르면, 예전 원정대는 괴물과 사투를 벌이고 이 깊은 곳에 봉인을 시켰다고 들었습니다."

"거, 몬스터 몇 마리 정도 남겨놓을 수도 있지 않나……."

태현은 아쉬워서 입맛을 다셨다. 하론은 웃으면서 말했다.

"백작님은 농담도 잘하시는군요!"

"농담 아닌데."

"어찌 되었든 다른 몬스터가 없다는 건 천만다행입니다. 봉인된 괴물이 워낙 강력한 놈이기에 던전 자체에 영향을 줘서 몬스터를 출몰시켰을 수도 있었으니까요. 최대한 빨리 들어가서 봉인을 다시 재정비해야 합니다."

"봉인은 어떻게 하는 거지?"

"각 교단의 사제들이 한 곳으로 힘을 모아 다시 한번 주문을 외우면 됩니다."

"상대가 그냥 당해주나?"

"어…… 봉인되어 있으니까요?"

"봉인되어 있는 건 확실하고?"

"하하, 각 교단의 힘을 모은 봉인이 그렇게 쉽게 풀릴 리가……."

하론을 내버려 두고, 태현은 이다비에게 속삭였다.

"보통 이런 건 가보면 봉인이 깨져 있거나 직전 아닌가?"

"불, 불길한 소리 하지 말죠. 꼭 그런 법 없잖아요."

쿠쿠쿵-

순간 어디선가 무너지는 소리가 들렸다. 주변은 깊은 바닷속인데도 선명하게 들리는 소리!

"뭐냐?!"

"조심해라! 주변을 경계해!"

성기사들은 날카로운 목소리로 검을 뽑아 들고 외쳤다.

[신을 잡아먹는 괴물이 깨어나려고 합니다. 다시 봉인하십시오!]

콰득! 콰드득!

섬뜩한 소리와 함께 깊은 바닷물의 벽에서 거대한 손이 튀어나오기 시작했다. 공포영화의 한 장면 같은 모습!

"모두 모여라! 전투 준비! 나오는 순간 쏟아붓는다!"

교단의 전투원들뿐만 아니라, 〈검은 바위단〉 길드원들도 급하게 움직였다. 태현을 따라온 것도 이 순간을 위해서!

-크흐흐…… 어리석은 신의 추종자들이 나타났구나…… 기다리고 있었다…….

"아니?! 어떻게 말을?!"

"봉인이 풀렸단 말인가!"

-여기가…… 너희의 무덤이 될 것이다…….

콰직! 콰지직!

또 팔이 튀어나오고, 일그러진 괴물의 얼굴이 나타났다.

으드드득-

팔다리에 신성한 빛으로 그려진 봉인 문자가 덕지덕지 새겨져 있는 괴물! 그러나 그 문자도 점점 희미해지고 있었다. 봉인이 풀리기 직전 같았다.

-보아라! 내 힘을!

[신을 잡아먹는 괴물이 살신의 포효를 사용합니다. 모두가 공포에 질립니다!]

"커헉!"

"이런 미친!"

저항 불가의 강제 광역기! 공포 상태가 뜬 플레이어들은 경악했다. 아무리 그래도 그렇지, 이렇게 한 번에 바로 공포 상태에 빠지다니!

그러나 태현은 멀쩡하게 서 있었다. 〈공포를 모르는 자〉 칭호 덕분에 공포 관련 스킬에는 면역이었던 것이다.

철컥-

태현은 석궁을 꺼내 들고 말했다.

"내가 어렸을 때 뭘 싫어했는지 알아?"

"……?"

이다비와 케인은 공포 상태로 인해 시야가 흐려지고 어두워진 상태였다. 그런데도 태현의 목소리는 그대로 들렸다.

"뭐, 뭔 소리를 하는 거야?"

"어렸을 때 만화영화를 보면 꼭 주인공이든 악당이든…… 서로가 변신할 때는 기다려 주더라고. 난 그게 이해가 안 갔어. 그냥 변신하기 전에 패서 이기는 게 깔끔하잖아."

조준 완료!

태현은 앞에 가까이 다가가 석궁을 조준했다. 괴물은 태현이 뭘 하려는지 예상하지 못했는지 봉인을 풀기에 바빴다.

"네가 풀려나면 몬스터들도 많이 나올 거고, 그거 생각하면 조금 끌리긴 하는데…… 아무리 생각해도 무리지. 그냥 죽어라."

죽일 수 있을 때 죽여야 한다! 태현은 그걸 잘 알고 있었다. 괜히 봉인에서 풀려난 놈이 제힘을 되찾고 날뛰기 시작하면 태현까지 같이 망할 수 있었다.

-크하하…… 내 힘 앞에서 아무것도 할 수 없는 놈이 무슨 소리를 하는 거 크아아아아아아아아악!

하나밖에 없는 오리하르콘 화살을 화끈하게 장전해서 갈겨 버리는 태현!

바로 이런 게 태현의 장점이었다. 단 하나밖에 없는 물건이라도 써야 할 때는 쓴다!

'아까워서 망설이는 건 멍청이나 하는 짓이지!'

빠르게 날아간 오리하르콘 화살이 괴물의 이마에 적중하더니, 눈부신 빛을 뿜어냈다.

[치명타가 터졌습니다! 오리하르콘 화살로 인해 괴물에게 추가 대미지가 들어갑니다. 신 잡아먹는 괴물이 다시 영원한 봉인으로 빠져듭니다.]

미친듯한 폭딜! 행운으로 인한 높은 대미지와 오리하르콘 화살로 인한 추가 대미지까지. 그야말로 오리하르콘 죽창이라고 해도 과언이 아니었다.

일격에 보스 몬스터를 침묵시키는 강력함!

[칭호: 마탄의 사수, 금전감각이 마비된 자, 괴물을 봉인한 자를 얻습니다.]

[신성 관련 스킬을 다시 사용할 수 있습니다.]

'어?'

그러면, 패시브 스킬이 돌아오고, 경험치는 다시…….

[레벨업 하셨습니다.]

"아니, 이런 빌어먹을 순서를 봤나!"

그거 순서 바꾼다고 뭐 크게 달라지는 게 있다고! 태현은 억울함에 외쳤다. 분통을 터뜨려도 달라지지 않았다.

'그래도 70을 찍었다.'

마의 70! 남들은 150, 200을 향해 쭉쭉 달려가고 있다고 생각해보면 마음이 아팠지만…….

'진, 진정 중요한 건 다른 사람이 아니라 과거의 자기보다 나아지는 거니까…….'

태현은 빠르게 정신승리. 그리고 이어지는 메시지창!

[아이템을 얻었습니다……]

[신 잡아먹는 괴물을 봉인한 대가로 저주를 받습니다. 강제로 공간이동됩니다. 저항할 수 없습니다.]

화르륵!

봉인되어 가는 괴물에서 흘러나온 검은 기운이 태현의 전신을 휘감았다.

"……."

잘 나가다 마지막에 상큼하게 뒤통수를 치는 메시지창. 태현은 떨떠름한 표정으로 주변을 둘러보았다. 자리에 모인 사제와 성기사들은 경악한 표정으로 태현을 쳐다보고 있었다.

당연했다. 대결전을 각오하고 있었는데, 시작도 하기 전에 보스 몬스터를 그냥 봉인시켜 버린 것이다.

"김, 김태현 백작님……!"

감격한 목소리로 말하는 하론!

"대륙을 위해서, 저희를 위해서, 그런 희생을 하시다니!"

"말, 말도 안 되는…… 저런 자가 희생을……."

"하지만 사실이지 않소!"

[타이란 교단의 NPC들이 당신의 희생에 감격합니다. 교단 내

의 평가가 오릅니다. 교단과의 관계도가 올라갑니다.]

　[야타 교단의 ……]

　주르륵 뜨는, 메시지창들! 자리에 있던 교단들 전원이 태현의 행동에 감격하고 있었다. 아무리 보스 몬스터를 원샷에 잡았다고 해도 좀 지나친 감동!

　태현은 뭔가 짐작 가는 게 있어서 하론을 향해 물었다.

　"설마 괴물을 잡는 놈한테는 저주가 걸리는 거였나?"

　"……모르셨습니까?"

　"말을 안 했는데 어떻게 아냐 이 자식아!"

　"죄, 죄송합니다!"

　-크하하…… 내 저주의 힘을 느껴라…… 저 세계의 끝까지 날아가도록 해라…….

　"아. 시꺼."

　봉인되어 가는 괴물이 뒤에서 시끄럽자 태현은 뒤를 향해 어둠의 화살을 날렸다. 매섭고 빠르게 날아가는 어둠의 화살!

　퍼퍽!

　태현은 곰곰이 생각에 잠겼다. 이미 저주는 걸렸고, 회피는 불가능한 상황. 어디로 가게 될지는 알 수 없었지만 저주로 가는 상황에 분명 좋은 곳으로 보내지지는 않을 것이다.

　'이 상황에서 가장 좋은 행동은?'

덥석!

태현은 바로 케인의 손을 잡았다. 그러자 검은 기운이 케인도 감싸기 시작했다.

[강제로 공간이동됩니다. 저항할 수 없습니다.]

"……이게 뭐 하는 거냐?"

"하하, 좋은 건 같이 나누고 살아야지."

"미친놈아!"

케인은 절규했다. 태현을 상대한 지 꽤 되었기에, 지금 태현이 무슨 짓을 하고 있는지 바로 알 수 있었다.

물귀신 작전!

'아니…… 어차피 아키서스의 노예 직업 페널티 때문에 따라갔어야 했겠지만…….'

케인은 붉어진 눈으로 주변을 둘러보았다. 그 눈빛에 다른 사람들이 흠칫했다.

덥석!

"왜, 왜 날 잡아?!"

"같이 가자!"

물귀신의 연쇄!

케인은 닥치는 대로 달려들어 아무나 붙잡기 시작했다. 가까이 있던 〈검은 바위단〉들은 피하지도 못했다. 태현은 에드안도 끌어들였다.

"……태현 님, 제가 뭘 잘못이라도?"

"에드안. 이동되고 나서 편하려면 최대한 더 많이 데리고 와야겠지?"

"최선을 다해서 끌어들이겠습니다!"

에드안은 눈부신 활약을 선보였다. 도둑은 역시 민첩!

피하려는 교단의 NPC들을 붙잡고 닥치는 대로 주물 댔다.

"역시 에드안이야. 가차 없지."

"저놈을 꼭 우리 교단이라고 밝혀야 했을까요?"

루포는 체념한 목소리로 말했다. 이미 저주에 걸린 상태였기에 반쯤 포기한 목소리!

"으악! 왜 나를 붙잡는 것이냐!"

"하하! 손이 미끄러졌습니다!"

"김태현 백작! 이놈 좀 말려보시오!"

"하하. 에드안은 내 말을 잘 안 듣는 흉폭한 놈이라서."

방심하고 있던 교단의 NPC들은 차례대로 공간이동의 저주에 같이 걸리기 시작했다.

"위로! 위로 올라가서 저주를 풀자!"

"배로 돌아가야 해!"

어쩌나 급했는지, 교단의 사제들과 성기사들은 태현한테 따지지도 않고 허겁지겁 출구를 향해 달려가기 시작했다.

그걸 본 태현이 하론에게 물었다.

"배 위로 올라가면 저주를 풀 수 있나? 방법이 있었어?"

"……없을 겁니다."

침울한 하론의 얼굴! 저주에 걸렸다는 공포 때문에 별 의미도 없는 짓을 하는 것이었다.

"야, 위장 철저하게 했지? 성기사하고 사제들이야. 탐지 마법 쓰면 위험하니까 최대한 선량하게 보여야 해."

"이 장사 한두 번 합니까? 걱정 마십쇼."

잭과 부하들은 철저하게 위장하고 교단의 함선들을 향해 접근하기 시작했다. 평화로워 보이는 겉모습에, 미리 준비한 상단의 깃발. 거기에 상단의 직원 같은 복장까지. 각종 위장 스킬들로 준비한 그들! 그 순간 교단의 함선 갑판 위에서 이상한 일이 일어나기 시작했다.

"저, 저놈들 왜 저래? 왜 갑자기 난리지? 눈치챘나?"

"설, 설마……."

"교단 놈들 스킬이라면 충분히 가능하고도 남아! 이런 젠장…… 여기까지 왔는데……."

그러나 교단의 함선은 그들을 눈치챈 게 아니었다.

콰르릑! 콰릑!

교단의 함선을 감싸기 시작하는 거대한 어둠! 잭은 입을 벌렸다. 지금 뭔가 강력한 마법이 일어나고 있었다.

"뭐, 뭐야 저거……?"

쑥!

허공에 거대한 구멍이 열리더니, 함선이 그 안으로 빨려들어 가버렸다. 남은 건 방금 있었던 일이 거짓말처럼 느껴지는 잔잔하고 평화로운 바다뿐!

잭은 사기라도 당한 기분이었다.

"으아아아아아아아아-"

옆에서 질러대는 케인의 비명을 들으며, 태현은 바닥에 착지했다.

치이익-

뭔가 타는 소리!

[마계의 끓어오르는 용암에 닿았습⌐┌다. 회피에 성공합니다.]

"아뜨뜨! 아뜨!"

태현이야 회피했지만, 케인은 피하지 못했다. 케인은 HP가 감소한다는 메시지에 깜짝 놀라 펄쩍 뛰었다.

"뭐야 여기?!"

주변을 둘러보자, 거대한 황야가 눈에 들어왔다. 그냥 황야가 아니었다. 바닥 곳곳에는 끓어오르는 용암이 흐르고, 땅은 흙이 아닌 검게 굳은 암석이었다. 그리고 하늘에는 태양도 보이지 않았다. 온통 시커먼 어둠뿐! 검붉은 색이 보통 불길한 게 아니었다.

"서, 설마 아니지? 내가 생각하는 그게?"

케인이 떨리는 목소리로 물었다. 방금 뜬 메시지창에 분명, '마계의 끓어오르는 용암'이라고 나와 있었다.

설마, 설마…….

"마계로 온 거 같은데?"

"갸아아악! 갸아아아아아악!"

케인이 비명을 지르는 사이 차례대로 태현의 희생자(?)들이 나타나기 시작했다. 그리고 마지막에는…….

콰콰콰쾅!

함선째로 날아온 교단 NPC들! 물 하나 없는 마계의 황야 위에 교단의 함선이 추락한 모습은 장관이었다.

"모두 집합!"

"……."

태현의 말에 주변에 떨어진 사람들은 모이기 시작했다. '무슨 소리를 하나 들어보기나 하자'라는 표정이었다.

"어쩌다가 저주에 당해서 마계에 떨어지게 됐지만, 그렇다고 절망할 이유는 없지."

"아니, 당신 때문에 떨어진 거잖아……?"

타 교단의 사제 중 한 명이 어이가 없다는 듯이 말했다. 물귀신 작전을 쓴 게 누군데!

그러나 태현은 당당했다. 언제, 어느 순간에서라도 당당함을 잃지 않는 게 태현의 장점!

"내가 뭘 했는데?"

"김태현 백작이 저주를 맞았는데 우리를 끌고 와서……."

"내가 설마 일부러 그랬겠냐? 나도 이런 저주인 줄 몰랐지! 그리고 대부분은 저 에드안 때문이잖아."

정치해도 될 것 같은 책임 회피와 우기기! 태현은 멈추지 않고 추가타를 날렸다.

"그리고 내가 괴물을 쓰러뜨리고 봉인시켰는데 설마 날 그냥 내버려 두고 입 닦을 생각은 아니었겠지? 교단들이 그렇게 뻔뻔하지는 않을 거 아니야. 설마 그런가?"

"그, 그런 건 아니오."

교단들의 입장에서 '널 그냥 내버려 두고 입 닦을 생각이었다! 저주 걸린 건 너지 우리냐!'라고는 말할 수 없었다.

"그러면 문제없네. 불만 있는 사람?"

[고급 화술 스킬을 갖고 있습니다. 보너스를 받습니다.]

여기 온 플레이어들은 다 태현의 편이었고, NPC들은 태현의 화술 스킬에 휘둘릴 수밖에 없었다. 결국 이 인원을 전부 마계로 끌고 왔는데도 은근슬쩍 넘어가는 데 성공했다.

귀신같은 회피 능력!

방송에서는 김태산이 미인 MC와 이야기를 나누고 있었다.

"태현이가 집 안에서는 정반대라니까. 내가 방송 보고 깜짝 놀랐지. 아니, 얘가 어떻게 저렇게 착하게 나왔나?"

"김태현 플레이어가 집에서는 딴판인가요? 어떻길래?"

"으음……."

김태산은 말을 머뭇거렸다. 생각해보니 곧이곧대로 말하면 그한테도 수치스러운 상황!

"가족한테 막 화를 내거나 성질을 부리나요?"

"그러지는 않지. 누구 아들인데."

"그러면 게으르거나…… 다른 건 다 포기하고 게임만 하나요? 사실 김태현 플레이어 정도 실력이면 게임만 하는 게 문제가 되지 않잖아요."

"아니, 그런 건 아닌데. 게으르지는 않아. 자기 관리 꼬박꼬박 잘 하고, 대학도 알아서 잘 다니고……."

"아, 김태현 플레이어가 대학생이셨군요."

"그놈이 그래 봬도 한국대 수석 입학했…… 잠깐, 왜 이야기가 여기로 샜지?"

MC 역할을 맡은 여자 플레이어가 김태산을 따뜻한 눈길로 쳐다보았다. 그 눈빛은 이렇게 말하고 있었다.

-사실 자식 자랑을 하고 싶으셨군요. 그 마음 이해합니다.

정상급 플레이어에, 다른 단점이 있는 것도 아니었다. 들어보니 오히려 완벽한 수준! 처음에 태현한테 불평한 것도 아버지로서 아들한테 가지는 애정 섞인 불평이 분명했다.

김태산이 그 눈빛을 이해하지 못할 리 없었다.

"아니야! 아니라고!"

"네. 네. 이해합니다. 김태현 플레이어가 성에 안 차시는 거죠? 저희 부모님도 그러셨어요. 제가 뭘 해도 만족하지 못하시고 더 바라시는…… 그게 부모님 마음이죠?"

"그런 게 아니라니까! 사람 말 좀 들어, 이 사람아!"

"그럼 김태산 플레이어의 영상으로 넘어가겠습니다. 〈최강지존무쌍〉 길드의 대규모 전투! 모두들 기대해 주세요!"

삑-

배장욱은 리모콘을 누르고 자리에서 일어섰다. 리모콘을 잡은 그의 손이 부들부들 떨리고 있다.

"배미나 이 자식!!!"

방심한 사이 그의 여동생이 강하게 뒤통수를 후려갈긴 것이다.

방금 본 SBC 생방송. 김태산과 관련된 특집. 배장욱은 보는 순간 알 수 있었다. 이건 대박이다!

방송으로서의 재미도 잡았고, 태현의 팬들도 추가로 관심을 가질 것이고, 게다가 김태산이라는 플레이어 자체의 실력도 출중했다.

'내가 안일했다! 잘나가고 있다고 방심하면 안 됐는데!'

이쯤 되자 갑자기 불안해지기 시작했다. 배미나가 설마 태현한테도 접촉한 게 아닐까? 태현한테 가장 발언력 강한 게 누구겠는가. 부모님 아니겠는가. 김태산을 섭외했다면 김태산을 설득해서 태현을 설득할 수도 있었다. 태현은 독점 계약을 한 상황도 아니고, 얼마든지 방송사를 바꿀 수 있었다.

게다가 최근 방송도 방송사를 통해 방송한 게 아니라 〈파워 워리어〉라는 이상한 길드 방송을 통해 개인 방송으로 내보내지 않았는가!

"차 준비해!"

"예? 어디로요?"

"김태현 플레이어 만나러 간다!"

"전화로 해도 되지 않습니까?"

딱!

경쾌하게 울리는 소리!

"자식이 머리가 있는 거야 없는 거야! 성의 몰라, 성의?"

차 안에서 배장욱은 초조한 마음으로 담배를 뻑뻑 물어댔다. 이미 늦었으면 어떡하지?

"김태현이 뭐 좋아하지?"

"게임 좋아하지 않나요?"

"……."

"죄, 죄송합니다."

"됐다. 이런 놈을 데리고 있는 내 잘못이지."

배장욱의 말에 부하는 몸 둘 바를 몰라 했다.

"그…… 선물 세트 어떻습니까? 저희 방송사에서 돌리는 그 세트……."

"너무 평범하고 흔하잖아. 아, 진짜. 내가 너무 안일했어. 평소에 '사람이 전부 다'라고 말은 잘 했지 제대로 관리를 했어야 했는데. 김태현이 뭘 좋아하는지도 파악을 안 해놨잖아. 안 그래?"

"그, 그런…… 괜찮으실 겁니다. 김태현이 다른 곳하고 계약을 맺은 게 확실하지도 않잖습니까."

"아냐! 했을 거야! 했을 거 같아!"

처음에 했던 의심은 점점 확신으로 변하고 있었다. 혼자서 북 치고 장구 치고 김칫국까지 원샷하고 있는 배장욱!

"김태현이 뭘 좋아하나……."

"저, 부장님. 가장 좋은 건 역시 현금이 제일 아닐까요?"

"응? 뒷돈을 주자고?"

"아, 아뇨. 그런 게 아니라, 그냥 선물보다는 지금 한 계약의 조건을 좀 올려주면……."

"지금 김태현 조건은 우리랑 계약한 플레이어 중에서도 특급 계약인데? 김태현보다 더 계약 조건 좋은 사람은 독점 계약을 맺은 사람밖에 없…… 아니, 아니다. 내가 멍청한 소리를 했군."

배장욱은 머리를 흔들면서 부하 직원을 칭찬했다. 지금은 그런 걸 따질 때가 아니었다. 태현을 뺏기면, 태현과 관련된 프로그램은 전부 날아가는 것이다.

"맞는 말이야. 어설픈 선물 세트 같은 건 의미도 없지. 김태현은 그런 거 좋아하지도 않잖아."

"그러게요. 별로 욕심도 없어 보였고요."

"젊은 친구가 왜 이렇게 욕심이 없을까?"

정답은 필요한 건 다 갖고 있어서!

"가자마자 최대로 제안을 해야겠어. 해줄 수 있는 조건은 전부."

"저, 부장님. 제가 말하기는 했지만…… 그런데 괜찮겠습니까? 다른 플레이어들이 알게 되면 불만을 가질 수도 있을 텐데요."

"비밀을 지켜달라고 하면 되지. 김태현이 여기저기 떠벌리고 다닐 사람은 아니니까."

"지금 김태현이 집에 있나요?"

"도착해서 연락한 다음 없으면 기다리자."

'내가 이렇게 성의를 보이고 있다'는 걸 보여주기 위해서 애쓰는 배장욱이었다.

물론 태현은 그런 걸 눈치채지도 못하는 성격이었지만…….

"집 주소가 여기였는데…… 다 왔습니다. 헉, 집 엄청 좋은데요?"

"잘사는 집 같기는 했는데 이건 좀……."

배장욱도 놀라서 입을 벌렸다. 이 주변 자체도 꽤 부자들이 많은 동네였는데, 거기에서도 보기 드문 저택이었다.

'얼마나 잘사는 거야?'

"??"

갑자기 온 전화에 태현은 고개를 갸웃거렸다.

"무슨 일이십니까?"

"잘 지내셨습니까! 뵙고 싶어서 찾아왔습니다."

"아, 그래요? 뭐 어디서 만나실래요?"

"집 앞입니다."

태현은 얼떨떨한 표정으로 정문으로 향했다. 배장욱이 무슨 일로 여기에 왔단 말인가?

문이 열리자 배장욱과 부하 직원이 결연하고 각오를 다진 얼굴로 안으로 들어왔다.

"먼저 사과드리겠습니다."

"……?"

"평소에 언제나 '사람이 전부 다'고 말하고 다녔지만, 제가 조금 자만했나 봅니다. 언제라도 지금 위치가 흔들릴 수 있다는 걸 알면서도 나태하게 행동한 것, 부끄러울 뿐입니다. 하지만 태현 씨! 한 번만 다시 기회를 주십시오! 제가 한 실수를 바로잡을 기회를 주십시오!"

배장욱의 열정 넘치는 호소에, 부하 직원도 입을 열었다.

"그렇습니다! SBC가 큰 방송국이기는 하지만 저희도 결코 지지 않습니다. 저희가 이제까지 방송으로 실망시켜 드렸던 적이 없었잖습니까! 뭔가 보여 드리겠습니다!"

"????"

태현은 이 아저씨들이 술을 먹었나 싶었다. 왜 갑자기 찾아와서 이 난리지?

"아니, 뭐……."

'아니, 뭐'까지만 들었는데도 배장욱의 머리에서는 경고가 들었다. 이건 분명 부정적인 반응!

"새로 준비해 온 계약서입니다. 이걸 봐주십시오. 이것 하나는 확실히 보장해드릴 수 있습니다. 이번 계약서는 저희와 계약한 플레이어 중에서 최고 대우라는 걸 말입니다."

"아, 예. 감사합니다."

태현의 목소리에는 별다른 감정이 느껴지지 않았다. 물론 '이 아저씨들 왜 이러나' 싶었기에 이런 거였지만, 배장욱에게는 다르게 들렸다. 절망 그 자체!

'아, 이미 늦었나!'

배장욱은 쓰린 마음을 달래며 일어설 준비를 했다. 이미 늦어버린 상황. 더 이상은 어쩔 수 없었다. 최소한 더 이상 나쁜 이미지는 두고 가지 말자!

'배미나, 두고 보자. 네가 방심해서 실수하는 순간 나도 역습을 가할 테니까!'

그 순간 계단 위에서 목소리가 들려왔다. 서재에서 내려오는 김태산의 목소리였다.

"음? 이분은 누구시지? 보아하니…… 방송국 사람이신가? 맞나? 표정 보니 맞군. 태현이 이놈. 내 방송 보고 위기의식 느낀 건 아니겠지? 하하하!"

"아버지, 뭔 소리세요?"

아무것도 모르는 것 같은 태현의 반응에 김태산은 설마 싶었다. 설마, 설마…….

"너 내가 나온 방송 안 봤냐?!"

"방송 나오셨습니까?"

"이 자식이…… 왜 이렇게 관심이 없는 거야!"

"아니, 말도 안 하셔놓고 뭐라는 겁니까! 전 제가 나오는 방송도 안 보는데!"

배장욱이 있는 건 잊어버리고 아웅거리는 부자! 그 대화를 듣고 있던 배장욱은 순간 혼란스러워지는 걸 느꼈다.

'배미나가 김태산을 섭외했다.'

'배미나가 김태산을 꼬드겨서 김태현도 섭외했다.'

이렇게 생각하고 있었는데…….

'이렇게 된 게 아니었나? 왜 김태현은 모르고 있는 거지?'

배장욱은 뭔가 섬뜩한 깨달음이 달려오는 걸 느꼈다. 설마, 설마…….

"혹시…… 김태현 씨가 SBC로 가는 게 아니었습니까? 김태산 씨하고 같이 가는 게…….'"

"무슨 귀신 씻나락 까먹는 소리?"

김태산은 어이가 없다는 표정으로 태현을 쳐다보았다. 태현은 그 말을 듣고 피식 웃었다.

"아. 왜 이렇게 찾아오셨나 했더니……."

순식간에 붉어지는 배장욱의 얼굴!

'수치스러워서 죽을 거 같다!'

태현은 아무것도 안 했는데 자기 혼자서 오해하고 난리를 친 것이다. 배장욱은 고개를 푹 숙였다.

태현은 싱글벙글 웃으면서 계약서를 챙겼다.

"제가 MBS에 불만이 있으면 말을 했겠죠. 어쨌든 이렇게 배려해 주시니 감사합니다."

"크윽…… 태현 씨. 그거 밖으로 유출하시면 안 됩니다."

"그 정도야 당연하죠."

둘의 대화를 듣던 김태산은 어이가 없다는 듯이 말했다.

"뭐야, 설마 내가 태현이를 꼬드겨서 SBC로 데리고 갈 거라고 생각했던 건가? 사람을 뭐로 보고?"

"죄, 죄송합니다."

"애초에 내가 SBC 제안을 왜 받았는데…… 에잉."

김태산이 투덜거리는 동안 태현이 배장욱에게 물었다.

"근데 왜 그런 걱정을 하신 겁니까? 아버지가 방송에 나온 거 때문에?"

"아, 아니요. 그것도 있긴 한데…… 저번 방송은 저희한테 안 주시고, 〈파워 워리어〉 길드 개인 방송을 통해 오스틴 왕국 퀘스트도 처리하셔서……."

"그거 편집 많이 해야 할 거 같아서 그냥 그 부분만 공개했는데요. 군이 방송국 사람들 일 시키기 싫어서."

'그런 배려는 필요 없어!!'

배장욱은 속으로 절규했다. 그냥 주면 야근을 하는 한이 있더라도 알아서 잘 편집해서 비밀스러운 내용은 자르고 재밌게 잘 만들었을 텐데!

옆에서 김태산이 피식 웃었다.

"저놈이 저런 놈이라니까. 오셨으니 잘 이야기하고 가시게."

"아, 아버지. 오신 김에 다 같이 보죠."

"뭘 다 같이 봐?"

"아버지 나온 방송이요."

"나, 나는 됐다. 난 봤어."

"에이, 그래도 가족 모두가 모여서 보는 게 있죠."

"네가 언제부터 가족 행사를 좋아했다고 이러는 거야!"

"에헤이. 에헤이."

김태산을 붙잡고 소파에 끌어들이는 태현! 태현은 빠르게 TV를 켜 김태산이 나온 방송을 찾았다. 졸지에 배장욱과 부하 직원은 김태산의 저택에서 태현과 같이 방송을 다시 보게 되었다.

"……."

그리고 방송 내용은 누가 봐도 팔불출 아버지가 아들 자랑하며 투덜거리는 내용!

"놔! 인마! 놔!"

"아버지…… 제 칭찬을 그렇게 하고 싶으셨……."

"아니라니까! 저거 저기서 이상하게 끊었어!"

김태산은 울컥해서 태현을 밀쳐내고 일어섰다. 괜히 내려왔다가 본전도 못 찾은 꼴!

"아. 맞다. 태현이 너, 시간 좀 내라."

"예? 왜요?"

"친구 생일잔치 좀 같이 가려고."

"아버지 친구분이시면…… 성규 아저씨? 잠깐, 생일 되려면 멀었는데."

"아냐."

"청식 아저씨? 연환 아저씨?"

"네가 모르는 친구야."

"아버지한테 제가 모르는 친구분도 있었어요?"

친구 적은 것도 부전자전!

김태산은 표정을 관리하려고 노력했다. 지금 모르는 사람 두 명이 와 있는 상황 아닌가. 체면을 잃을 수는 없다!

"네…… 가 내 친구들을 다 아는 건 아니잖아……?"

"이상하네. 아버지 친구분들이 제가 모를 정도로 많지 않은데."

배장욱은 곤란한 표정으로 시선을 돌렸다. 김태산은 울컥했지만 참아야 했다. 유성수의 생일에 태현을 데리고 가려면 지금 싸워서는 안 됐으니까.

"새로 생긴 친구다. 됐냐! 인마!"

"아. 그러면 이해가 가네요. 그런데 저는 왜요?"

"보고 싶다고 해서 데리고 가는 거지."

"전 또 데리고 가서 자식 자랑이라도 하려는 줄."

"이런 건방진 자식…… 너만큼 잘난 놈들은 수두룩해!"

"음. 제가 대학 들어가고 나서 아버지가 저 데리고 친구분들한테 돌아다니면서 자식 자랑 순회공연 하셨던 게 아직도 기억에……."

"그, 그건 그거고 이건 이거지! 이번에 갈 곳은 네 스펙은 기본 스펙이야, 기본!"

"뭐 어디를 데리고 가시길래?"

'아차!'

김태산은 아차 싶었다. 배배 꼬인 태현의 성격상, 지금 갈 곳을 제대로 말해주면 안 간다고 뻗댈 가능성이 있었다.

"그…… 그러니까 겸손하란 거지."

"전 충분히 겸손한데…… 어쨌든 알겠습니다."

태현은 일어서서 배장욱과 함께 밖으로 나갔다. 마중을 위해서였다.

"그런데 태현 씨, 지금은 어디 계십니까?"

"마계요."

"네?"

"마계 떨어졌어요."

덥석!

배장욱이 태현의 손을 덥석 잡았다. 그걸 보자 태현은 판온에서 물귀신 작전을 썼던 게 떠올랐다.

'손 잡는 게 유행인가?'

"제발 이번에는 그냥 바로! 방송을 주십시오! 저희가 다 편집한 다음에 방송용 영상을 보낼 테니까 그거 한번 보시고 뭐 뺄지 말하면 다시 편집할 테니까! 제발! 좀!"

배장욱의 모습에서는 절박함이 엿보였다. 태현은 순간 구성욱이 떠올랐다. 그가 '차가운 울음의 검'을 달라고 했을 때 이런 모습이었던 것 같았다.

"네, 그러도록 하죠."

'예쓰!!'

차 안에서, 배장욱은 안도의 한숨을 내쉬었다.

"혼자 난리를 치기는 했지만 그래도 전화위복이다."

"맞는 말이십니다."

"그보다 마계라니…… 진짜 김태현은 상상을 초월하는군.

현재 마계에 간 적 있는 플레이어가 얼마나 있지?"

"사고로 갔다가 바로 죽은 플레이어는 있지만 거기서 꾸준히 버틴 플레이어는 없을걸요?"

"그래. 아주 좋아!"

배장욱은 주먹을 불끈 쥐었다. 배미나의 마수(?)도 없는 게 확인되었고, 태현도 영상을 주겠다고 했으니…….

우우웅- 우우웅-

"전화 왔는데요."

"누구지?"

차수한이었다. 방송국에서 요즘 두각을 드러내고 있는 후배 PD! 신선한 발상 때문에 배장욱의 기억에도 남아 있었다.

"선배님!"

"어, 수한아. 무슨 일이냐?"

"제가 정말 좋은 기획이 떠올랐습니다."

"……축하한다?"

"그게 아니라, 선배님의 도움이 필요합니다."

배장욱은 고개를 갸웃거렸다. 그의 도움이 필요하다니. 차수한도 자기 앞가림을 할 줄 아는 사람이었다.

"뭐가 필요한데?"

"판온의 유명한 플레이어들. 그 사람들하고 친하게 지내는 게 선배님이잖습니까."

배장욱은 게임 방송 관련해서 플레이어 관리로 명성이 높았다. 일류 플레이어를 포섭해서 방송으로 데려오는 솜씨!

MBS에서 괜히 잘나가는 PD인 게 아니었다. 태현 앞에서는 헛발질하고 망신 당하긴 했지만…….

"그렇지?"

"그 사람들을 좀 섭외해 주세요. 제가 생각이 있습니다."

"뭘 생각해 냈는데?"

"프로게이머 팀! 판온에서 가장 인기 있는 콘텐츠 중 하나가 투기장이잖습니까. 예전 다른 게임의 프로 리그처럼 판온 플레이어로 구성된 프로게이머 팀을 만드는 겁니다."

"판온 내에서? 이미 그런 시도가 있었잖아?"

단순히 유명한 플레이어들과 대다수 플레이어들로 구성된 길드가 아닌, 소수의 정예 플레이어로 구성된 프로게이머 팀.

다섯에서 열 명 사이로 구성해서, 기업의 후원을 받고, 대회에 출전해서 우승과 명성을 노리는 방식! 단지 그 대회가 다른 게임이 아니라, 판온 내의 투기장이라는 게 다를 뿐이었다. 문제는 이게 이미 한 번 나온 적 있다는 것이었다. 판온 1에서도 투기장을 노리고 팀이 구성된 적이 있었다. 대회도 몇 번 열렸었고. 그러나 의외로 흥하지는 못했다.

이유는 하나. 밸런스 때문!

"처음에야 사람들이 좋아했지만, 다른 게임의 리그와 달리 판온 같은 건 밸런스 맞추는 게 불가능해. 레벨부터 차이 나면 게임이 일방적으로 흘러간다고."

바로 그랬다. 나름 공평한 조건에서 싸울 수 있는 다른 게임과 달리, 자신이 키운 캐릭터의 성능으로 싸우는 게임.

캐릭터의 성능이 크게 좌우될 수밖에 없었다. 판온 1에서도 몇몇 특급 플레이어들로 구성된 팀이 투기장에서 연속 우승을 하는 바람에 대회가 시들해진 감이 있었다.

그리고 배장욱은 아직 그걸 기억하고 있었다.

"후후! 선배님. 제가 그걸 모를 리 없잖습니까."

"그러면 해결 방법을 찾았다는 거야?"

"예! 남쪽 신대륙 아시죠? 거기 도시에서 새로운 투기장을 하나 발견했습니다. 거기 투기장 특성이 뭔지 아십니까?"

도시마다 투기장의 특징이 달랐다. 1:1, 2:2 같은 인원 구성부터 시작해서 맵, 지형, 속성까지…….

"뭔데?"

"투기장에 들어가면 레벨이 자동으로 맞춰진다는 겁니다."

레벨 10짜리가 들어가도 레벨 100에 해당하는 능력치가, 레벨 200짜리가 들어가도 레벨 100에 해당하는 능력치가.

완벽한 밸런스!

"어떻습니까? 이렇다면 충분히 해볼 만하지 않겠습니까? 벌써 아는 기업에 연락해서 이야기해 봤습니다. 후원에 꽤 긍정

적이더군요."

"녀석. 역시 너답다!"

"감사합니다. 그러면 허락한 걸로 알겠습니다!"

"잠깐. 다 좋은데 내 소개는 왜 필요한 거지?"

"역시 리그 같은 게 처음 시작할 때는 화제성이 필요하잖습니까. 사람들은 아직 판온 1에서 프로 리그가 망한 걸 기억하고 있을 테니까요."

한번 망한 기억은 쉽게 사라지지 않는다. 게다가 판온 2의 콘텐츠는 너무 많았다. 그런 상황에서 '새롭게 투기장을 바탕으로 프로 리그를 다시 시작합니다!'라고 하면, 사람들은 관심을 안 가질 가능성이 높았다. 아무리 철저하게 대비를 하고 규칙을 보완을 해도, 인식은 쉽게 달라지지 않는 법!

"랭커들이 등장만 해주면 사람들은 일단 챙겨보게 될 겁니다. 그 뒤로는 알아서 굴러갈 거고요."

"김태현이나 이세연을 원하는 거군."

"역시 선배님이십니다."

"그런데 그건 좀 무리일 거 같다. 얘기는 해보겠지만 너무 기대는 하지 마."

"어째서입니까?"

"김태현은 그런 데 출전할 성격이 아닌 거 같고, 이세연은 요즘 다른 곳에서 퀘스트 깨느라 바쁘더라고. 우리한테 비밀로

할 정도로 중요한 퀘스트인가 봐."

"으음. 아쉽군요. 그 둘은 꼭 왔으면 했는데…… 어쩔 수 없죠. 다른 사람들도 충분히 화제를 끌 만한 사람들이니까."

"거기 투기장 인원이 몇이지?"

"5:5입니다."

"5명으로 된 팀이라. 이세연은 바쁘지만 않으면 참가할지도 모르겠는데……."

"꼭 물어봐 주십시오. 부탁드립니다."

"알겠어. 후배 부탁인데 당연히 해줘야지."

배장욱은 고개를 끄덕이며 통화를 마쳤다. 역시 차수한이었다. 판온 1에서 투기장 프로 리그가 망해서 다들 건드리지 않고 있을 때, 오히려 과감하게 들어왔다.

'예리한 생각이야. 충분히 가능성 있어.'

투기장 프로 리그가 망한 거지, 투기장은 여전히 판온의 최고 인기 콘텐츠 중 하나였다. 단점만 고치면 대박이 날 가능성이 높았다. 판타지 세계를 돌아다니면서 모험을 하는 것도 좋고, 숨겨진 비밀을 찾으며 성장하는 것도 좋지만……. 가장 박진감 넘치고 흥미진진한 건 플레이어들끼리의 PVP!

'이세연 끼고 김태현까지 끼면 초반 흥행은 확정인데 말이야. 김태현 성격에 그런 걸 안 할 거 같고…….'

뭔가 태현이 팀을 구성해서 대회에 나가는 모습이 상상이

가질 않았다. 감이었지만 정확하게 짚은 배장욱!

[판타지 온라인 2, 투기장 중심으로 프로 리그 나오나?]
[투기장에서 인기 있는 5인 팀으로 구성된 프로 리그로 갈 가능성이 높다고…….]
[판온 1과는 다르다! 달라진 판온 2 무엇이 달라졌나?]

차수한은 철저했다. 어떻게 해야 사람들의 관심을 많이 받을 수 있는지 잘 알고 있었다.
시작은 언론 플레이부터!
출시하려면 아직 꽤 시간이 남았지만, 지금부터 이렇게 떡밥을 하나씩 하나씩 던져놓으면 사람들의 관심은 무르익게 될 것이다. 각자 반응은 달랐지만 투기장 프로 리그가 사람들의 관심을 엄청나게 샀다는 건 분명했다.

그리고 여기에도 한 명, 투기장 꿈나무가 있었다.
"드디어 투기장 붐이 왔어!! 수혁아! 내가 말했잖아!"
"어…… 응?"
정수혁은 당황한 표정으로 친구들을 쳐다보았다. 친구들은 인터넷 뉴스를 가리키며 환호했다.

"투기장 프로 리그! 게다가 5인 팀 형식! 우리를 위해 맞춰놓은 것이나 다름없어!"

"레벨은 괜찮아?"

"놀랍게도 레벨이 필요 없어! 정말 대단하지 않냐?!"

투기장 안에서 레벨이 평등하게 맞춰진다는 것 때문에 사람들은 한 가지를 잊고 있었다. 보통 레벨이 높은 플레이어들이 실력도 더 좋다는 것을!

정수혁의 친구, 최진혁은 반짝반짝 눈을 빛냈다.

"여기 참가한다. 참가해서 뭔가 보여줄게! 우리 5인 팀의 실력을 보여주겠어. 김태현 선배한테도 꼭 말해줘! 우리가 여기 나간다고!"

정수혁은 순간 상상해 봤다. 태현한테 이걸 말해준다면?

'선배님. 제 친구들이 팀 짜서 프로 리그 나간다는데요.'
'나보고 뭐 어쩌라고?'

1초도 고민하지 않고 바로 나올 것 같은 대답! 그러나 정수혁은 차마 친구로서 최진혁의 꿈을 꺾을 수 없었다.

"그…… 래! 말해 드릴게."

"아. 수혁아, 너도 원한다면 우리 팀에 껴도 돼."

"5인 팀인데 자리 꽉 찼잖아?"

"하하. 아직 뭘 모르네! 원래 이런 팀은 한두 명 정도 인원 더 데리고 있잖아. 상대방 조합이나 투기장 맵에 따라서 바꿀 수 있도록. 어쨌든 너라면 무조건 환영이야!"

"그, 그래. 고맙다."

정수혁은 솔직히 친구들이 그 쟁쟁한 플레이어들을 뚫고 본선으로 나갈 수나 있을지 의심스러웠다. 레벨 제한이 없다 는 건 그만큼 더 많은 사람이 몰려온다는 것 아닌가.

[기계공학 대장장이 모집.]
[기계공학으로 서러운 당신, 모여라! 뭉치면 우리도 할 수 있다!]

언제부턴가 판온 게시판에서 이상한 글이 보였다. 기계공학 플레이어를 모으는 글이었다. 하지만 반응은 냉정했다.

-작성자 바보임? 기계공학 플레이어를 왜 모음?

-백지장도 맞들면 낫다잖아.

-백지장도 맞들면 낫다지만 기계공학 플레이어들은 모으면 두 배로 터지지 않나?

-저거 찾아가면 분명 납치된다. 무서운 형님들이 칼 들고 아이템 내놓으라고 협박할 듯.

정말 바닥까지 추락한 기계공학의 이미지! 태현이 기계공학으로 대박을 쳤는데도 이 정도로 추락하다니. 그동안 기계공학 플레이어들이 얼마나 사고를 쳤는지 알 수 있었다. 그러나 냉정한 리플에도 상관없이, 사람들은 모였다. 기계공학 대장장이들은 더 이상 잃을 게 없었기 때문이었다.

"아, 그쪽이 켄 님이신가요?"
"안녕하세요. 저는 장입니다."
서로 만나자마자 악수하는 기계공학 플레이어들. 그들의 악수는 뜨거웠다. 〈김태현한테 당한 피해자〉모임이 뜨거운 우정을 갖고 있듯이, 기계공학 플레이어들도 보자마자 서로 격하게 우정을 느꼈다. 같은 똥캐를 키우는…… 아니, 같이 험한 길을 걷는 동지 아닌가!

"안녕하십니까. 제가 이번 모임을 만든 가브리엘입니다. 여러분, 그동안 얼마나 고생이 많으셨습니까? 그동안 얼마나 많이 무시를 당하셨습니까?"

"크흐흐흑!"
가브리엘의 한마디에 터져 나오는 울음소리!

대장장이들은 모두 눈물을 훔치고 있었다. 그만큼 기계공학 스킬로 인해 서러움을 많이 겪었던 것이다.

"플레이어들은 기계공학 스킬을 무시합니다. 저희의 아이템을 사주지도 않고, 저희를 파티에 껴주지도 않으려고 하죠. 그래서 저는 생각했습니다. 우리끼리 힘을 뭉치자!"

"그런데 어떻게 우리끼리 뭉치죠? 사줄 사람이 없잖아요."

"제작 직업이라고 꼭 안에만 있어야 합니까? 필드에 나가서 사냥을 합시다!"

가브리엘의 말에 사람들은 당황하는 표정이었다. 제작 직업으로 사냥을 하는 건 상식에 맞지 않았던 것이다.

"대장장이는 그렇게 약한 직업이 아닙니다. 힘 스탯도 괜찮고, 나름 체력도 괜찮잖습니까. 스킬이 부족하다지만 여럿이 뭉쳐서 도와주면 충분히 가능할 겁니다. 거기에다가 우리에게는 기계공학 스킬이 있습니다! 폭탄 대미지도 우리한테는 좀 덜 들어가잖습니까."

"그, 그렇지만…… 사냥은 좀…….""

"맞아. 다른 제작 직업들이 왜 사냥을 안 하겠어? 이유가 있으니까 안 하는 거 아냐?"

가브리엘은 굳은 얼굴로 대답했다.

"저는 이 방법을 김태현 플레이어한테 직접 들었습니다!"

대장장이들은 깜짝 놀랐다. 현재 기계공학 스킬을 올리고 있는 플레이어 중에서 가장 앞선 플레이어는 누가 뭐라고 해도 태현이었다. 그런 태현이 말했다고?

"김태현 플레이어는 이렇게 말했습니다. 기계공학 플레이어들끼리 뭉치라고. 뭉쳐서 사냥을 하고, 적을 쓰러뜨리고, 스킬을 성장시키라고. 그리고 우리를 무시한 놈들을 밟아버리라고!"

뒤의 말은 태현이 하지는 않았지만, 지금 중요한 건 그게 아니었다. 가브리엘은 실제로 그렇게 믿고 있었으니까!

"여러분! 해봅시다! 우리를 무시한 놈들에게 우리가 얼마나 대단한지 보여줍시다!"

"오오!"

모임은 점점 열기를 띠기 시작했다.

"불태우자! 몬스터들을!"

"박살 내자! 우릴 무시한 놈들을!"

"크고 강한 폭탄으로!"

누가 봤다면 신고했을 정도로 위험한 분위기의 모임!

그러나 그들은 진지했다. 가브리엘과 함께, 그들은 바깥으로 나가 사냥을 시작했다.

픽! 퍼퍼픽!

기세 좋게 나갔지만, 대장장이들의 사냥은 쉽지 않았다.

원래 사냥도 해본 놈이 잘하는 법! 대장장이들은 계속 안에서 제작만 했기에, 간단한 사냥도 쉽지 않았다.

"저, 저 뿔사슴 뒤로 돈다! 네 뒤에 있어!"

"뭐?! 어디?!"

"그쪽이 아니라 뒤쪽! 망치 휘둘러!"

"폭탄 던진다? 폭탄 던진다?!"

혼란 그 자체!

그래도 대장장이들은 점점 사냥에 익숙해져 갔다.

"저쪽에 짧은 인던 있는데 한 번 들어가 볼까요?"

"우리들끼리요? 그래도 던전인데 사제 한 명 정도는……."

"버프 서로 다 걸어주면 할 만할 것 같은데요?"

"좋습니다! 한번 해봅시다!"

몇 번의 몰이사냥을 한 대장장이들은 실력에 자신이 붙었다. 서로 버프를 걸어주고, 만반의 준비를 한 다음 근처 산에 있는 던전 입구로 향했다.

"???"

그러나 막혀 있는 던전 입구! 던전 입구에는 전사 플레이어 세 명이 서 있었다.

"뭡니까? 왜 길을 막아요?"

"지금 길드 애들이 던전 돌고 있으니까 나중에 와라."

"예? 아니, 같이 깨면 되잖아요?"

"사냥하는 데 방해된다."

가브리엘은 어떻게 된 건지 깨달았다.

던전 독점! 던전을 깰 때 독점하면 여러모로 좋았다. 경험치, 아이템, 히든 몬스터 보상까지……. 물론 널리 알려진 던전은 독점하는 게 힘들었다. 플레이어들이 한둘이 아니었으니 당연히 겹칠 수밖에 없었다. 그래서 하는 게 이런 식으로 입구를 막고 못 들어오게 하는 것!

물론 이런 짓을 하면 예전 케인의 레드존 길드처럼 푸짐하게 욕을 먹지만……. 원래 이런 걸 하는 길드는 보통 두꺼운 철판을 얼굴에 깔고 있게 마련이었다.

"너무하지 않습니까!"

"맞아요! 우리가 뭐 얼마나 잡는다고!"

대장장이들의 항의에도 길드원들은 눈 하나 깜박이지 않았다.

"다른 데 가서 사냥하면 되잖아. 우리 정도면 친절하지. 다 깨면 비켜주니까. 아예 점령 안 한 걸 고맙게 여겨."

"그게 무슨……."

"그리고 보니까 대장장이 같은데 무슨 사냥이야? 그냥 들어가서 아이템이나 만들라고. 골드 줄 테니까 수리나 할래?"

"우리도 사냥할 수 있습니다!"

"아. 가라고. 확 PVP 해버릴까 보다."

길드원 중 하나가 귀찮았는지 위협하는 시늉을 했다. 검을 들고 윽박지르는 모습. 그걸 본 대장장이들은 울컥했다.

그러나 가브리엘은 입술을 깨물더니 말했다.

"알겠습니다. 가겠습니다."

돌아서는 가브리엘. 대장장이들은 놀랐지만 가브리엘의 뒤를 따랐다. 그리고 그를 위로했다.

"잘 참았어요. 확실히 싸워봤자 우리만 손해니까……."

"던전이 거기만 있는 것도 아니고, 다른 곳 가죠."

"아니요."

"……?"

"저 던전에 갑시다."

말소리가 안 들릴 정도로 멀어지자, 가브리엘은 대장장이들에게 본심을 털어놓았다.

"저기 길드는 그렇게 대단한 길드도 아니에요. 이 주변에 고렙 없다고 저렇게 횡포를 부리는데, 계속 저러는 꼴은 못 봐주겠습니다. PVP를 하더라도 저 안으로 들어갈 겁니다!"

"그, 그렇지만…… PVP는 좀……."

"맞아. 사냥이면 모를까 너무 위험하지 않습니까?"

"아닙니다. 할 수 있습니다."

가브리엘은 태현의 플레이 영상을 떠올렸다. PVP와 기계공학을 결합시킨 테크닉의 진수!

가브리엘은 태현의 팬 중의 팬이었다. 태현의 영상은 몇 번이고 돌려봤다. 아예 외울 정도였다.

'이런 상황에서 김태현이라면 어떻게 했을까?'

태현은 가르쳐 주지도 않았지만, 아이러니하게도 가브리엘은 제자처럼 그의 전투 방식을 그대로 따라가고 있었다.

'그래, 김태현이 날 도와주고 있다!'

가브리엘은 그렇게 생각했다. 태현이 듣는다면 '뭔 소리를 하는 거냐' 싶을 정도의 망상!

그러나 가브리엘은 평범한 망상병 환자가 아니었다. 그는 재능 있고 가능성 넘치는 망상병 환자였다.

"여러분. 여러분이 싫다면 저는 하지 않겠습니다. 하지만 저를 믿어주신다면…… 제대로 싸워볼 계획을 만들어보겠습니다. 저를 믿어주십시오!"

가브리엘의 뜨거운 목소리는 다른 대장장이들을 흔들었다.

"……에이, 뭐 죽으면 죽는 거지. 페널티 몇 번 받으면 어때. 같이 한다!"

"정말로?!"

"페널티도 페널티인데 저놈들 재수 없잖아. 우리 대장장이라고 무시한 거 봤냐? 죽더라도 본때는 보여주고 죽을래."

한 명이 넘어오자, 다른 사람들도 차례대로 넘어오기 시작했다.

"나도 한다! 기계공학끼리 뭉쳤는데 끝까지 같이 가자고!"

"이익…… 좋아! 나도 간다!"

CHAPTER 5

"아니, 가라니까. 진짜 한 대 맞고 갈래?"

던전의 입구를 막고 있던 길드원들은 대장장이들이 다시 나타나자 짜증을 냈다. 그러나 가브리엘은 침착하게 말했다.

"아까 장비 수리해 주면 골드 주신다고 해서……."

"뭐? 크하하하하!"

길드원들은 웃음을 터뜨렸다. 놀리기 위해서 한 말을 진짜로 믿고 올 줄이야.

"아니, 내 장비를 뭘 믿고 너희 같은 대장장이한테 맡기겠어? 왜 대장장이가 필드에서 사냥을 하려고 해. 실력 없어서 그런 거 아니야?"

맞는 말은 맞는 말! 기계공학 대장장이들은 다시 한번 울컥했다.

'지금?'

'아니, 조금만 더 참아.'

그들은 서로 눈빛을 보냈다. 가브리엘은 억울한 표정으로 말했다.

"그, 그런…… 말한 것만 믿고 수리하러 왔는데……."

"에이. 불쌍하게. 여기 1실버 줄 테니까 받고 가라."

"감, 감사합니다!"

가브리엘은 길드원에게 가까이 다가갔다. 길드원 중 아무도 가브리엘을 의심하지 않고 있었다. 바로 지금!

치지지직- 콰콰쾅!

[검은 무쇠 폭탄이 폭발합니다. 기계공학 스킬을 갖고 있습니다. 받는 피해가 감소합니다. 폭탄 제작자입니다. 받는 피해가 감소합니다.]

"크억!"

갑작스러운 폭발에 길드원들은 경악했다. 그러나 아직 끝난 게 아니었다.

[스턴 상태에 빠집니다. 움직일 수 없습니다.]

"죽어라!"

퍽!

가브리엘은 묵직한 망치를 휘둘렀다. 이제까지는 아이템을 만들기 위해 휘둘렀던 망치!

[치명타가 터졌습니다!]

거기에 행운까지 따랐다. 가브리엘은 외쳤다.

"다 던지세요!"

"이, 이런 미친…… 너희들 이러고도 무사할 거 같냐!"

그러나 대장장이들은 잔뜩 약이 올라 있었다. 협박에도 굴하지 않고 폭탄을 던졌다.

"무사할 거 같다 이 자식들아!"

"어디 한번 해봐! 난 죽어도 아쉬울 거 없어!"

콰쾅! 콰콰쾅!

"이런 개……."

스턴 상태에서 풀리기 직전에 다시 날아오는 폭탄들. 길드원들은 이를 악물었다.

"두들겨 패! 죽여 버려!"

대장장이들은 우르르 몰려가 망치를 휘두르기 시작했다. 다들 힘은 기본적으로 올려놓았기에 대미지가 만만치 않았다.

폭탄 대미지에, 우르르 몰려와서 집단으로 두들겨 맞자 아무리 전사여도 피가 빠르게 깎였다.

"잠, 잠깐⋯⋯."

[사망합니다.]

어이없는 사망! 남은 길드원 둘도 곧바로 사망했다. 상대방이 방심했고, 기습한 데다가, 숫자도 대장장이들이 더 많긴 했지만⋯⋯ 그래도 승리!

대장장이들은 손에 손을 잡고 기뻐했다. 판온을 하면서 PVP를 한 건 처음이었던 것이다.

"아직 좋아하기는 이릅니다!"

"⋯⋯?"

"빨리 아이템을 챙기고 준비를 해야 해요. 곧 남은 길드원들이 올 테니까요."

가브리엘은 재빠르게 대장장이들에게 지시했다. 그리고 속으로 생각했다.

'김태현이라면 어떻게 했을까?'

태현이라면⋯⋯ 여기에서 함정을 놓고 추가로 싸운다!

"덫을 깝시다. 만들어놓은 거 있죠? 덫 제작 스킬 있으신 분이 까세요. 추가 대미지 들어가게."

"저 있습니다!"

"저도 있으니까 둘이 깔죠."

"남은 폭탄은 여기 깔아놓읍시다. 던지면 바로 폭발하게!"

늦게 배운 도둑이 날 새는 줄 모른다는 말이 있었다. 대장장이들은 한 번 맛본 PVP의 맛에 완전히 빠져들었다. 두려움은 잊어버리고 모두 싸울 각오가 흘러넘쳤다.

그사이 기습당한 길드원들은 다른 길드원에게 연락하고 있었다.

-야! 우리 지금 웬 이상한 놈들한테 당해서 로그아웃됐어!

-뭐? 어떤 놈들인데. 레벨 높아 보였어?

-아냐. 대장장이들인데…….

-……대장장이한테 죽었다고?

-기습한 데다가 숫자도 많았다고! 수리해 준다고 다가왔다가 갑자기 자폭해 대는데…….

다른 길드원들은 처음에는 설명을 믿지 못했다. 이게 뭔 개풀 뜯어 먹는 소리?

-저거 죽어놓고 쪽팔려서 구라 치는 거 아냐?

-아니야!!

-일단 가보자고. 안에 들어간 놈들도 다 나오라고 그래.

근처에 있던 길드원들은 별생각 없이 빠르게 달려갔다. 아무리 그래도 대장장이인데, 방심만 하지 않으면 이길 수 있을 거라고 생각한 것이다. 그러나……

[독이 발린 화살 덫을 작동시켰습니다. 중독 상태에 빠집니다. 구덩이 덫을 작동시켰습니다. 움직일 수 없습니다. 작은 화염 폭탄이 앞에서 터집니다. 화상 상태에 빠집니다.]

잔뜩 벼른 대장장이들은 생각보다 훨씬 무서웠다.
"이, 이게 뭐야?!"
"대체 뭐 하는 놈들이야 저거?!"
깔아놓은 폭탄과 덫에 길드원들이 하나둘씩 쓰러지고, 마지막 남은 길드원까지 쓰러지자 가브리엘은 달려가서 망치를 휘둘렀다.

[사망합니다.]

가브리엘은 망치를 번쩍 들고 외쳤다.
"우리는 노예가 되지 않을 겁니다! 주인이 될 겁니다!"
그 모습에 대장장이들은 크나큰 감동받았다. 이것이다. 이것이 기계공학이다!
"가브리엘 만세!!"
"기계공학을 위하여!"

밖에서 무슨 일이 일어나는지도 모르는 채, 태현은 마계에서 치열하게 싸우고 있었다. 널찍한 황야라고 해서 방심할 수는 없었다. 마계의 몬스터는 온갖 곳에서 나타났다. 어두운 하늘에서 나타나는 건 물론이고, 딱딱한 암석 바닥을 뚫고 나타나거나 끓어오르는 용암에서 나타났다.

"용암 악마 사냥개다! 피하십시오!"

"왜 자꾸 내가 있는 곳에만 나타나는 거야!"

케인은 뒤에서 나타난 몬스터를 보고 절규했다. 성기사들도, 사제들도 많은데 이상하게 그가 있는 곳에 자꾸 몬스터가 나타나는 느낌이었다. 처음에는 기분 탓이라고 생각했는데, 아무리 생각해도 이건 뭔가 이상했다.

[용암의 이빨에 당했습니다. 화상 상태에 빠집니다. 저항에 성공합니다.]

"저리 가라!"

케인은 발로 몬스터를 걷어찬 다음 바로 추가타를 날렸다.

-크르르…….

"이 똥개들이 어디서 덤…… 어?"

용암에서 뭔가 더 거대한 몬스터가 나오기 시작했다.

케인은 그걸 보고 말을 더듬었다. 나타난 건 방금 상대한 〈용암 악마 사냥개〉보다 몇 배는 거대해보이는 사냥개!

"저건 용암 악마 사냥개 어미입니다!"

"……설명 고맙다!"

뒤에서 외치는 사제 NPC가 정말 얄밉게 느껴졌다.

-크르르……!

사냥개 어미는 다른 많은 사람을 내버려 두고 케인만을 노려보았다. 마치 '방금 네가 한 짓을 알고 있다!'라고 말하는 것 같은 얼굴! 케인은 속으로 울었다.

'김태현 놈은 시치미도 잘 떼던데 왜 나는…….'

케인은 급하게 〈검은 바위단〉 쪽을 보며 외쳤다.

"모두 도……."

-크와아아앙!

달려드는 사냥개! 용암으로 된 앞발을 휘두르자 불꽃이 날아갔다. 케인은 그걸 막고 튕겨 나갔다.

[용암 발톱에 적중당했습니다. 튕겨 나갑니다.]

자세가 무너진 케인. 그런 케인한테 사냥개가 달려들었다.

케인의 목소리를 들은 구성욱이 외쳤다.

"모두 도! 뭡니까?"

"자기가 맡을 테니까 모두 도망가라는 거겠지."

"그런……!"

탱커의 귀감! 구성욱은 순간 감동받았다. 케인의 충성심이 장난이 아니라더니 정말…….

"모두 도와달라고 이 ××××들아!"

사냥개한테 연속해서 물리며 필사적으로 외치는 케인!

콰직!

순간 태현이 공중에서 날아왔다. 덩치를 중간 사이즈로 키운 용용이가 태현을 발톱으로 잡고 날아오른 것이다.

공중에서 내려찍는 콤보 공격!

[치명타가 터졌습니다! 적이 스턴 상태에 빠집니다.]

행운의 일격의 공격력은 거대한 악마 사냥개도 비틀거리게 만들었다. 그사이 케인은 간신히 빠져나올 수 있었다.

"헉, 헉헉……."

"모두 따라 들어와!"

태현의 지시가 내리자, 검은 바위단 길드원들과 교단의 사제, 성기사들이 우르르 몰려들었다. 중급 전술 스킬을 갖고 있는 태현이었기에 이 정도 인원을 다루는 건 충분했다.

콰쾅! 콰콰쾅!

-야타의 내리찍는 검!
-타이란의 분노 섞인 외침!

사방에서 번쩍이는 신성 마법이 작렬하자, 아무리 거대한 악마 사냥개라도 버티지 못했다. 게다가 악마, 언데드에게 신성 속성 공격은 언제나 효과적인 상대법!

"우리가 왜 당신 명령을……."

"죽고 싶냐?"

-가혹한 채찍질, 냉정한 지휘!

[고급 화술 스킬을 갖고 있습니다. 협박에 보너스를 받습니다. 중급 전술 스킬을 갖고 있습니다. <가혹한 채찍질> 스킬에 보너스를 받습니다.]

불만을 갖고 있는 다른 교단의 사람들도 입을 다물게 하는 태현의 스킬들!

"지금 이런 상황에서 내 말을 안 듣고 멋대로 행동했다가 문제라도 생기면 다 너희 교단이 책임진다는 거냐? 응?"

"아, 아니. 그런 게 아니라 꼭 우리가 김태현 백작 명령을 들어야 할 필요가 없다는 그런 소리를……."

"네가 나보다 명성이 높냐? 작위가 높냐? 교단 내에서 자리가 높냐?"

말싸움에서 이기기 위해서라면 온갖 걸 다 갖고 올 수 있는 태현이었다. 명성, 작위, 교단 내 자리를 갖고 오자 반박할 수 없는 NPC들!

마계의 황야에는 임시 요새가 만들어져 있었다. 같이 날아온 각 교단의 함선을 사용한 요새! 워낙 튼튼한 함선들이다 보니, 그 위로 올라가는 것만으로도 어느 정도 방어가 됐다.

한 차례 몰려온 몬스터들을 쓰러뜨리자, 각 교단은 방금 협력한 게 거짓말처럼 느껴질 정도로 갈라져서 자기네 함선에 틀어박혔다. 가까이 붙어 있기는 하지만 서로 같이 지내기는 싫다는 의지가 역력했다.

"거 참. 신 믿는 놈들이 저렇게 속이 좁아서야."

'너 때문이잖아!'

이렇게 교단의 NPC들이 서로 반목하게 된 건 다 태현 때문! 어떻게 이 마계의 악마들보다 더 이간질을 잘하는지 알 수가 없었다.

태현과 일행, 〈검은 바위단〉 길드원들은 데메르 교단의 함선 위에 있었다.

"그래서 하론 사제. 여기서 빠져나갈 방법은 있나?"

태현의 말에 〈검은 바위단〉 길드원들이 귀를 쫑긋거렸다. 그들도 여기, 마계에 대해서는 매우 궁금한 상태였다.

아직까지 제대로 밝혀지지 않은 미답지 중 하나! 어떻게 갈 수 있는지도 모르는 장소 중 하나였다.

처음에는 태현한테 물귀신 작전으로 끌려왔을 때는 '뭐 이딴 자식이 다 있냐' 싶었지만, 솔직히 이쯤 되자 호기심이 더 강했다.

과연 마계에는 뭐가 있을까? 어떤 몬스터, 어떤 퀘스트, 어떤 아이템이 있을까?

판타지 온라인에서는 악마하고도 거래할 수 있고 친해질 수 있었다. 공적치 포인트나 친밀도는 어떤 존재냐 상관없이 쌓을 수 있는 것이었다. 〈검은 바위단〉 길드원들도 나름 실력 있는 플레이어들. 이런 상황에 빠진 이상 기회를 잘 활용하고 싶어 했다.

"음…… 마계에서 빠져나가기 위해서는 마계 어딘가에 있는 차원문을 찾아야 합니다. 그곳을 통해 대륙으로 돌아갈 수 있을 겁니다."

"그 차원문이 어디 있는지는 알고?"

하론은 꿀 먹은 벙어리가 됐다.

"모르나?"

"죄, 죄송합니다. 마계에 대해서는 저희 교단에서도 나와 있는 책이 별로 없어서……."

"아니, 뭐 모를 수도 있지. 차원문이야 찾으면 될 거고…… 알고 있는 다른 건 없어?"

"으음…… 아! 마계는 층이 중요합니다."

"층? 1층, 2층 할 때 그 층?"

"예. 그렇지만 순서대로 층이 나 있는 건 아니고, 숫자는 마음대로입니다. 10층 마계에서 78층 마계로 갈 수도 있고, 34층 마계에서 666층 마계로 갈 수도 있고……."

"무슨 소리인지 이해했어."

"한 층은 하나의 세계라고 보셔야 합니다. 층마다 주인인 악마가 있고 그에 따라 층의 속성이 다르다고 들었습니다."

"주인인 악마라……."

한마디로 마계는 대륙의 왕국처럼 강력한 악마들이 자기 층(왕국)을 갖고 있다는 것이었다.

'잠깐. 그러고 보니까…….'

에다오르의 뜨겁게 끓어오르는 진홍빛 대검:

……악마 에다오르가 사용하는 주무기다. 에다오르의 기술을 담고 있는 이 무기는 보통의 방법으로는 손에 넣을 수 없다. 만약

손에 넣었다면 에다오르가 되찾기 위해 찾아올 것이다. 반드시!

'어, 음……'

처음 얻었을 때는 에다오르를 대륙에서 쫓아냈을 때였기에 안심하고 쓰고 있었다. '쫓겨난 놈이 어떻게 돌아와!' 하면서 말이다. 그런데 지금은 태현이 마계로 온 상황!

갑자기 걱정이 되기 시작했다. 설마, 아무리 재수가 없어도 그렇지, 많고 많은 악마들의 층 중에서 에다오르가 있는 층으로 오지는 않았겠지?

"태현 님. 다 같이 움직여 보죠. 차원문도 찾아야 하고, 저희도 마계를 좀 둘러보고 싶습니다."

태현의 속마음도 모르고 검은 바위단 길드원들이 입을 열었다. 태현은 고개를 끄덕였다. 에다오르가 겁난다고 해서 가만히 있을 수는 없었다. 겁나면 겁날수록 빠르게 차원문을 찾고 튀어야 했다.

"그래. 정비만 끝내고 바로 움직이자고. 그쪽도 정비해야 하지?"

"예."

구성욱은 고개를 끄덕였다. 대장장이 필이 일행에 끼어 있었던 게 행운이었다. 덕분에 마계의 몬스터들과 치고받아도 수리하는 데에는 문제가 없었다. 물론 태현의 일행에게는 대장장이가 필요 없었다. 태현이 있었기 때문이었다. 그리고 그건 데메르 교단에게도 적용이 됐다.

"대장장이님. 잘 부탁드립니다."

데메르 교단은 교단 대장장이 NPC도 데리고 왔다. 성기사들은 예의 바르게 인사하며 장비를 맡기려 했…….

"?"

"지금 대장장이께서 피곤한 게 안 보이나? 자네들은 사람이 어쩌면 그렇게 야박한가? 힘든 사람을 괴롭히고 싶어?"

"……네?"

갑자기 태현이 와서 말을 걸자 성기사들은 당황했다.

"그, 그래도 싸우기 전에 무구를 정비를 해야……."

"내가 해주지."

그렇다. 태현의 속셈은 간단했다. 내 장비도 내가, 네 장비도 내가! 만질 기회가 없는 성기사들의 장비를 만져서 대장장이 기술 좀 올리겠다는 속셈!

검은 바위단의 대장장이 필은 태현이 하는 짓을 보고 기가 막혀 했다. 대장장이들이 스킬을 올리기 위해서 장비 욕심을 많이 내기는 하지만, 태현처럼 저렇게 막 나가는 사람은 드물었다. 까놓고 말해서 저게 부탁인가, 협박이지!

'뭐, 데메르 교단 놈들이 멍청이도 아니니까 거절하겠지. 자기 교단 대장장이가 최고인데…….'

교단이 왜 강하겠는가. 자체적으로 무력부터 시작해서 대장장이, 요리사 등 다양한 직업 NPC들을 다 갖고 있어서였다. 데메르 교단이 선별해서 보낼 대장장이 정도라면 그 실력은 충분할 것! 데메르 교단의 장비에 특화된 대장장이라고 봐도 과언이 아니었다.

"여······ 기 있습니다."

필의 고개가 홱! 돌아갔다. 도저히 믿을 수 없는 결과!

'아니, 미쳤나?! 아무리 김태현 명성이 높아도 대장장이로 명성이 그렇게 높지는 않을 텐데?!'

필이 간과한 게 하나 있었다. 태현의 화술 스킬과 작위! 어지간한 NPC는 붙잡고 삥을 뜯을 수 있는 수준이었다.

[대장장이 기술 스킬이 오릅니다. 데메르 교단의 갑옷을 직접 만져볼 기회를 얻었습니다. 신성 대장장이 기술 스킬이 오릅니다. <아키서스 교단의 하급 갑옷>을 만들 수 있습니다. 더 나은 갑옷을 만들기 위해서는 설계도를 얻거나, 더 많은 시행착오를 겪어야 합니다. 현재 <아키서스 교단의 하급 갑옷>은 데메르 교단 갑옷과 비슷합니다. 나중에 문제가 생길 수 있습니다.]

빙빙 돌려서 설명하고 있었지만, 한마디로······.

'짝퉁이잖아?!'

즉 현재 〈아키서스 교단의 하급 갑옷〉은 데메르 교단의 갑옷을 보고 은근슬쩍 베꼈다는 뜻! 교단의 체면이고 뭐고 따위는 없는 정말 펠마스 같은 교단이었다.

러나 태현은 모르고 있었다. 태현의 특성 때문에 이런 식의 갑옷이 나왔다는 것을. 태현이 정식 대장장이였다면 조금 더 다른 결과물이 나왔을 것이다. 그러나 태현은 그걸 모르고 괜히 아키서스 교단을 욕했다. 근본 없는 교단!

'성기사들 갑옷 제작해서 입히려고 했는데 사서 입힐까?'

태현은 찜찜한 마음을 추스르며 아이템을 확인했다. 장비 수리부터 버프까지 끝냈으니, 이제 아이템을 확인할 시간!

명색이 〈신 잡아먹는 괴물〉인데 쓸모없는 아이템을 갖고 있지는 않을 것 아닌가.

신 잡아먹는 괴물의 촉수 꼬리:

신 잡아먹는 괴물의 몸통 끝에서 나온 촉수 꼬리다. 세상에서 가장 끔찍한 요리를 만들 때 쓸 수 있을 것이다.

복용 시 무조건 기절 상태에 빠짐.

신 잡아먹는 괴물의 점액질:

신 잡아먹는 괴물의 몸통에서 나온 점액질이다. 세상에서 가장 끔찍한 요리를 만들 때 쓸 수 있을 것이다.

복용 시 무조건 마비 상태에 빠짐.

"……."

갑자기 싸늘해지는 분위기!

태현은 침착을 되찾으려고 했다. 이게 다는 아니겠지.

식재료가 또 나오고 식재료가 나오고 식재료가…….

'이 자식은 이제까지 잡아먹은 NPC는 다 어따 치우고 웬 이
상한 재료만 갖고 있냐?!'

예전 전설에서 토벌대를 닥치는 대로 죽였다면 토벌대 장비
정도는 갖고 있어도 되지 않은가! 그런데 나오는 건 어디에 써
야 할지 모르겠는 식재료뿐. 양도 더럽게 많았다.

신 잡아먹는 괴물의 눈:

통찰력을 가진 괴물의 눈이다. 먹는다면 괴물의 힘의 일부를
가질 수 있을 것이다. 복용 시 일주일 동안 스탯 20% 저하. 스킬
<괴물의 천리안> 획득.

'와, 이건 좀 센데?'

스탯 20% 저하라는 막대한 페널티를 받아야 얻을 수 있는
스킬이라니.

물론 태현은 이런 것에 망설이는 사람이 아니었다. 게다가

태현은 이런 스탯 페널티가 잘 안 먹히는 캐릭터였다.

'행운만 무사하면 일단 공격 회피는 다 가능하니……'

[신 잡아먹는 괴물의 눈을 복용했습니다. 일주일 동안 스탯이 20% 내려갑니다. <괴물의 천리안>을 획득했습니다.]

<괴물의 천리안>

먼 거리의 시야를 볼 수 있습니다. 방해 마법의 효과를 받지 않습니다.

'궁수 직업이 얻었다면 감동의 눈물을 흘렸겠군.'

효과는 심플했지만 '방해 마법의 효과를 받지 않는다'는 게 강력했다. 고렙 궁수를 상대할 때는 가장 먼저 하는 게 시야를 가리는 것 아닌가. 페널티를 받더라도 얻을 만한 스킬이었다.

'그리고 마지막 아이템은……'

신 잡아먹는 괴물의 정수:

신 잡아먹는 괴물의 힘이 담겨진 정수다. 먹으면 죽는다.

복용 시 사망. 스킬 <권능 포식> 획득.

'응?'

태현은 눈을 깜박였다. 뭔가 잘못 봤나?

그러나 제대로 본 게 맞았다.

복용 시 사망!

'……뭔 페널티가 이따구야?'

판온에서 사망 페널티는 결코 만만한 게 아니었다. 당연히 복용 시 사망 같은 페널티가 있는 아이템은 거들떠볼 필요도 없겠지만…….

'……궁금하다!'

하이 리스크 하이 리턴. 위험이 큰 만큼 대가가 큰 법이었다. 태현은 미친 듯이 궁금해졌다.

스킬 〈권능 포식〉. 저만한 페널티에, 이름이 〈권능 포식〉이라면…….

'혹시 아키서스 권능과 관련된 스킬인가? 신 잡아먹는 괴물이라면 충분히 가능한 스킬인데…….'

궁금하다. 정말로 궁금하다!

가끔 경험 많은 게이머로서의 감이 신호를 보낼 때가 있었다. 지금이 바로 그때였다. 이성이나 감이냐!

'일단 사망 한 번은 〈부활〉 스킬이 있어서 괜찮아. 페널티 없이 바로 싸울 수 있다. 문제는 지금이 마계라는 건데…….'

복용 자체는 할 수 있었다. 교단을 세우고 얻은 〈부활〉 스킬 덕분이었다. 문제는 언제 하느냐!

마음 같아서는 당장 하고 싶었다. 그렇지만 참았다.

'마계에서 한 번 죽을 수도 있다. 그럴 때를 대비해서 〈부활〉 스킬은 미리 쓰면 안 돼. 쿨타임이 더럽게 기니까.'

태현은 참았다. 아무리 감이 신호를 보내도 따라서는 안 될 때가 있는 법!

"다른 교단의 사제들도 설득을 해보는 게 어떻겠습니까?"

"싫다는 놈들 내버려 둬."

태현은 냉정했다. 하론 사제와 데메르 성기사들이 당황했지만 태현은 아랑곳하지 않았다. 사실 다른 교단의 전력과 같이 움직인다면 편하기는 했다. 그러지 않는 이유는 하나.

'어차피 차원문 찾으면 따라오게 되어 있는데 뭘……'

다른 교단의 도움을 안 받고 차원문을 찾아내면?

또 공적치 포인트!

'물에 빠뜨린 사람을 건져주기 전에 보따리부터 찾아라!'

한번 기회를 잡은 태현은 손쉽게 놔줄 생각이 없었다.

"크아앙!"

"아오, 저것들 또 나왔어!"

케인은 진저리를 쳤다. 이 주변 황야에서는 계속해서 악마 사냥개가 나타났다. 그리고 사냥개들은 케인을 좋아했다.

많고 많은 사람 중에 케인만을 노리는 악마 사냥개들!

탱커로서 어그로를 끄는 스킬을 쓰지 않아도 저렇게 몬스터가 달려드는 건 케인에게 처음 겪는 경험이었다.

"이야, 누가 탱커 아니랄까 봐 잘 막는데?"

"내가, 스킬, 쓴, 거, 아니라고!"

사냥개한테 연타를 당하며, 케인은 이를 갈았다.

-데메르의 산들바람! 데메르의 상급 치유!

다행히 뒤에는 든든한 사제단이 있었다. 아키서스 교단과는 비교도 되지 않는 탄탄한 실력을 가진 사제들! 그들은 순식간에 케인을 회복시켰다. 케인은 속으로 감탄했다.

'진짜 대단하기는 하구나!'

케인도 파티 플레이 경험은 꽤 있었다. 태현한테 당하기 전에는 사제 플레이어들과 같이 파티를 했었다. 그러나 그 사제 플레이어들의 수준은 엄청나게 낮았다. 지금 교단의 고위 사제들과 비교한다면 보름달과 반딧불 정도의 차이!

데메르 사제들이 주문을 외우자 순식간에 HP가 꽉꽉 차오르고 공격력은 껑충 뛰었으며 이동 속도, 회피율, MP 회복 속도까지 올랐다.

'〈아키서스의 노예〉같은 거 말고 〈데메르의 노예〉같은 걸로 전직했으면 얼마나 좋았을까…….'

교단도 멀쩡하고 태현 같은 놈도 없는 데메르 교단!

"야, 앞에!"

"어?"

콰- 앙!

잠깐 딴생각을 하던 케인은 악마 사냥개한테 들이받혀 뒤로 날아갔다.

"저 사냥개들은 왜 이렇게 케인을 좋아하는 거지?"

케인이 뒤로 날아가고, 태현과 성기사들, 길드원들이 공격에 노출되었다. 그런데도 사냥개들은 뒤로 날아간 케인을 쫓아 달리려 했다. 물론 그걸 그냥 두고 볼 사람들이 아니었다.

-공격의 원, 강타, 치명타 폭발!

[치명타가 터졌습니다!]

"캐캐캥!"

옆으로 빠르게 돌진하는 악마 사냥개의 발목을 검으로 후려친 다음, 순간 비틀거리는 사냥개의 머리통을 다시 후려갈긴

다. 그리고 스킬 폭발!

1초 가까운 순간에 벌어진 번개 같은 연속 공격! 곡예에 가까운 공격을 해내는 태현을 본 〈검은 바위단〉 길드원들의 입이 떡 벌어졌다.

'뭐 저런 놈이 다 있나?'

'스킬? 아니, 아무리 봐도 방금 건 스킬이 아니었는데?'

하론 사제가 머뭇거리며 말했다.

"혹시…… 이 악마들이 아키서스에 대해 특히 반감을 갖고 있을 수도 있습니다. 악마들마다 다 제각각 특성이 다르니, 싫어하는 신이 따로 있을 수도 있지 않겠습니까?"

"이 개들이 아키서스를 싫어한다고? 왜?"

"그 이유야 저도 잘…… 이 층의 주인 악마가 아키서스에게 안 좋은 추억이 있다던가……."

점점 더 수면 위로 떠오르는 에다오르 주인설! 그러나 태현은 고개를 저으며 현실을 부정했다.

'아니야. 아키서스 같은 인성 더러운 신은 분명 원한을 갖고 있는 악마들도 많을 거야. 꼭 에다오르라는 법은 없지.'

"마을이다!"

사냥개들을 물리치고 나자 성기사 중 한 명이 손가락으로 앞을 가리키며 외쳤다. 나무 목책 대신 검은색 뼈로 세워진 벽이 있고, 입구에는 해골로 쌓은 문이 있는 것만 제외한다면 대륙의 마을과 비슷한 모습!

"저기로 들어가도 될까요?"

"차원문의 위치를 알아내려면 들어가야 할 것 같은데."

"문제는 저기 들어가서 환영받을 수 있나 아냐?"

검은 바위단 길드원들은 수군거렸다. 대륙의 모든 마을이 플레이어들을 환영해주는 건 아니었다. 어떤 마을들은 접근하는 것만으로도 꺼지라고 외치거나, 심지어 공격하는 곳도 있었다.

그런 마을의 경계심을 풀고 친밀도를 올려서 드나들 수 있는 마을로 만드는 게 뛰어난 플레이어!

그렇지만 아무리 봐도 저 악마들의 마을은 난이도가 너무 높아 보였다. 경험 많은 그들이 가도 힘들 것 같았다.

"어떻게 해야 하지?"

"이 주변에서 대기하다가, 밖으로 나오는 악마 있으면 붙잡고 도와줄 거 없냐고 물어봐야 하지 않나?"

"그거 악마한테도 통하는 방법이야?"

"드워프한테는 통했는데…… 악마한테도 통하지 않을까?"

길드원들이 떠드는 사이, 태현은 앞으로 전진했다.

혼자서 위풍당당하게!

"태, 태현 님! 뭐 해요!"

뒤에서 화들짝 놀리서 소리쳤지만 태현은 당당하게 걸어갔다. 문을 지나자 하품을 하던 악마 하나가 태현을 보고 깜짝 놀랐다.

"인간이잖아?!"

악마 전사는 바지 하나만 입고 근육질의 몸을 자랑하고 있었다. 머리에는 뿔에, 붉은색 피부는 누가 봐도 악마!

"옛날에 겁이 없는 인간들은 마계에도 온다고 말을 들었는데, 진짜인지는 몰랐네. 잘 먹겠다!"

악마는 냉큼 창을 들어 태현을 찔렀다. 태현은 바로 옆으로 공격을 피했다. 뭔가 되게 허술하게 생긴 모습이었지만, 공격에 담긴 위력은 장난이 아니었다.

'이 자식 레벨이 몇이야?'

평범해보이는 창도 뭔가 불길한 기운이 스멀거리는 게, 행운만 믿고 회피해도 될지 걱정이 되는 무기였다.

스르릉-

태현은 무기를 뽑아 들고 악마와 대치했다. 계산은 간단했다. 〈고급 화술 스킬〉이 있으니, 악마를 제압하고 나서 반강제로 대화를 시도할 생각이었다.

콰직!

-지옥의 일격!

악마의 창이 쏜살같이 찔러 들어왔다. 그러나 단순한 찌르기는 태현에게 의미가 없었다. 공격을 보고 피하는 게 아닌, 상대방의 예비 동작을 보고 피하는 초절정 테크닉!

"제법 재빠르구나, 인간!"

화르륵!

악마의 창끝에서 검은 불꽃이 피어오르더니 '확' 하는 소리와 함께 폭발적으로 퍼져나갔다.

[회피에 성공합니다.]

[악마가 내뿜어내는 불꽃에 맞았습니다. 오랫동안 맞으면 몸의 상태가 약화됩니다.]

즉발 대미지만 회피하면 나머지는 벗어날 수 있었다. 태현은 빠르게 도약해서 화염에서 벗어났다.

'와라!'

스킬을 한 번 써서 대미지를 입히면 바로 연달아서 공격해오는 게 정석. 태현은 그 틈을 노리고 〈반격의 원〉을 쓸 생각이었다. 정확하게 들어가면 아무리 튼튼한 악마라도 크게 대미지를 입을 것이다. 그러나 악마 전사는 공격하지 않았다. 멈칫하더니 창을 내렸다.

"방금 그 모습…… 설마 너, 아키서스와 관련이 있냐?"

방금까지 보여주던 허술한 모습은 어디로 가고, 악마는 전신에서 살기를 뿜어내고 있었다. 여차하면 이 주변 동료들을 전부 불러서 공격이라도 할 것 같은 느낌! 그리고 태현은 언제나 이럴 때 얼굴에 철판을 깔 수 있는 사람이었다.

"뭐? 아키? 아키서스? 그게 뭔데?"

[악마의 눈이 발동됩니다.]
[고급 화술 스킬을 갖고 있습니다. 간파당하지 않습니다.]

악마나 드래곤처럼 고레벨의 몬스터에게는 거짓말도 쉽게 통하지 않았다. 태현은 〈고급 화술 스킬〉을 찍어놓은 것에 감사했다.

"……인간. 나를 속이는 거 아니냐? 방금 본 건 아무리 봐도 아키서스의 능력이었다."

"아키서스가 뭔데 그러는 거냐? 방금 네 공격을 피한 건 내 스킬인…… 아차, 너 이 자식. 치사하게 내 스킬을 캐물으려고 이상한 질문을 던진 거냐!"

백 점 만점에 백 점인 태현의 연기! 악마는 의심을 살짝 거둔 것 같았다.

"으음…… 혹시 모르니까, 인간은 믿는 신을 배신하기 힘들다고 들었다. 그래. 한 번 아키서스 개×끼를 해봐라."

"뭐?"

"아키서스와 상관 없다면 아키서스 개×끼 해보라고."

누구누구 개×끼 해봐! 원시적이지만 언제나 효과적인 방법이었다. 특히 사제나 성기사 같은 직업들은 자기가 믿는 신을 욕하면 바로 페널티가 들어왔으니까.

그러나 악마는 몰랐다. 상대는 관련자가 아니라 화신!

"흥. 내가 왜 그래야 하는데?"

태현은 바로 대답하지 않았다. 여기서 냉큼 욕을 했다가는 오히려 의심을 살 수 있었다. 정말 남 속이는 데에는 천부적인 감각을 발휘하는 태현!

"그렇지만 자꾸 쓸데없는 오해를 받는 것도 싫으니 말해주지. 아키서스 개×끼! 아키서스 개×끼! 됐냐?"

"……내가 착각했나 보군. 좋다. 덤벼라!"

[악마를 속이는 데 성공했습니다.]

[명성이 크게 오릅니다. 대륙에서 이 이야기를 하면 많은 사람이 관심을 가질 것입니다.]

[칭호: 악마를 속인 자를 얻습니다.]

[화술 스킬이 오릅니다.]

수많은 NPC를 속이다 못해 이제 악마까지 속여 넘기는! 태현은 속으로 침을 삼켰다.

'후. 들키는 줄 알았네.'

이유는 알 수 없었지만, 여기 악마들은 신 중에서도 특히 아키서스를 싫어하는 모양이었다. 태현은 〈에다오르의 뜨겁게 끓어오르는 진홍빛 대검〉으로 무기를 바꿨다. 조금 찜찜하기는 했지만, 이 무기를 쓰면 악마들이 아키서스 관련자로 오해하지는 않을 것 같았다.

"그, 그 무기는!"

'아차!'

악마 전사가 생각보다 격한 반응을 보이자, 태현은 혀를 찼다. 저건 평범한 반응이 아니었다.

'아키서스로 몰린 것 때문에 너무 급하게 행동했나? 저놈이 에다오르의 부하일 수도 있는데……'

"44층의 대악마 에다오르와는 무슨 사이냐?"

태현은 예리하게 상대 악마를 관찰했다. 저건 에다오르의 부하가 아니었다. 부하라면 저런 식으로 부르지 않을 것이다.

'에다오르의 층이 아닌 거 같고!'

태현의 머리가 미친 듯이 빠르게 회전했다. 지금 상황에서 가장 좋은 방법은?

"아주 친한 친구지!"

악마 전사는 깜짝 놀랐다.

"말도 안 되는! 어떻게 대악마 에다오르가 인간 따위하고 우정을 맺을 수 있단 말이냐!"

"그러면 이 검은 어떻게 내가 갖고 있겠냐?"

"그, 그렇군. 확실히……."

태현은 주먹을 쥐었다. 상대는 완전히 속아 넘어갔다!

악마 전사는 창을 거뒀다. 싸울 의지가 완전히 사라진 표정이었다.

"그 대악마 에다오르와 친분이 있는 인간이라면 내가 건드리기도 좀 뭐 한데. 인간. 여기는 뭘 원해서 왔나?"

"뭐든 좋아. 보급품도 좋고, 찾는 게 있어서 마계에 왔는데, 실수로 여기 떨어졌어. 에다오르가 알면 슬퍼하겠군."

"저런. 내가 알기로 여기서 에다오르의 층으로 바로 가는 길은 없어. 몇 개 걸쳐서 가야 할 거야. 그것도 길이 멀고."

"이런…… 에다오르를 보고 싶었는데!"

태현의 연기는 점점 물이 오르고 있었다. 그러나 속으로는 안도하고 있었다.

'에다오르가 멀다 이거지?'

대화를 하면서 정보를 하나씩 하나씩 얻는 태현! 악마, 아니, 악마보다 더한 솜씨였다.

"그러면 일단 마을로 들어오는 건 괜찮다 이거지?"

"그래. 그건 허락해 주지."

[악마들의 마을에 입장을 허락받았습니다. 마을 악마들의 적대도가 0으로 변합니다. 마을의 악마들에게 공격받지 않습니다.]

"그런데 여기서 뭘 사는 건 힘들 거 같은데. 인간의 화폐는 여기서 통하지 않아."

"그럼 뭘 쓰는데?"

"영혼석을 쓰지."

악마는 빛나는 돌멩이를 꺼내서 흔들어 보였다.

영혼석:
영혼이 담겨 있는 돌입니다. 가치 높은 영혼이 담길수록 돌의 가치가 올라갑니다.

[마법 스킬이 부족해 아이템의 성능을 전부 확인할 수 없습니다.]

영혼석을 활용해서 뭔가를 만들려면 마법 스킬이 더 필요한 모양이었다.

"영혼석을 구할 방법은 없나? 뭐 시킬 일이라도……."

"크하하. 인간에게 시킬 일이 뭐가 있겠냐…… 라고 말하겠지만, 에다오르와 친분이 있는 인간이라면 보통 능력이 아니겠지."

악마는 턱을 긁적이더니 말했다.

"요즘 저쪽 계곡 밑 마을 악마 놈들이 이상하게 설친단 말이지. 지 용암 하천은 우리 구역인데. 거기서 설치는 놈들을 처리해 줄 수 있겠어?"

〈악마의 부탁-악마들의 마을 퀘스트〉

악마도 때때로 인간에게 부탁을 할 때가 있다. 당신이 에다오르와 친분이 있다고 생각하는 악마는 당신을 고평가하고 있다. 능력을 보여주기 위해서는 이웃 마을의 악마들을 공격해서 실력을 증명해라.

보상: ?, ??, 영혼석×10

대륙에서라면 평범한 퀘스트였지만, 여기서는 의미가 달랐다. 마계에서, 악마를 상대로 퀘스트를 받아낸 것 아닌가!

"물론 해줄 수 있지!"

"악마한테……."

"퀘스트를 받았다고요?"

〈검은 바위단〉 길드원들은 태현을 복잡한 눈으로 쳐다보았다. 여러 감정이 섞여 있는 눈빛이었다.

'어떻게 악마한테 퀘스트를 받을 수 있지, 대단하다!' 하는 감정과…… '역시 김태현이다, 이제 하다못해 악마한테도 퀘스트를 받는구나!' 하는 감정이 반반씩 섞인 눈빛!

"그래. 용암 하천으로 가서 악마들 잡아 오자고. 아까 싸우는 거 보니까 악마 전사쯤만 돼도 실력이 보통이 아니야."

"그 정도입니까?"

"가능하면 하나 상대로 모두가 공격을 퍼부어서 끝내는 식으로 가자고. 그게 깔끔하지. 데메르 성기사들이 죽으면 곤란하잖아."

"김태현 백작님……!"

하론이 감동한 눈빛으로 태현을 쳐다보았다. 다른 교단의 전력인데도 이렇게 걱정을 해주다니.

'성기사들 죽으면 공적치 포인트 깎이잖아.'

물론 태현의 속마음은 전혀 다른 의도였지만…….

구성욱은 손을 들고 물었다.

"그런데 차원문 위치는 찾으셨습니까?"

"이번 퀘스트 끝내고 물어보려고. 네가 악마들 상대해 봤냐? 인간들 되게 싫어해."

"확실히…… 악마들이니까…… 그런데 어떻게 대화하신 겁니까?"

"진심을 다 해서 말을 걸었지."

"……."

"어쨌든 빠르게 움직이자고! 악마 사냥하고 돌아와야 해!"

〈검은 바위단〉 길드원들은 약간 방심하고 있었다.

그들은 고렙이었고, 게다가 이 정도 인원. 몬스터를 상대하면서 밀릴 전력이 아니었던 것이다.

콰콰쾅!

"어디서 건방진 인간놈들이!"

[악마의 타오르는 검에 당했습니다. HP가 빠르게 깎이기 시작합니다. 악마의 혼동 저주에 걸렸습니다. 방향 감각을 잃습니다.]

몇 명이 안 돼서 만만하게 봤는데, 엄청난 전력을 가진 악마들! 용암 하천에서 헤엄치다가 곧바로 반격을 해오는 게 보통 강한 게 아니었다. 길드원들은 처음에 기세 좋게 공격한 게 거짓말처럼 느껴질 정도로 비틀거렸다.

허겁지겁 방패 뒤로 숨어서 버티기!

"와, 대단한데?"

"지금 감탄할 땝니까?!"

구성욱은 쌍검을 뽑아 들고 악마 전사 하나에게 달려들었다. 묵직한 철퇴를 휘두르는 악마. 한 번 피할 때마다 가슴이 서늘해졌다. 그렇게 고생을 해서 얻은 〈차가운 울음의 검〉인데도 악마들의 전투력은 정말 강했다.

'이걸 못 얻었으면 정말 위험했겠다!'

-무기 튕겨내기!

[강한 힘이 실린 공격으로 인해 튕겨내기가 절반만 성공합니다.]

"성욱아!"
"제가 갑니다! 모두 조심하세⋯⋯."

-아키서스의 신성 영역!

태현은 빠르게 스킬을 사용했다. 아까웠지만 지금은 팍팍 쓸 때였다.
'여기서 괜히 오래 걸려서 싸웠다가는 다른 동료들이 올 수도 있어.'
악마들 마을끼리의 싸움인 이상, 저 마을에 다른 악마들도 분명 있을 것!
순식간에 주변에 아키서스의 힘이 서린 영역이 펼쳐졌다.
행운 저항에 실패한 적에게는 저주가 내려지는 신성 영역!
"아키서스?!"
"아키서스의 힘을 어떤 놈이 썼지?!"
저주가 내리꽂히는데도 핏발선 눈을 희번덕거리며 아키서

스를 찾는 악마들! 싫어하는 게 진심으로 느껴졌다.

'아키서스가 대체 뭘 했길래 이러냐.'

그리고 이런 상황에서 언제나 피를 보는 건 눈치 없는 사람이었다. 바로 케인!

"아키서스의 철벽! 강철 같은 신앙심!"

기회라고 보고 스킬을 연달아 쓰는 케인. 그러나 그건 이 주변에 있는 악마들에게 모든 어그로를 끄는 짓이었다.

"저놈이다!"

"죽여! 영혼째 씹어 먹어!"

방금까지 했던 공격은 힘을 아낀 것이었다. 악마들은 방어를 포기하고 전력을 다해 케인에게 덤벼들었다.

"이런 미친?!"

이쯤 되자 케인도 기겁할 수밖에 없었다. 아니 대체 그가 뭘 했다고 방어도 포기하고 공격?!

"케인, 조심해라!"

태현은 케인 앞으로 뛰쳐나가면서 검을 휘둘렀다. 탱커인 케인이라도 저 공격을 다 맞으면 즉사할 가능성이 있었다.

콰콰콰쾅!

악마 전사의 창이 회전하면서 치고 들어왔다. 태현은 곧바로 반격 스킬을 사용했다.

-반격의 원!

[반격의 원이 성공했습니다. 강력한 힘이 담긴 공격을 상대로 스킬을 사용했습니다. 무기의 내구도가 하락합니다.]

완벽한 타이밍에 반격의 원을 써도 하락하는 내구도. 정말 만만치 않은 적이었다.

"크아앗!"

그러나 덕분에 악마 전사도 크게 대미지를 입은 모양이었다. 반격의 원을 맞은 상태에서 신성 영역의 저주에 한 번 더 당하는 악마 전사!

[아이템을 얻었습니다.]

메시지창은 신경 쓰지 않고 다음 적을 찾아 움직였다. 악마들은 케인을 노리느라 등을 완전히 노출한 상태였다.

'죽여달라면 죽여줘야지!'

-행운의 일격, 행운의 일격, 행운의 일격. 치명타 폭발!

"캬아아아아아악!"

공격을 당한 악마가 등에서 화염을 뿜어냈다. 이건 예상하지 못한 태현은 화염에 직격당했다.

"......!"

[악마가 지옥화염 독수리를 소환합니다. 주인이 죽을 때까지 당신을 공격합니다.]

화염이 독수리로 변하더니 팔을 공격하고 들어왔다.

[지옥화염의 부리에 당했습니다. 회피가 불가능합니다. 한동안 오른팔을 쓸 수 없습니다. HP가 빠르게 감소합니다!]

회피 불가능의 공격. 태현의 약점이었다. 당황할 법도 하지만 태현은 냉정했다. 바로 대응에 들어갔다.

-왕가의 축복, 왕가의 가호!

오스턴 왕가에게서 받은(?) 비전 갑옷! 태현은 사기적인 회복 스킬을 바로 사용했다.

[오른팔의 붙은 화염이 꺼집니다. HP가 회복됩니다.]

50% 이하로 내려갔던 HP가 빠르게 회복되기 시작했다.

그 사이 악마는 거리를 벌리기 위해 공중으로 날아올랐다.

"케인! 잡아라!"

-노예의 쇠사슬!

촤르륵 하는 소리와 함께 케인의 손에서 쇠사슬이 뻗어 나가 악마를 잡고 그대로 끌어당겼다.

"이 저주받을 아키서스의 종자 놈이! 네 주인과 함께 영원히 끓는 유황 속으로 커헉!"

[치명타가 터졌습니다!]

케인에게만 신경을 쓰면 태현이야 좋았다. 〈공격의 원〉으로 공격을 퍼붓다가 상대가 반격을 하면 바로 〈반격의 원〉으로 카운터. 그러다가 치명타 스택이 쌓이면 〈치명타 폭발〉 스킬로 폭딜!

쾅! 쾅! 콰쾅!

태현이 휘두르는 대검에서 묵직한 기운이 뿜어져 나올 때마다 악마는 휘청거렸다.

"대, 대단하군. 정말⋯⋯."

필은 입을 다물지 못했다. 많은 플레이어를 봤지만, 태현은 정말 차원이 달랐다. 단순히 스킬이 강력하고, 스탯이 강력한 게 아니었다. 그런 식의 플레이어는 많았다.

경험치를 올리고, 레벨업을 하고, 좋은 스킬을 얻고, 좋은 장비를 끼고…… 흔히 볼 수 있는 강함의 방식이었다.

그러나 태현은 강함의 방식이 달랐다. 매 순간 빠르고 위협적으로 움직이는 악마의 움직임을 파악하고, 뒤에서 날아오는 악마가 부리는 지옥화염 독수리의 공격을 피해내고, 그러면서도 최대로 딜을 뽑아내기 위해 스킬 연계를 멈추지 않았다. 마치 정밀기계 같은 전투 방식!

몇 가지 행동을 동시에, 완벽하게 해내는 모습이 정말 믿기지 않았다. 저런 플레이어가 정말 〈라제단 대장장이〉일까?

'내가 잘못 생각했다!'

하도 기계공학으로 인상 깊은 모습을 많이 보여줘서 착각했다. 필은 가슴 속 깊숙한 곳에서 목소리를 들었다.

'저건 절대 대장장이가 아니야!'

거기서 끝나지 않았다. 필은 뭔가 떠오를 것 같았다. 저 모습은 분명, 판온 1에서, 누군가를 연상시키는…….

"으악!"

필은 깜짝 놀라서 몸을 수그렸다. 전투가 격렬하다 보니, 악마가 쏘아 보낸 검은 마탄이 날아온 것이다.

"괜찮으세요, 필 씨?!"

"난 괜찮아!"

전투는 거의 끝나가고 있었다. 애초에 작정을 하고 온 원정대를 상대로 소수의 악마가 할 수 있는 건 많지 않았다.

그러나 덕분에 필은 방금 하던 생각을 잊어버렸다.

"와, 이거 잡았다고 레벨업이야?"

"이 악마들 레벨이 대체 몇이지? 200을 넘나?"

"에이, 설마 그 정도까지는 안 가겠지."

듣지 않으려고 해도 들리는, 다른 플레이어들의 레벨업 소리! 태현은 마음을 가다듬으며 아이템 수거에 집중했다. 대륙으로 돌아가면 여기서 얻을 수 있는 아이템이 그리워지리라.

영혼석(5):

영혼이 담겨 있는 돌입니다. 가치 높은 영혼이 담길수록 돌의 가치가 올라갑니다.

악마들이 갖고 있던 영혼석이 나왔다.

'써먹고 싶은데, 그러려면 수혁이를 불러야 할 거 같아.'

태현의 마법 스킬로는 성능도 다 볼 수가 없었다.

"저, 저쪽 계곡 밑에서 악마들이 오는 기 같은데요?"

"일단 빠지자. 여기서 더 싸우는 건 무리니까."

태현도 나름 갖고 있던 스킬들을 사용했고, 길드원이나 교단 NPC들도 지치고 다친 상태였다. 이 정도면 악마가 내준 퀘스트를 완료시킬 정도는 되는 수준!

그렇게 일행은 악마들의 마을로 다시 돌아갔다.

"대단하군. 역시 에다오르와 친분이 있는 인간이야. 정말 쓰러뜨릴 줄은 몰랐는데. 여기 영혼석이다."

"고맙군. 혹시 한 가지 물어봐도 되나?"

"뭐지?"

"차원문은 어디에 있지? 대륙으로 나가는 차원문."

"아, 차원문?"

악마는 별거 아니라는 듯이 대답했다. 태현은 그걸 보고 순간 생각했다.

'가기 쉬운 곳에 있나?'

"우리 주인님 성 안쪽에 있을걸."

"……."

순간 이성을 잃고 욕할 뻔한 태현이었지만, 잘 참아냈다.

'그래. 꼭 그 주인하고 싸워서 차원문을 쓸 수 있는 건 아니잖아. 잘 말해서 이용해도 되고……'

"그런데 우리 주인님께서 이방인들에게 성문을 열어주지는 않을 텐데."

"에다오르의 친구인데도?"

에다오르와의 우정(?)을 끝까지 강조하는 태현! 대검을 뺏기고 자신의 성에 틀어박힌 에다오르가 알게 된다면 피가 거꾸로 솟을 거짓말이었다.

"에다오르의 친구여도 안 되는 건 안 되는 거지. 게다가 우리 주인님께서는 에다오르를 싫어하시니까."

"사이가 안 좋나?"

"말 같지도 않은 질문은 하네. 다른 층의 악마가 사이가 좋으면 그게 이상한 거지."

각 층의 주인들은 각자 한 세력을 갖고 있는 악마들이었다. 당연히 다른 악마들과는 사이가 좋지 않았다.

적대적 경쟁 관계!

"넌 에다오르를 안 싫어하나?"

"싫어하고 뭐고 만난 적도 없다. 이름만 들었지. 나 같은 악마가 에다오르를 어떻게 알겠어?"

악마의 목소리에서는 에다오르에 대한 경외심과 두려움이 느껴졌다. 역시 고위 악마는 고위 악마!

마게에서 대륙으로 소환되어서 약해진 데디기, 태현힌테 즉사 공격을 맞아서 허무하게 돌아간 것뿐이지, 에다오르 자체는 이제까지 대륙에 등장한 보스 몬스터 중 가장 강한 보스 몬스터에 들어간다고 해도 과언이 아니었다.

"에다오르는 정말 대단한 악마지. 힘뿐만이 아니라 교활하고 깊은 지략을 갖고 있거든. 악마들 사이에서 소문이 날 정도야. 이번에 대륙으로 내려가서 흉악한 계략을 꾸몄다고 들었는데, 아마 대륙을 피로 물들이고 돌아왔겠지."

뭔가 이상하게 퍼진 소문!

"에다오르 밑의 부하 악마 놈들이 부러워. 인간의 영혼을 아주 짭짤하게 챙겼을 텐데 말이지."

전혀 부러워할 게 못 됐다. 분열되어서 서로 싸우다가 일부는 태현 밑으로 들어가서 노예화! 몇몇은 태현한테 잊혀진 채로 성안에서 조각상인 척을 하고 있었다. 악마 입장에서는 망신 중의 개망신이었다.

"어…… 에다오르가 자랑이라도 하고 다녔나? 자기 대륙에서 잘나갔다고?"

태현은 살짝 미안해진 마음으로 물었다. 그렇게 명성 높은 악마와 그 악마가 오랫동안 공들여 세운 계획을 태현은 그냥 망가뜨린 것이다.

"아니. 에다오르는 돌아와서 자기 성에 틀어박혔다던데. 분명 자기들끼리 독점하려고 문을 닫은 거겠지. 누가 악마 아니랄까 봐 아주……."

태현은 어떻게 된 건지 짐작이 갔다. 대륙에 내려가서 하라는 인간의 영혼은 몇 개 얻지도 못하고, 태현한테 공격당해서 대륙에서 쫓겨나고, 게다가 그의 상징인 대검까지 뺏긴 상황. 이런 걸 당당하게 말하고 다닐 수 있는 악마는 없었다. 약한 놈은 무시당하는 게 마계! 진실이 밝혀지면 에다오르한테 덤비는 악마들이 우글거릴 것이다.

'에다오르는 아직 회복도 못 했을 텐데……'

악마의 본체는 마계에 있었다. 대륙으로 소환되어서 싸우다 죽어도 죽지는 않았다. 그러나 피해가 없는 건 아니었다.

'어쨌든 에다오르가 여기서 날 쫓아오지는 않겠군. 그전에 튀어야지.'

대륙으로 소환된 악마들은 마계에 있을 때보다 많이 약해진 상태였다. 본거지인 마계에서 싸우게 된다면 그야말로 목숨을 걸어야 하는 상황! 최대한 빨리 튀어야 했다. 그렇지만…….

"……?"

태현이 어깨를 잡자 악마 전사는 고개를 돌렸다.

"뭐야?"

"그래서 마을에 상점은 어디 있지?"

튈 때는 튀더라도 누릴 수 있는 건 누리고 가자!

"악, 악마들이 만든 물건을 사는 건 조금……."

"어허, 하론 사제. 그렇게 생각이 좁아서는 큰일을 할 수 없다고. 잘 생각해봐. 악마들이 만든 물건을 그냥 내버려 두면 세상의 다른 사람들이 그걸 잡게 될 거 아냐. 난 그러기 전에 내가 먼저 사서 손에 넣으려는 거야."

이다비는 웃음을 참지 못하고 조용히 킥킥거렸다. 저건 어디서 많이 들어본 논리!

당황하는 하론 사제를 보자 태현은 김태산이 떠올랐다.

아들아, 술은 건강에 나쁘단다. 어떻게 이렇게 나쁜 물건을 그냥 내버려 둘 수 있겠냐! 마셔서 없애야 한다! 헉! 윤희! 아, 아냐! 마시려고 한 게 아니라고! 정말이야!

술을 마시기 위해서는 기막히게 변명을 지어내는 김태산이었다. 물론 그런 변명이 통한 적은 거의 없었지만…… 어쨌든 태현에게 좋은 교육이 되었던 건 사실!

"인간? 알아서 빨리 보고 나가라고. 위에 있는 물건들은 건드리지 말고. 건드리면 쫓아낸다."

악마들의 마을에 있는 상점들은 도시에 비하면 매우 초라하고 작았다. 작은 마을에 있는 상점이니 어찌 보면 당연한 일이었다. 게다가 상점 주인인 악마도 매우 불친절했다. 퀘스트를 깨서 마을 내에서 평판을 좀 올리고 친밀도를 올렸다지만, 그래도 그들은 여전히 인간인 데다가 이방인! 쫓겨나지 않은 것만으로도 대단한 것이었다. 원래 다른 플레이어들이었다면 입구에서 공격받고 쫓겨났을 테니까.

"이다비."

"네."

"네 능력을 살릴 때가 왔다."

"후후후…… 드디어 저를 인정하시는 건가요?"

"잘난 척은 그만하고."

말은 그렇게 했지만 태현은 이다비에게 많은 기대를 걸고 있었다. 이 상점에서 가장 활약할 수 있는 게 바로 그녀였다. 상인 계열 직업을 갖고 있지 않은가!

상인의 무대는 바로 상점!

이다비는 매의 눈으로 작고 좁은 상점 안을 둘러보았다. 뼈로 된 선반 위에 먼지가 쌓인 아이템들이 보였다.

-황금상인의 감정안!

아이템의 성능을 완진하게 파악하는 감징 계열 스킬은 상인 직업의 밥줄 중 하나였다. 남들은 비싼 확인 주문서를 들고 다니거나, NPC한테 비싼 골드를 주고 맡길 때 상인 플레이어는 웃으며 확인에 들어갔다. 그리고 이다비는 여기서 한 걸음 더 나갔다. 〈황금상인의 감정안〉은 보는 것만으로도 아이템의 가치를 파악하는 스킬! 비싸면 비싼 아이템일수록 더 밝은 황금빛 테두리 선으로 빛났다.

"보여요, 보여! 선이…… 보여요!"

"그래. 잘됐네."

이다비의 호들갑을 한 귀로 흘리고, 태현은 태현 나름대로 감정에 나섰다. 그에게도 스킬은 있었던 것이다.

마계의 하급 칼날 채찍, 사악한 악마의 서투른 영혼석 지팡이.

'패스, 패스.'

좁은 상점이라고 해서 아이템 숫자가 적은 건 아니었다. 하나하나 보고 판단하기 힘들었다.

게다가 저 구석에서 눈빛을 번뜩이고 있는 악마 상인! 자꾸 만지작거리면 정말로 쫓겨날 수도 있었다. 친밀도가 낮은 상태에서는 충분히 가능한 일이었다.

악마적인 발상의 악마가 만든 태업 오르골:

장치를 작동시키면 안에서 악마의 웃음소리가 나오는 오르골입니다. 악마 대장장이가 만든 장난감입니다. 갖고 있을 시 악명 5 증가. 소리를 들으면 공포 상태에 빠질 수 있음.

'이건 뭔 쓰레기 같은…….'

[뛰어난 솜씨의 아이템을 봤습니다. 기계공학 스킬이 오릅니다. 중급 기계공학 스킬을 갖고 있습니다. 악명이 5,000 이상입니다. <악마적인 발상의 악마가 만든 태엽 오르골>의 숨겨진 장치를 발견합니다.]

〈악마에게서도 배울 건 있다-기계공학 비전 스킬 퀘스트〉
당신은 특이한 태엽 오르골 하나를 발견했다. 보통 사람이었다면 놓쳤겠지만, 뛰어난 기계공학 스킬과 높은 악명을 가진 당신은 숨겨진 장치를 발견할 수 있었다. 숨겨진 장치 안에는 이런 글이 적혀 있었다.
'자격이 있는 악당만이 이 글을 볼 수 있으리니, 대륙에서 나 사루온을 찾아라!'
이 자신만만한 악마를 찾는다면 기계공학 비전 스킬을 배울 수 있을지도 모른다.
보상: ?, ??

태현은 깜짝 놀랐다. 이런 퀘스트는 쉽게 얻을 수 있는 퀘스트가 아니었다. 비전 스킬 퀘스트! 이건 교단의 권능 스킬에 맞먹을 정도로 중요한 퀘스트였다. 검술, 마법, 궁술, 대장장이 기술, 요리…… 이런 기본 스킬들에는 비전 스킬이 있었다. 일종의 필살기 같은, 숨겨진 보물 같은 스킬들!

이런 걸 얻는 것도 중요한 일이었다. 자기 직업 스킬만 신경 쓰다가 허점을 찔리는 플레이어들은 은근히 많았다. 직업 스킬만 신경 쓰다가 기본 스킬은 소홀히 대한 플레이어들!

판온 1에서 그런 플레이어들은 태현의 먹잇감이었다.

'근데 왜 불안하게 악마냐?'

판온의 NPC들은 중요한 스킬을 갖고 있었다. 검술 스킬의 숨겨진 비전 스킬을 어느 왕궁의 은퇴한 기사가 갖고 있다던가, 마법 스킬의 숨겨진 비전 스킬 중 하나를 마탑에서 은둔하고 있는 현자가 갖고 있다던가……. 그런데 대장장이는 대륙에 숨어 있는 악마! 좋은 꼴은 보기 힘들 것 같았다.

"이봐! 왜 자꾸 거기서 서 있는 거야! 내가 빨리 보고 나가라고 했잖아! 그걸 살 건가?"

"아뇨?"

태현은 재빨리 오르골에서 시선을 뗐다. 안에 있는 글귀 읽고 퀘스트를 받았으니 굳이 아까운 영혼석을 내고 사지는 않겠다는 얌체 같은 마음! 그거로도 모자라, 태현은 〈여기에다가 쓸 수 있는 건 저기에다가도 쓸 수 있어〉 스킬을 사용했다. 아이템을 분해해서 다른 아이템에 쓸 수 있도록 만드는 기계공학 스킬이지만, 지금 쓰려는 이유는 하나.

'어차피 내가 안 가지고 갈 건데 남이 손대게 하면 안 되지. 분해해서 중요한 부분만 몰래 빼낸다.'

-행운의 은신! 신의 예지!

아주 좁고 가는 붉은 색 선. 태현은 아슬아슬하게 거기 위에 서서 아이템을 만지기 시작했다. 옆에서 다른 아이템들을 감정하고 있던 이다비는 태현을 보며 입을 벙긋거렸다.

'뭐 하는 거예요?!'

'나 하는 동안 시선 좀 끌어봐.'

'어떻게요?!'

'그건 네가 생각해야지.'

이다비는 울상이었지만 곧바로 악마한테 다가갔다. 오자마자 인상을 팍 찌푸리는 악마 상인!

[강력한 악마 앞에서 은신을 성공합니다. 은신 스킬이 오릅니다. 초급 은신 스킬이 중급 은신 스킬로 변합니다.]

드디어 중급을 찍은 은신 스킬. 태현의 공격 스타일은 도적 계열 직업과 은근히 비슷했다. 빠르고 현란한 움직임으로 접근하고, 스킬을 사용해서 대미지를 폭발적으로 늘리고…….

거기에 온갖 잡다한 스킬들을 추가하고 〈아키서스의 화신〉의 특별한 스킬들과 행운 스탯이 추가된 게 태현!

[악마적인 발상의 악마가 만든 태엽 오르골을 분해했습니다. 기계공학 스킬이 오릅니다. 악마를 속였습니다. 명성이 오릅니다. 숨겨진 메시지가 나타납니다.]

–크하하! 훌륭하도다. 내가 남긴 글을 믿지 않고 오르골을 분해하다니. 악마다운 재능이 있다!

악마한테 악마답다고 칭찬을 받는 태현! 칭찬인지 욕인지 구분하기 힘든 말이었다.

–재능이 있는 자는 보답을 받는 법. 에랑스 왕궁의 앞, 상점 골목으로 찾아와라. 거기에 내가 남긴 단서가 있을 테니까!

최상 난이도의 퀘스트가 중하 난이도의 퀘스트로 변했다. 어디로 가야 하는지 알게 되는 것만으로도 좋았다. 그걸 모르면 대륙 곳곳을 뒤지면서 기계공학 대장장이를 붙잡고 단서를 찾아야 했을 테니까!

생각지도 못한 횡재를 한 셈이었다. 문제는…….

"이게 무슨 소리냐? 응?"

눈에서 불을 켜고 태현 쪽을 노려보는 악마 상인! 장치를 분해했을 때 이렇게 커다란 목소리가 나왔기에, 이건 숨길 수가 없었다. 순간 태현과 이다비의 시선이 빠르게 교차했다. 나쁜 짓을 할 때는 언제나 이심전심인 둘!

'지금 필요한 건?'

'희생양이요!'

'희생양에 가장 잘 어울리는 건?'

눈빛으로 대화를 끝낸 둘은 곧바로 입을 열었다.

"케인 씨! 이러시면 어떡해요!"

"맞아, 케인! 얌전히 구경만 하라니까!"

이다비와 태현이 동시에 구박하자, 케인은 소처럼 순진한 눈망울로 둘을 쳐다보았다.

"내가…… 뭘…… 했다고……."

"나가서 기다리고 있어!"

[고급 화술 스킬을 갖고 있습니다. 악마를 속여 넘길 때 보너스를 받습니다.]

영문도 모른 채 케인이 쫓겨나고, 대현은 상황을 수습하는데 성공했다. 케인이 희생했다고 해도, 고급 화술 스킬이 없었다면 힘들었을 수습이었다.

"쿵!"

악마 상인은 못마땅한 얼굴로 다시 앉았다. 〈검은 바위단〉 길드원들은 그걸 보고 감탄했다. 보통 저렇게 상인이 화를 내면 수습하는 게 힘들었다. 그런데 태현, 이다비, 케인 저 셋은 1초도 망설이지 않고 바로 희생양을 만들고 화술 스킬로 설득을 해서 상황을 마무리 지은 것이다.

놀라운 팀워크!

'게다가 저 케인도 대단해. 조금도 망설이지 않고 자기가 희생을 하다니. 원래 저런 놈이었나?'

'레드존 길마라고 해서 양아치 같은 놈인 줄 알았는데…….'

정작 케인은 상점 밖에서 욕을 하고 있었다.

케인의 희생 덕분에 다른 사람들은 무사히 아이템들을 둘러보고 살 수 있었다. 퀘스트 보상으로 영혼석을 받은 검은 바위단 길드원들도 아이템을 찾아서 구매했다.

-야, 이 아이템 봐. 악명 가진 사람한테 추가 대미지 옵션 달려 있어.

-이 아이템은 악명 소모해서 특수 스킬 쓸 수 있는데요? 장난 아니에요. 마계 쩌는데?

-영혼석으로밖에 아이템을 못 사는 게 아쉽네. 있는 골드다 털어서라도 사고 싶을 정도야.

-그 정도예요?

-부럽다. 저 쓸 만한 장비 있으면 하나만요!

길드원 전용 채팅을 듣던 다른 길드원들은 그들을 부러워했다. 어쩌다가 태현 때문에 마계에 강제로 끌려갔을 때에는 걱정했는데, 지금 보니 의외로 잘 적응한 것 같았다. 이제는 악마들의 마을에 들어가 퀘스트를 깨고 있었으니까.

-근데 김태현은 어떻게 악마들의 마을로 들어간 거예요?

-나도 모르겠어. 가서 말 몇 마디 하니까 막 다 들어오라고 하더라고.

-혹시 종족이 악마거나…….

시작할 때 플레이어가 고를 수 있는 다양한 종족들. 그중에서 악마는 없었다. 그러나 뱀파이어 같은 종족처럼, 특정 퀘스트를 하는 것으로 종족을 바꿀 수 있었다.

-에이, 그래도 아키서스 교단 교황인데…….

-솔직히 교황이라기보다는 약탈ㅈ…….

-어쨌든 여기서 더 퀘스트 깰 거 같은데, 최대한 아이템 구해서 가져가 볼게. 너희들 것도 구할 수 있으면 사보고.

-감사합니다!

CHAPTER 6

　화기애애한 검은 바위단 길드원들과 달리, 케인 주변에는 냉기가 풀풀 흘렀다.

　제대로 삐진 케인!

　태현한테 구박을 받은 건 평소에도 겪던 일이었다.

　그렇지만 이다비까지 합심해서 그를 구박하다니!

　'내가 진짜 서러워서 진짜!'

　"야, 야, 기분 풀어. 네가 쓸 수 있는 아이템도 사 왔어."

　"맞아요! 여기 방패 위에 끼는 톱날 보세요! 물리 대미지를 되돌려 주는 옵션도 있어요!"

　"너 삐졌냐?"

　"안 삐졌거든?!"

"삐진 거 같은데?"

"안 삐졌다고!"

"자자, 여기 아이템 사 왔어. 보기나 해봐."

"흥, 흥. 내가 이런 아이템 하나 받으려고 이러는 줄……."

케인은 그렇게 말하면서도 태현이 내민 아이템을 받아서 확인했다. 솔직히 궁금하기는 했던 것이다.

-못생긴 악마의 귀와 코.

"……."

파곽! 내동댕이!

케인은 울컥해서 아이템을 집어 던졌다.

"이게 뭐야, 이 자식아!"

"아깝게 왜 던져? 기껏 구해 왔더니만…… 됐어. 그럼 너 말고 다른 놈 줄래."

태현이 아이템을 줍자 케인은 움찔했다. 아이템은 언제나 많을수록 좋았다. 아무리 쓰레기 같은 아이템이라고 해도 남 준다고 하니 아까운 게 사람 마음! 게다가 케인은 〈못생긴 악마의 귀와 코〉를 확인도 못 해봤다. 이름만 보고 내동댕이쳤을 뿐.

"잠, 잠깐만. 뭔 아이템인데?"

"성능도 안 보고 집어 던진 거냐? 와, 나 기분 상했어."

순식간에 역전된 둘의 관계!

"아, 아니. 그런 게 아니라…… 그냥 둘이 날 내쫓으니까 서러워서……."

"그러면 거기서 다 같이 쫓겨나야겠냐. 너 한 명 나가면 다른 사람들은 다 살 수 있는데. 그래서 이렇게 아이템도 살 수 있었고!"

"그게…… 나 말고 쟤가 나가도 됐으니까……."

케인은 이다비를 가리키며 우물쭈물했다. 태현은 어이가 없다는 듯이 말했다.

"쟤는 상인이잖아. 상점에서 아이템 살 때 상인을 빼놓는 놈이 어디 있어?"

"그러게……."

말하면 말할수록 점점 궁지에 몰리는 케인이었다. 그는 조용히 아이템을 챙기더니 착용했다. 안 그러면 뺏길 거 같은 불안함!

"야, 야, 잠깐! 착용하기 전에 보고 착용해야지!"

[아이템에 저주가 걸려 있습니다. 저주를 풀기 전에는 마음대로 장착을 해제할 수 없습니다.]

"이게 뭐야?!?!"

"성능은 좋은데 저주가 걸려 있으니까 읽고 착용하라고! 이 자식은 왜 이렇게 안 읽어?"

태현의 타박에 케인은 다시 고개를 숙였다. 입이 열 개라도 할 말이 없는 상황!

못생긴 악마의 귀와 코:

내구력 50/50, 마법 방어력 50. 속성 방어력 50.

패시브 스킬 '악마의 복수' 사용 가능.

아무리 성능이 좋다지만 이런 장비를 꼭 써야 할까요?

-장착 해제 불가의 저주 걸려 있음.

<악마의 복수>

물리 대미지를 입을 때마다 일부를 적에게 돌려줍니다.

<못생긴 악마의 귀와 코>는 매우 좋은 아이템이었다. 목걸이나 반지와 겹치지 않고, 마법, 속성 방어력이 있는 데다가, 갖고 있는 패시브 스킬인 <악마의 복수>도 강력한 패시브 스킬! 한 가지 문제만 빼면.

매우…… 우스꽝스럽게 생겼다는 것이었다. 지금 케인의 코는 아무리 봐도 삐에로의 거대한 코였다.

"저, 저건…… 푸흐흡!"

"웃지 마. 이다비. 케인이 얼마나 속상…… 크흐흡!"

'이 자식들이…….'

케인은 복잡 미묘한 감정으로 둘을 쳐다보았다. 분명 좋은 아이템인데, 좋은 아이템인데…… 이건 너무 추하지 않은가!

왜 '장착 해제 불가의 저주'가 걸려 있는지 알 것 같았다.

이런 아이템은 싸우기 직전에 착용을 하는 게 보통이다. 그러지 말고 평소에도 쓰고 다녀라!

'X발…….'

"태현 님. 저희 길드에서 진지하게 제안할 게 있습니…… 푸흐흡!"

"……."

"죄, 죄송합니다."

구성욱은 연신 고개를 숙였다. 구성욱은 예의를 아는 사람이었다. 그런 그가 사람의 얼굴을 보고 웃음을 터뜨리다니.

'안 본 사이에 뭔 짓을 한 거야?'

'취향인가? 케인은 저런 얼굴이 취향인가?'

길드원들은 수군거렸다. 꼭 모든 플레이어가 얼굴을 예쁘고

잘생기게 만들려는 건 아니었다. 어떤 플레이어들은 웃기고 괴상하게 만드는 데 집중했다. 그리고 지금 케인은…….

"무슨 제안인데?"

"저, 여기 마을에서 평판을 더 높게 찍고 우호 관계를 맺으면, 나중에 저희 길드도 여기를 쓸 수 있을까 싶어서요. 태현님 퀘스트니 그에 맞는 대가는 내겠습니다."

다른 길드였다면 냉큼 이런 마을을 뺏을 생각을 했을지도 모른다. 그러나 〈검은 바위단〉은 그런 양아치들도 아니었고, 나름 성격 좋은 사람들이 모인 곳이었다. 태현의 퀘스트 도중 발견된 곳이었으니 이용하더라도 허락을 받는다!

"여기를? 다시 올 자신이 있어?"

"언젠가는 다시 오지 않겠습니까?"

마계에 오는 방법은 아직 찾아지지 않은 상태. 그러나 영원히 감춰지지는 않을 것이다. 언젠가는 발견되게 마련!

판온 플레이어들의 발견 속도는 무서웠다. 아직 미개척지인 대륙들에도 호기심 많은 플레이어들이 건너가고 있으니.

그러나 태현은…….

'난 다시 올 생각 없는데…….'

〈검은 바위단〉은 뭔가 오해를 하고 있는 것 같았다. '김태현이라면 이런 기회를 놓치지 않을 것이다', '김태현이라면 이렇게 마계의 땅을 처음 밟았는데 쉽게 물러서지는 않을 것이다'

같은 오해. 그렇지만 태현은 차원문만 찾아서 대륙으로 돌아가고 나면 한동안 마계 쪽으로는 눈도 주지 않을 생각이었다. 에다오르가 눈 시퍼렇게 뜨고 살아 있었으니까!

지금은 운이 좋아서 안 만나고 있었지, 솔직히 언제 어떻게 만나도 이상하지 않았다. 그렇기에 흔쾌히 허락했다.

"그래, 우리 사이에 뭐 그런 걸 따지고 그래. 골드만 좀 줘. 같이 이용하자."

'검은 바위단 길드원들이 나중에 마계 들어가서 무사하면 그거 보고 다시 들어가야겠다.'

상대방을 방패로 쓰려는 생각!

"감, 감사합니다!"

태현의 허락에 길드원들은 기뻐했다. 성격이 까칠하고 더러울 때가 있지만, 역시 기본적으로 그릇이 큰 사람이었다.

'저것들 뭔가 착각하고 있군.'

그리고 착잡한 표정으로 검은 바위단 길드원들을 쳐다보았다. 케인은 이자리에서 나름 '태현학' 전문이라고 해도 과언이 아니었다.

태현을 상대하면서 가장 조심해야 할 때는?

태현이 친절하게 굴 때였다.

그다음으로 조심해야 할 때는?

태현이 까칠하게 굴 때였다.

그다음 다음으로 조심해야 할 때는?

태현이 가만히 있을 때!

'……뭔가 슬퍼지려고 하는데…….'

어쨌든 지금 태현이 저렇게 허락한다고 해서 좋아할 때가
아니었다.

"하하, 그러면 우리 모두 다 같이 퀘스트를 깨러 갈까? 마을
내 평판을 올려야 하니까."

"그러죠!"

길드원들은 신이 나서 태현의 뒤를 쫓았다. 케인은 고개를
절레절레 저었다.

-야, 그거 봤냐? 대장장이들이 필드에서 습격한 거.

-당연히 봤지. 기계공학 대장장이들이라며?

-ㅋㅋㅋㅋㅋㅋㅋㅋㅋ 전투 직업 들고 대장장이들한테 당한 놈들은 캐
삭하고 접어라. 그게 뭔 창피냐.

-아냐. 영상 보니까 쩔더라. 기계공학 폭탄이랑 덫 여러 개 나오니까
대미지가 장난이 아냐.

-그래 봤자 대장장이 아냐?

-대장장이 세거든? 판온 1에서 김태현 망치에 뚝배기 깨져본 적 없는 놈들은 입 다물어라.

-뭐래, 판온 1 너만 했냐?

-그건 김태현이 이상한 거고. 대장장이가 강한 게 아니라 김태현이 강한 거였지.

-김태현, 김태현 하니까 판온 2랑 헷갈리잖아.

-그런데 기계공학 폭탄이랑 덫 내가 사서 쓰려고 할 때는 고장 나거나, 멋대로 작동하거나 하던데.

-아무래도 제작한 사람이 다룰 때는 좀 더 잘 다뤄지지. 대단하긴 한데…… 솔직히 기습했으니까 이긴 거지, 다 알고 싸우면 대장장이는 힘들지.

-그렇지.

가브리엘과 함께 길드원들을 습격한 기계공학 대장장이들은 사이트의 한구석에서 화제가 되었다. 다들 놀라기는 했지만, 그들이 오래 갈 거라고는 생각하지 않았다. 덫이라면 도적 계열 플레이어들을 불러서 해제하고, 폭탄도 단단한 탱커들이 준비하고 들어가면 견딜 수 있었다. 이번에는 상대 길드도 잔뜩 준비하고 찾아갈 테니, 현실적으로 대장장이들이 이기기는 힘들었다. 그리고 실제로도 그랬다.

"가브리엘, 너라도 먼저 튀어!"

"같, 같이 가야 합니다."

"멍청하긴! 같이 가다가는 같이 죽어! 어차피 난 사망 페널티 받아봤자 별거 없어. 폭탄 내놔! 간다! 도시에서 보자고!"

대장장이 중 한 명이 다른 사람들의 폭탄을 모으더니, 재빨리 달려갔다. 길드의 추격대가 있는 곳을 향해!

"항복! 항복!"

"뭐야?"

"항복은 무슨…… 그냥 죽이죠?"

"어차피 죽여 봤자 경험치도 안 나오는데, 이야기나 들어보자고. 다른 놈들 다 어디 숨었냐?"

"어디 숨었냐면…… 여기에!"

콰콰콰콰콰콰쾅!

"미, 미친놈?!"

멀리서 들리는 폭발 소리. 가브리엘과 대장장이들은 눈물을 삼키며 도망쳤다. 가브리엘은 속으로 생각했다. 더 강한 폭탄이 필요하다고. 더 크고 강력한 폭탄!

'궁극의 폭탄을 만들겠어!'

가브리엘은 그렇게 각오를 하며 동료들과 함께 도망쳤다.

-대장장이들 또 튀었다!

-ㅋㅋㅋㅋㅋㅋㅋㅋㅋㅋㅋㅋㅋㅋㅋㅋㅋㅋㅋㅋㅋㅋㅋㅋ.

-봤냐? 자폭 공격! 봄버맨!

-와, 쟤들 진짜 게임 접어야 하는 거 아니냐? 어떻게 대장장이들을 못 잡지?

-자폭 공격이니까 그렇지.

-완전 갓브리엘임. 나 갓브리엘 팬한다.

-가브리엘 개인 방송 같은 거 안 하나?

-없더라. 갑자기 튀어나왔음.

게시판에 있는 사람 중에서 눈썰미 좋은 사람이 있었다. 그 사람은 제노마 시에서 태현한테 달려든 가브리엘 영상을 찍어서 올렸다.

-이거 가브리엘 아냐?

-어? 가브리엘 맞는 거 같은데.

-김태현하고 관계있나?

-기계공학 플레이어인데 당연히 관계있겠지. 기계공학 대장장이 메타의 아버지잖아.

-헉! 가브리엘이 글 올렸다!

-뭐?! 어디에?! 링크 좀!

태현과 가브리엘의 관계로 떠들던 사람들은 즉시 가브리엘이 올린 글로 향했다.

〈기계공학 대장장이들이여 일어나라!〉

-기계공학 스킬을 올리고 있는 여러분! 여러분들이 얼마나 괴로우셨을지 압니다. 저도 그랬으니까요. 우리는 뭉쳐야 합니다! 뭉쳐서 우리를 억누르는 사악한 놈들을 날려 버려야 합니다! 관심이 있다면 제게 연락을 주십시오. 레벨, 스킬, 아이템! 다 상관없습니다. 기계공학 스킬만 있으면 됩니다!

-ㅋㅋㅋㅋㅋㅋㅋㅋㅋㅋㅋ.

-선전포고잖아ㅋㅋㅋㅋㅋㅋ.

-기계공학 혁명가 아니냐 거의?

-지금 도망쳐도 모자랄 상황에서 저렇게 사람 모으면 어쩌겠다고. 더 위험하지 않냐?

-한 달 안에 잡힌다에 건다.

-난 일주일!

사람들은 모두 가브리엘이 곧 잡힐 거라고 예상했다. 그러나 가브리엘은 예상을 뒤집어엎었다. 그는 길드원들의 추적을 피해 완전히 달아나는 데 성공했다.

가브리엘과 대장장이들이 어디로, 어떻게 도망쳤는지 한동안 사람들이 떠들었지만 그들은 다시 나타나지 않았다. 당한 길드도 그렇게 잘나가는 길드는 아니었기에 그 사건은 꽤 빠르게 잊혀져 버렸다.

[<약한 악마들을 위한 아주 쉬운 초급 던전>에 최초로 입장하셨습니다. 추가 보너스를 받습니다. 명성이 오릅니다.]

"이름이…… 오히려 불길한데……."

마계에서 몇 번 싸워본 플레이어들은 메시지창을 보고 오히려 불안해했다. 마계와 대륙의 기준은 많이 달랐던 것!

-산 자여, 목숨을 두고 가라!

"앗, 스켈레톤이다."

"저건 약해 보이는데? 입구라서 그런…… 커헉!"

말하던 길드원 하나가 날아갔다. 스켈레톤이 휘두른 공격에 맞고 날아간 것이다. 방패 위로 맞았는데도!

[강력한 충격으로 스턴 상태에 빠집니다.]

삐쩍 마른 해골에, 낡아 빠진 강철 대검을 들고 있는 스켈레톤. 아무리 봐도 고렙 몬스터는 아니었다. 그렇지만 방금 들어온 공격은 진짜!

"에드가 날아갔잖아?!"

"스켈레톤이 아니라 데스 나이트 아냐?!"

길드원들은 경악하면서 바로 전투에 들어갔다. 생각보다 강하기는 했지만 물러설 생각은 조금도 없었다. 마계의 던전이라니, 난이도가 높은 것만 빼면 정말 잡기 힘든 기회! 게다가 그들은 혼자가 아니었다. 데메르 교단과 태현 파티가 같이 있었던 것이다.

콰아아아아!

허공에서 금빛 번개가 무차별적으로 쏟아지더니 스켈레톤을 향해 날아갔다. 그 강력하던 스켈레톤 전사도 울부짖을 정도로 강력한 공격!

-크아아악! 아프다! 아파!

바로 용용이가 넣은 공격이었다. 나름 신수인 용용이. 신성 속성을 갖고 있었기 때문에 이런 마계에서 싸우는 데에 최적화가 되어 있었다. 그런 용용이를 이제까지 꺼내지 않다가 던전에 들어와서 꺼내는 데에는 이유가 있었다.

-뭐? 아키서스? 그 개 같은 이름은 왜 꺼내는 거야!

-아키서스의 '아' 자만 꺼내도 헛바닥을 뽑아 먹겠다!

아키서스의 이름만 들어도 발작하는 악마들! 대체 왜 아키서스의 이름만 들어도 저렇게 난리를 치는지 알 수 없었다. 〈고급 화술 스킬〉로도 캐묻기 힘든 증오였다. 덕분에 태현은 아키서스의 관련자라는 걸 최대한 숨겨야 했다. 케인도 마찬가지였다.

"저, 저건 신수!"

"아키서스 교단의 신수인가 봅니다! 저 아름다운 자태를 보십시오!"

으쓱!

용용이는 던전을 날아다니며 날개를 으쓱거렸다. 순간 태현은 용용이의 덩치가 뭔가 커진 것 같은 느낌을 받았다.

'응?'

[아키서스를 적대하는 악마를 쓰러뜨린 것으로 신수가 성장합니다.]

-그걸 왜 네가 먹냐?

-일, 일부러 먹은 게 아니다!

이제까지 태현은 몬스터를 잡았을 때 나오는 경험치를 거의 독식했다. 용용이와 같이 잡았을 때도 마찬가지였다. 물론 경험치를 용용이한테 몰아주면 용용이도 더 성장할 수 있었다. 처음 용용이가 나타났을 때 드래곤 브레스로 섬을 날려 버렸던 걸 생각해본다면 매우 그럴듯했다.

그러나 태현은 그러지 않았다. 용용이는 적당한 선까지만 회복시키고, 나머지는 자기 성장에 전념했다. 용용이가 회복하려면 얼마나 경험치가 필요한지 모르니까! 게다가 용용이의 본 모습은 거대한 골드 드래곤이었다. 딱 봐도 어마어마하게 강하고 레벨 높은 몬스터. 거기까지 필요한 경험치는 막대할 것이다. 안 그래도 〈아키서스의 화신〉처럼 레벨업 하기 힘든 페널티를 갖고 있는 직업인데, 용용이와 경험치까지 나눴으면 태현은 아직도 저 밑 레벨에서 헤매고 있었을지도 몰랐다. 그런데 지금, 용용이가 경험치를 먹고 성장하고 있었다. 원래라면 태현이 먹어야 할 경험치를!

-놈의 힘이 알아서 들어오고 있다, 주인이여!

-왜 그런 거지?

태현은 고개를 갸웃거렸다. 이제까지는 태현이 선택할 수 있었는데……. 여기 있는 몬스터들과 아키서스 교단. 무슨 관계가 있는 것일까?

태현의 의문을 풀어주기라도 하듯이, 쓰러진 스켈레톤이 친절하게 입을 열었다.

-이 공격…… 설마, 아키서스냐!

마계 어디를 가도 들을 수 있는 이름, 아키서스!

'대체 아키서스가 이 마계에서 무슨 짓을 했길래 구석 던전에 있는 몬스터까지도 이름을 알고 있냐?'

스켈레톤은 음산한 웃음을 터뜨리며 말했다.

-크크크…… 아키서스를 믿는 놈이 이 마계에 오다니. 지금 당장 자결하는 게 좋을 것이다. 악마들이 널 안다면 절대로 그냥 죽이지 않을 커허허헉!

"이 자식은 다 죽어가는 놈이 왜 이렇게 말이 많아? 죽어. 죽으라고."

퍽, 퍼퍽!

혹시 남은 경험치라도 조금 받을 수 있지 않을까 싶어, 태현은 스켈레톤을 후려갈겼다. 그러나 아무 메시지창도 뜨지 않았다. 그 사실이 태현의 마음을 아프게 만들었다.

"영혼석이라도 내놔. 내놓고 죽어!"

"……"

뒤에서 태현에게 버프를 걸던 하론 사제가 떨떠름한 표정으로 태현을 쳐다보았다. 아무리 봐도 영웅이라기보다는 깡패에 가까운 모습!

-용용아, 너는 잠깐 물러서 있어!

-치사하다, 주인이여!

-네 레벨이 나보다 높잖아!

힘을 회복한 용용이의 레벨은 레벨 100을 넘긴 지 오래였다. 그에 비해 태현은 아직도 레벨 70대!

태현은 용용이에게 몬스터를 뺏기지 않기 위해 최선을 다해 검을 휘둘렀다. 거의 다 죽인 스켈레톤 전사! 그 전사를 향해 용용이가 뿜어낸 번개가 살짝 튀었다. 그러자…….

[아키서스를 적대하는 악마를 쓰러뜨린 것으로 신수가 성장합니다.]

-꺼어억. 헛! 주인이여. 방금 소리는 실수다!

-그거 말고 맞춘 게 실수겠지!

태현이 다 잡았는데, 막타를 쳤다는 이유만으로 용용이가 경험치를 먹었다. 즉, 용용이가 경험치 관련해서 우선권을 갖고 있다는 것!

태현은 갑자기 불안해지기 시작했다.

'마계 때문에 그런 거겠지? 마계 밖에 나가서 잡아도 용용이가 오르는 건 아니지? 그러면 진짜 위험한데…….'

용용이가 성장하는 것도 좋았다. 그렇다고 해서 태현이 성장할 것까지 뺏어서 성장하는 건 아니었다.

'그러면 직업이 〈아키서스의 화신〉이 아니라 〈드래곤 테이머〉 같은 걸로 바꿔야지!'

용용이가 한 대만 쳐도 경험치를 먹어버리면 제대로 쓸 수가 없었다.

콰드득!

그 순간 던전의 어두운 그림자에서 스켈레톤 마법사들이 튀어나왔다.

"죽음의 손이 너희를 덮치리라!"

해골 지팡이가 빛나더니 저주가 날아왔다. 회피 불가능!

[망자의 차가운 손길에 걸렸습니다. 이동 속도가 내려갑니다. HP가 감소합니다.]

태현의 약점, 회피 불가의 저주 공격들. 이런 저주들은 보통 시전 속도가 엄청나게 빠르고, 무조건 명중하는 대신 대미지와 효과가 약하다는 단점이 있었다. 커다란 마법 사이에 끼워 넣는 자잘 자잘한 공격 같은 것! 그렇지만 마계의 던전쯤 되자 스켈레톤 마법사가 쓰는 저주도 어마어마했다.

콰지직!

태현의 발이 빠르게 얼어붙기 시작했다. 그걸 본 하론 사제가 당황해서 주문을 외웠다.

-무조건적인 저주의 해제!

"캬하하핫! 사제여, 그런 짓을 해봤자 의미가 없다!"

-현혹되는 마계의 구덩이!

허공에 검은색 구체가 생겨나더니, 하론 사제가 건 버프 주문이 무효화됐다.

"저놈을 공격해라! 저놈이 우두머리다!"

"움직이지 못하는 놈이다!"

스켈레톤 마법사들은 사납게 웃으며 태현을 조준했다. 마법사 몬스터답게 지능이 높았다. 다른 몬스터들과 싸우는 걸 보고 학습해서 태현을 먼저 노리는 것!

방심한 상황에서 기습을 하고, 거기에다가 태현에게 효과적인 저주까지. 아주 전략적인 선택이었다. 게다가 사제들의 버프와 치료까지 막기 위해 치밀하게 수를 썼다. 그러나 태현에게는 다른 빙법이 있었다. 사제가 없고 회복 방법이 없어도 회복 가능한 수단!

-노예의 헌신!

바로 케인! 태현에게 걸린 디버프 스킬을 전부 다 자기에게 갖고 오는 스킬. 케인의 발이 꽁꽁 얼어붙고, 태현은 재빨리 풀려 나 스켈레톤 마법사들에게 달려들었다.

아무리 고렙 몬스터라고 해도 마법사의 약점은 근접전!

퍼퍼퍼퍼퍽!

태현은 신명 나게 그들을 두들겨 팼다.

"크아아악!"

"이 아키서스의 하수인이 감히! 네 이름을 악마에게 말할 것이다"

크고 강력한 마법을 쓰려면 하면 재빠르게 공격을 퍼부어서 시전을 끊고, 그렇다고 바로 쓸 수 있는 저주를 쓰면 〈반격의 원〉으로 읽고 돌려보낸다. 혼자서 여럿을 상대하지만 손이 더 바쁘고 모자란 건 스켈레톤 마법사 측!

태현은 빠르게 끝내고 경험치를 먹기 위해 최선을 다했다. 행운의 일격은 물론이고 치명타 폭발, 각종 폭딜 관련 스킬은 전부 사용했다.

콰콰콰콰콰콰쾅!

혼자서 다 끝내겠다는 각오!

검은 바위단 길드원들에게는 감탄만 나오는 모습이었다.

"다른 사람은 필요 없다, 혼자서 이길 수 있다는 건가?"

"정말 대단하다……!"

그러나 태현의 속마음은 그런 자신감과 오만함과는 거리가 멀었다.

'용용이 이 자식이 경험치 먹튀하기 전에 다 끝내야 해!'

-주인이여…… 그렇게 안 해도 가만히 있는다…….

-무, 무슨 소리야?

속마음을 눈치챈 용용이가 중얼거렸다. 태현은 진땀을 닦았다.

태현의 노력에도 불구하고, 용용이의 성장은 눈부셨다.

태현이 1을 얻는다면 용용이가 얻는 경험치는 10! 던전에서 몬스터가 정정당당하게 싸우자며 하나만 튀어나오는 일은 없었다. 동시다발적으로, 언제 어디에서 나올지 모르는 법!

그런 상황이다 보니 용용이도 안 싸울 수가 없었다. 검은 바위단 길드원들이나 데메르 교단 쪽에서 싸워도 마찬가지였다. 워낙 공격이 전체 범위 공격이 많다 보니 스플래시 대미지가 들어가는 경우가 대부분!

"……."

-주, 주인이여. 화난 건 아니겠지?

-화 안 났다.

-그런데 왜 이쪽을 안 보는 건가! 주인이여! 내 잘못이 아니다!

기분 탓인지는 모르겠지만, 용용이의 금빛 털은 더욱 윤기가 자르르하게 흐르는 것 같았다.

태현은 반쯤 포기하고 마음을 고쳐먹었다. 원래 어쩔 수 없는 것은 어쩔 수 없는 것이었다. 그런 걸로 마음고생 하면 자기만 손해!

'그래…… 이번 기회에 용용이나 성장시키자. 확실히 그렇게 행운 스탯을 써서 얻은 신수인데 좀 소홀하기는 했지.'

이제까지 태현이 얻은 경험치를 생각해 보면, 용용이를 제대로 밀어줬을 경우 용용이의 레벨이 200 정도는 진작에 넘겼을 것이다.

"던전 출구네요."

"들어서면 보스 몬스터 나오겠지? 모두 회복하고 버프 걸 수 있는 거 다 걸죠."

"아, 잠깐만."

주섬주섬 보스 레이드를 준비하는 길드원들을 향해 태현이 말을 걸었다.

"사진 좀 찍자."

"사진이요?"

"정확하게 말하자면 사진이 아니라 동영상인데…… 컨셉 샷? 부탁을 받아서."

"아, 방송인가요?"

구성욱은 태현이 뭘 원하는지 알아차렸다. 태현은 MBS와 계약한 상태. 태현이 한 번 나올 때마다 MBS의 방송 시청률은 크게 치솟았다. MBS가 데리고 있는 랭커들은 많았지만, 태현은 이세연과 함께 시청률의 투톱이었다.

검증된 보증수표, MBS의 쌍두마차!

물론 태현은 자기가 이세연과 같이 묶여서 생각되고 있다는 사실을 듣는다면 몸서리를 쳤을 것이다. 원래 누구를 무서워하는 것과는 거리가 먼 태현이었지만, 이세연은 조금 달랐다.

'그 여자 좀 이상해!'

뭔가 상대하다 보면 드는 본능적인 두려움이 있었다. 어쨌든 태현은 MBS와 계약한 상태였고, MBS가 이런 대형 떡밥을 놓칠 리 없었다. 처음으로 방송에 공개되는 마계의 모습!

아무나 나와도 시청률 기본은 보장되었을 텐데, 당사자가 태현이었다.

'나 같아도 궁금해서 보겠다.'

"어, 뭐 어떻게든 찍어도 상관없다면서, 이번에는 꼭 달라고 부탁하더라고. 눈물까지 흘리면서 부탁하니까 마음이 좀⋯⋯."

"하하, 과장도⋯⋯."

"아니, 진짜 울먹거리던데."

집 앞까지 찾아온 중년의 아저씨들이 허탈한 표정으로 울먹거리는 건, 그 뻔뻔한 태현도 살짝 미안한 마음이 들게 만들었다. 그래서 이번에는 좀 공을 들여서 편집된 동영상을 가져다줄 생각! 배장욱이 들었다면 기겁을 할 생각이었다.

원래 이런 동영상 편집, 연출은 아무나 하는 게 아니었다. 초보자가 괜히 자기들끼리 연출해 봤자 이상하고 어색한 모습만 나올 뿐!

태현이 아무리 뛰어난 플레이어라도 방송에 관심이 없는데 어떻게 하겠는가. 그러나 태현은 자신만만했다.

"자, 자, 모두 모여봐. 그럴듯하게 자세 잡고 들어가자고."

검은 바위단의 길드원들은 어깨를 으쓱거리더니, 태현의 말에 따랐다. 그들도 손해 볼 건 없었던 것이다. 〈검은 바위단〉이 엄청 유명한 길드는 아니었지만, 길드원 중에는 개인 방송을 하는 플레이어도 몇몇 있었다. 그러나 플레이어 중에서 방송에 나오면 손해를 보는 사람이 있었다. 케인이었다.

"잠깐, 야! 이 자식아, 방송 나간다면서 이딴 아이템을 줘?"

케인은 자신의 코를 가리키며 분노 섞인 목소리로 말했다.

〈못생긴 악마의 귀와 코〉로 인한 부작용!

케인은 태현 밑에서 구르고 깨지고 시달리고 있지만, 그래도 나름 위안을 얻고 있는 게 몇 가지 있었다. 태현 밑에서 꾸준히 레벨업 하고 있다는 것, 레드존 길마 때는 해보지도 못했던 퀘스트들을 해보며 대륙을 돌아다니는 것, 돌아다니면 '우와, 케인이다!' 같은 소리를 듣는 것(물론 그 뒤에 '김태현은 없나?' 하는 소리가 따라오지만)······.

이런 것들이 케인을 충성충성충성하게 만들었다.

이제 케인은 은근히 이미지 욕심을 냈다. 태현의 오른팔 같은 별명으로 불려졌을 때는 살짝 울컥했지만, 이제는 싫지 않았던 것이다.

그런데 이런 추한 모습이라니! 이런 코와 귀를 달고 방송에 나가야 한다니!

그건 절대 안 됐다. 케인은 미래를 예감했다.

-김태현 마계 편에서 케인 나온 것만 모아놨다.

-ㅋㅋㅋㅋㅋㅋㅋㅋㅋㅋㅋㅋㅋㅋ.

향후 10년간은 인터넷을 떠돈 부끄러운 흑역사 확정!

케인이 필사적으로 반대하려고 하자 태현은 하론 사제를 불렀다.

"저주 해제하면 되지 않나? 하론 사제. 데메르 교단인데 설마 장비에 걸린 저주 해제를 못 하겠어?"

"물론입니다. 해제를 원하신다면 해드리겠습니다. 〈저주 감지〉!"

하론 사제가 다가가자 케인은 안도의 한숨을 내쉬었다. 하론 사제는 데메르 교단 내에서도 손꼽히는 고렙 사제 NPC. 이 정도 저주는…….

"어……."

갑자기 불안해지는 느낌.

"김태현 백작님, 이 저주는 풀면 아이템이 파괴됩니다."

"뭐라고?!"

케인은 하론 사제의 어깨를 잡고 흔들었다.

"말도 안 돼! 그런 게 어디 있어!"

"역시 이름에 괜히 악마가 들어간 게 아니었군."

"이 자식은 왜 혼자서 냉정하게 납득하고 있는 거야!"

"아, 어쩔 수 없잖아. 좋은 아이템 얻은 걸로 만족해, 인마. 욕심은 많아서. 세상의 모든 걸 가질 수는 없는 거야."

욕심 많기로는 케인이 만나본 사람 중 1위인 태현! 그런 태현이 저런 소리를 하니 어처구니가 없었다.

"그러면 아이템 박살 내고 방송 나올래?"

"끄으응 끄으으으웅……."

그러기는 싫었다. 솔직히 말해서 〈못생긴 악마의 귀와 코〉는 좋은 아이템이었던 것이다. 게다가 마계에서 구한 아이템 아닌가. 대륙으로 돌아가면 못 구할지도 몰랐다.

그런 걸 방송 하나 하자고 파괴시키기는…….

"아, 좋은 생각이 났다."

"……?"

"얼굴만 안 나오면 되잖아. 모자이크 처리를 하는 거야."

"그런 좋은 방법이!"

케인은 태현의 말에 반색했다. 생각해 보니 얼굴만 모자이크 처리하면 아무도 그가 이런 우스꽝스러운 귀와 코를 꼈다는 걸 모르지 않겠는가!

"좋아! 그렇게 하자고!"

케인이 신나서 말하자, 이다비는 고개를 갸웃거렸다. 모자이크로 처리하면 뭔가 더 이상하게 될 것 같았던 것이다.

"어…… 그건 좀 아닌 것 같은데요 읍읍!"

"쉿. 귀찮으니까 그냥 내버려 두자고."

태현은 이다비의 입을 막았다. 귀찮아서 대충 말한 제안이었는데, 설마 케인이 냉큼 좋다고 받아먹을 줄은 몰랐다.

"김태현 왔습니다!"

"좋아! 전체 화면에 다 영상 틀어. 편집 들어간다!"

배장욱은 손을 비비며 거대한 화면들에 시선을 돌렸다. 태현의 시점으로 녹화된 영상들을 다각도로 틀어주는 시스템!

숙련된 프로들이 이런 시스템을 사용해서 편집을 하니 재미없을 수가 없었다. 요즘에야 MBS하고 계약한 워낙 뛰어난 플레이어들이 많아서 잊혀졌지만, 예전 MBS는 '악마의 편집'이란 별명이 붙었었다. 별로 재미없는 내용도 그럴듯하게 편집해서 예고편으로 사기 쳤던 전적 때문이었다.

"김태현이 따로 말 남겨놓은 게 있는데요?"

"뭔데?"

"'방송하기 좋으시라고 자세 좀 잡아봤습니다'라고⋯⋯."

"⋯⋯."

갑자기 싸늘해지는 분위기! 그러나 배장욱은 경험 많은 프로였다. 그는 침착하게 다른 사람들을 다독였다.

"괜찮아. 우리가 편집하면 되잖아."

"그, 그렇죠?"

"그리고 하나 더 있는데요. '케인 얼굴에는 모자이크를 해줘라'라고⋯⋯."

"????"

배장욱을 포함한 전원의 얼굴에 물음표가 떠올랐다.

"……뭐 그건 어렵지 않으니까……."

왜 그런 걸 하는지 이해는 안 갔지만, 어려운 건 아니니 배장욱은 흔쾌히 수락했다.

태현 일행은 마계에서 던전을 깨며 마을 내 평판을 올리고, 배장욱과 MBS 직원들은 열심히 예고편을 만들고 있을 때, 〈파워 워리어〉 길드원들은 고민에 잠겨 있었다.

-어떡하지?

-뭐 우리가 할 수 있는 방법이 있나?

그들이 고민하고 있는 이유는 하나였다.

쑤닝 길드의 길마, 쑤닝 때문!

태현은 가기 전에 파워 워리어 길드원들에게 부탁했다. 대형 길드 연합으로 들어가서 그들이 어떻게 돌아가는지 스파이 짓을 해달라고. 거기에 이다비는 한 가지를 더 부탁했다. 가능하면 견제까지 해달라고.

그리고 지금, 쑤닝은 아주 활발하게 움직이고 있었다.

조금 잘한다 싶은 플레이어는 무조건 섭외 시도!

-아주 대놓고 움직이던데.

-맞아. 나한테도 들리게 말하더라.

대부분의 대형 길드는 핵심 간부들만 따로 모아서 이야기를 나누는 곳이 있었다. 일반 길드원들은 확실하게 믿을 수 없었던 것이다. 언제 어디서 정보가 새어나갈지 몰랐다. 현재 파워 워리어의 길드원 몇 명은 쑤닝 길드로 가입을 시도한 상황. 쑤닝은 그런 그들의 귀에 들릴 정도로 대놓고 움직이고 있었다.

-숨기고 있는 건 더 있을 거고, 이 정도 섭외하는 건 들켜도 상관없다 그거겠지. 막을 방법도 없을 테니까.

-뭐 준비하는지 알아내야지. 너 거기서 열심히 하고 있냐? 빨리 길드원 등급을 올리라고!

-최선을 다하고 있거든? 너 중국인인 척하는 게 얼마나 힘든 줄 아냐? 내가 타이완 넘버 원 하려다가 참은 게 몇 번인데!

쑤닝 길드원들은 중국인들이 많았다. 특히 쑤닝과 친하게 지내는 길드 간부들은 전원 중국인! 당연히 거기에 잠입한 파워 워리어 길드원들도 일단은 중국인인 척을 하고 있었다.

-등급 올리는 건 올리는 거고, 견제는 어떻게 하지? 이대로 내버려 두면 안 될 거 같은데.

-쑤닝 길드한테 섭외받는 플레이어들 습격이라도 할까?

-우리가?

-하하, 물론 농담이지.

-하하하! 웃겼어.

파워 워리어 길드원들은 서로 웃어댔다. 실력을 너무 잘 알고 있었던 것이다. 습격했다가는 역으로 당할 게 분명!

이다비가 이 꼴을 봤다면 속으로 생각했을 것이다. '못난 놈들은 서로 얼굴만 봐도 즐겁다더니'라고.

-그래도 견제는 해야 해. 머리를 굴려 봐. 꼭 실력으로만 견제해야 하는 건 아니잖아. 우리가 언제 실력으로만 했어?

-맞아. 우리에게는 뛰어난 머리가 있잖아.

얼굴에 간 두꺼운 철판과 뛰어난 두뇌. 그게 파워 워리어 길드원들이 믿고 있는 것이었다.

-음…… 좋은 방법이 하나 있어.

-뭔데, 켄?

켄은 파워 워리어의 간부 중 한 명이었다. 기발하고 뻔뻔한 발상으로 인터넷 사이트에 파워 워리어 광고를 돌리는 데 기여한 사람!

-판온 1에서 썼던 방법인데, 아직 먹힐 거야.

-무슨 방법인데?

-플라잉 더치맨이란 방법이야. 한번 해보자고.

"언제 오는 거야?"

전사 플레이어, 최강짱짱맨은 하품을 하며 기다리고 있었다. 닉네임은 웃기지만 그는 나름 실력이 있는 전사 플레이어였다. 그런 그가 기다리고 있는 이유는 하나. 쑤닝에게 제안을 받았기 때문이었다.

원래 솔로로 플레이하던 그였지만, 쑤닝이 한 제안은 너무 매력적이었다. 길드 연합의 사냥터를 제공받고, 매달마다 일정 골드와 소모품을 지원받으며, 퀘스트와 스킬 관련해서 추가 지원까지. 솔깃할 수밖에 없는 제안이었다. 쑤닝 길드의 악명이 있기는 했지만, 다른 대형 길드들이 다 쑤닝 길드와 힘을 합친다는 게 최강짱짱맨의 귀를 솔깃하게 만들었다.

"최강짱짱맨 님 맞으세요?"

"어. 나야. 쑤닝 길드에서 나왔나?"

"네. 맞아요. 길드 초대 보낼게요."

"오케이."

[판테 님이 당신을 <쑤닝> 길드로 초대했습니다. 수락하시겠습니까?]

최강짱짱맨은 별생각 없이 수락했다. 길드 이름이 <쑤닝>이었고, 약속한 시간이었기에 별생각 없이 확인도 하지 않고 받아들인 것이다. 그 순간 이어서 뜨는 메시지창.

[판테 님이 <쑤닝> 길드에서 나갔습니다.]
[당신은 <쑤닝> 길드의 길드 마스터가 되었습니다.]

"……어?"

사람은 너무 갑작스러운 일을 겪으면 머리로 상황을 받아들이지 못했다. 최강짱짱맨도 그랬다.

"뭐, 뭐야? 왜 길마야? 쑤닝은? 잠깐, 다른 길드원들은?"

횡설수설하던 최강짱짱맨은 허겁지겁 길드 확인창을 켰다.

길드원 목록:

최강짱짱맨.

길드원은 오직 그 하나! 길드 마스터도 그랬고, 다른 길드원도 없었다. 도대체 어떻게 된 건지 알 수가 없었다.

"야! 이게 뭐 하는 거야! 어떻게 된 거냐고! 쑤닝은? 다른 길드원들은?"

쑤닝 같은 대형 길드에 길드원이 한 명이라니, 이게 말이 된단 말인가!

"흥. 우리 쑤닝처럼 명문 길드에 너 같은 놈을 들여보낼 줄 알았나?"

"뭐, 뭐라고?"

"네 주제 파악을 하라고 알려준 거다!"

"이 자식이 죽고 싶나!"

그랬다. 켄의 작전, '플라잉 더치맨'은 그야말로 사악하고 치사한 방법이었다. 판타지 온라인 1 때부터 이어져 내려오는 유구한 수법!

방법은 간단했다. 먼저 잃을 거 없는 플레이어 하나가 총대를 메야 했다. 그 플레이어는 길드 하나를 만든다. 물론 길드를 만들 때, 유명한 길드와 이름을 똑같이 만들고, 길드 문양도 비슷하게 만들어야 했다. 그런 다음 목표물한테 접근해서 길드 초대를 한다. 대부분의 사람들은 길드 이름과 문양만 보고 확인을 했기에, 그 안의 자세한 수치까지는 확인하지 않았다. 게다가 유명 길드일 경우 사람들은 '이게 웬 떡이냐! 감사합니다!' 하고 더더욱 쉽게 수락을 했다. 목표물이 덜컥 수락 버튼을 누르면, 이제 그다음으로 넘어간다.

길마가 길드를 나가는 것이다. 길드의 길마는 무조건 한 명 있어야 했고, 기존 길마가 정하지 않고 나가면 다음 길드원 중 가장 공적치 포인트가 높은 사람이 길마가 됐다. 물론 남은 사람이 한 명밖에 없으면 자동으로 그 사람이 길마! 그러면 목표물은 졸지에 사람 없는 길드의 길마가 되는 것이다. 황당하고 억울했지만 어디 가서 호소할 수도 없는 장난!

눈물을 삼키며 길드 폐지 비용으로 골드를 내거나, 아니면 다른 희생양을 끌어들여서 길마 자리를 넘겨야 했다. 판온 1에서는 장난이었지만, 켄은 이걸 응용해서 좀 더 악질적인 방법으로 발전시켰다.

-길드를 폐지하면 6개월 동안 길드를 새로 만들거나, 다른 길드에 들어가거나 할 수 없어.

길드를 만들고 폐지하는 걸 신중하게 만들기 위해서 판온 2에서 정해진 규칙. 켄은 이걸 이용했다.

-쑤닝 길드인 척하고 끌어들여서 길드에 넣는다.

-길드에 넣으면 상대를 길마로 만들고 우리는 길드에서 탈퇴한다.

-그리고 끝까지 쑤닝한테 책임을 돌린다. 언젠가 들키겠지만 쑤닝처럼 이미지 안 좋은 길드는 해명하는 데 고생 좀 할 거야.

-상대 플레이어가 바로 길드 탈퇴해서 6개월 동안 다른 길드에 못 들어가도록 만드는 거 잊지 말고!

〈파워 워리어〉 길드원들이 움직이기 시작했다. 남는 건 시간밖에 없는 한가한 길드원들!

"이야, 기다리셨죠? 길드 들어오세요. 초대 보냈습니다."

"수락했…… 잠깐, 왜 길드원이 하나밖에 없어? 잠깐만, 왜 내가 길마야?! 넌 왜 길드를 나가고?!"

피해자가 하나둘씩 만들어지기 시작했다. 처음에는 쑤닝도 상황을 몰랐다. 설마 이런 식으로 견제하는 더럽고 치사한 놈들이 있다고는 생각지도 못한 것이다.

-쑤닝, 선전포고다 이거지? 오냐. 어디 한번 해보자!

-네가 날 얼마나 우습게 봤으면……! 죽인다!

갑자기 쏟아지는 귓속말들!

쑤닝은 당황해서 상황을 파악하려고 노력했다. 시간이 꽤 지나고 간신히 한 명을 붙잡고 상황을 들을 수 있었다.

"뭐 이딴 새끼들이 다 있어?!?!"

다시 생각해도 어처구니가 없는 수법! 판온 1때부터 왕도를 달리던 쑤닝에게 이런 수법은 어이가 없을 뿐이었다.

더 화가 나는 건 이 수법이 매우 효과적이란 것! 해명을 하려고 해도, 쑤닝 길드 이미지가 좋지 않다 보니 섭외하려던 플레이어들의 절반은 안 믿는 것 같았다.

"일단 수습을 해야 해! 섭외하려는 놈들한테 다 귓속말을 돌려! 지금 우리 길드 사칭하는 놈이 있으니까 주의하라고!"

쑤닝은 이를 박박 갈며 지시를 내렸다. 지금 이렇게 그를 견제할 놈이 대체 누구란 말인가?

'설마 이것도 김태현이 한 짓은…… 에이, 아무리 그래도 이

건 아니겠지! 그놈이 이렇게 한가할 리는 없을 거고!'

언제나 설마는 사람을 잡는 법. 그리고 파워 워리어는 아직 끝나지 않았다.

"저, 쑤닝 길드에 초대했습니다."

"어디서 사기냐! 길드원 목록에 네 이름밖에 없잖아!"

남자는 위협적으로 칼을 휘둘렀다. 그러자 쑤닝 길드원으로 위장한 파워 워리어 길드원은 잽싸게 도망쳤다.

"정말이지 별놈들이 다 있다니까……."

쑤닝한테 들었기에 대비할 수 있었다. 남자는 그렇게 생각하며 한숨을 내쉬었다. 순간 멀리서 달려오는 플레이어 하나!

"죄송합니다! 제가 늦어서…… 혹시 설마 또 사칭인가요?"

"그래."

"죄송합니다!"

플레이어는 연신 굽신거렸다.

"상관없어. 그런 멍청한 수법에 당하지는 않으니까."

"죄송합니다, 죄송합니다. 다시 초대 보냈습니다."

남자는 초대를 받고 길드원 목록을 확인했다. 길드에 있는 플레이어들의 이름 목록! 쑤닝부터 시작해서 중국계 이름들이 가득했다.

"좋아. 수락했다."

[……님이 <쑤닝> 길드에서 나갔습니다.]

…….

폭풍처럼 뜨는 메시지창!

"??????"

[당신은 <쑤닝> 길드의 길드 마스터가 되었습니다.]

"설…… 설마……."

"멍청한 수법에 안 당한다고?"

비웃음 가득한 상대방의 얼굴!

그제야 남자는 어떻게 된 건지 깨달았다.

'이놈들이 작정하고 이중으로 함정을 짰구나!'

처음에 온 어설픈 놈은 대놓고 들키기 위해서 왔고, 두 번째 온 놈은 나름 공들여서 중국계 닉네임 가진 사람들로 길드를 채워놓은 것이다. 사기 하나 치기 위해 보여주는, 정말 무시무시한 집념!

"죽여 버리겠다!"

"튀어! 튀어!"

"이까짓 길드 따위!"

남자는 바로 길드를 폐지해 버렸다. 그리고 파워 워리어 길드원들을 쫓아갔다.

그리고 이 소식은 다시 쑤닝에게 들어갔다.

"……아니, 경고를 했는데도 사기를 당해? 당한 놈들은 다 머리가 없냐?!?!"

쑤닝의 말에 다른 사람들도 입을 다물었다. 정말 당한 사람만 알 수 있었던 것이다.

"후우, 후우…… 화낼 필요 없지. 어차피 이건 쓸데없는 장난일 뿐이야. 우리를 질투하는 같잖은 놈들이 한 짓이겠지. 해명만 제대로 하면, 다시 길드에 넣을 수 있어. 제대로 설명하고 길드 초대 제대로 해."

"저, 그게……. 당한 사람들이 곧바로 길드를 폐지하고 나와서 6개월 동안 다른 길드에 들어갈 수가 없다고 합니다."

"……"

쑤닝의 입이 떡 벌어졌다. 길드를 사칭해서 평판을 떨어뜨리게 하려는 줄 알았는데, 함정 속에 함정이 더 있었던 것!

밖에서 그런 일이 일어나는지도 모르고, 태현은 일행과 함께 마계에서 열심히 싸우고 있었다. 마을 내의 평판을 올리기 위해서는 악마들이 원하는 걸 가져다줘야 했고, 그러기 위해서는 영혼석을 얻어야 했다. 영혼석을 얻기 위해서는 역시 주변 던전을 깨는 게 제일!

그렇다고 아무 던전이나 갈 수 없었다. 태현은 〈신의 예지〉 스킬로 들어가도 될 것 같은 던전과 들어가면 ×될 것 같은 던전을 예리하게 구분했다. 아무 사전 정보도 없이 밖에서 던전을 확인할 수 있는 건 〈아키서스의 화신〉 정도밖에 없었다. 다른 사람들은 먼저 모험가 직업을 들여보내고 잔뜩 긴장해서 들어가 탐험을 해야 알아낼 수 있는 걸 태현은 스킬 하나로 대신하는 것이다.

그러나 역시 만만치 않았다. 비교적 약한 던전에서도 마계의 몬스터는 강력했고, 일행은 뭉쳐서, 전력을 다해서 싸워야 했다. 그 결과…….

"……어, 그 펫 원래 저렇게 생겼었나요?"

"묻지 마라."

이다비는 용용이를 보며 고개를 갸웃거렸다. 뭔가 처음 봤을 때랑 많이 달라진 것 같은 모습!

근육근육!

덩치는 키우지 않고 그대로 유지하고 있었지만, 대신 날개와 몸통의 근육이 장난이 아니게 생겨 있었다.

-주인이여…… 크큭…… 힘이…… 넘쳐흐른다.

용용이의 말투도 뭔가 달라진 상태! 태현은 고개를 흔들며 마을로 향했다.

"영혼석 몇 개 모았냐?"

"12개. 더럽게 안 나오네."

"악마들은 보상도 엄청 짜게 주잖아. 괜히 악마들이 아니라니까."

검은 바위단 길드원들은 투덜거리며 걸어갔다. 지금 그들은 마을의 악마들이 내준 퀘스트를 깨기 위해 영혼석을 모으고 있었다.

영혼석! 영혼석은 모든 악마가 좋아하는 아이템이었다. 남녀노소 악마들 모두가 영혼석을 모으려고 했다. 당연히 마을 내 평판을 올리고 좀 친해지기 위해서는 영혼석을 찾아서 바쳐야 했는데…….

문제는 이 영혼석이 더럽게 안 나온다는 점이었다.

-영혼석을 갖고 왔다고? 그래. 이제 10개 더 갖고 와. 뭐? 보

상 없냐고? 인간 놈이 마을에 있는 것 자체가 보상이지!

악마들은 보상을 매우 짜게 줬다. 거의 열정페이 수준! 퀘스트를 하는 플레이어들은 영혼석 개수에 허덕일 수밖에 없었다. 그러나 한 명, 예외가 있었다. 바로 태현이었다.

차르륵!

"영혼석을 몇 개나 갖…… 허억!"

태현이 쏟아낸 영혼석들을 보자 악마의 눈동자가 커졌다. 다른 플레이어들이 모아온 것보다 몇 배는 되는 양!

"어, 어떻게?"

"분명 같이 싸웠는데??"

악마보다 검은 바위단 길드원들이 더 놀랐다. 분명 같이 싸웠는데 갖고 있는 영혼석 개수는 몇 배라니.

'행운을 이럴 때 쓰게 되나.'

쓸 기회가 적어서 잊기 쉽지만, 태현에게 이런 정해진 개수의 아이템을 모아오는 퀘스트는 손쉬운 일이었다.

막대한 행운 스탯 덕분!

닭을 잡으면 닭다리가 8개가 나오고, 문어를 잡으면 문어 다리가 20개가 나오는 마술!

[퀘스트를 완벽하게 해냈습니다. 추가 보너스를 받습니다. 마

을 내 평판이 올라갑니다. 악마들이 당신을 아주 조금 더 인정합니다.]

쪼잔한 악마들은 넘기고, 태현은 슬슬 때가 됐다는 걸 느꼈다. 평판은 이 정도로 올렸으면 지금 올릴 수 있을 만큼 다 올렸다고 봐도 됐다. 이제 튈 시간!

마계에서 뭘 더 먹겠다고 버텼다가는 위험할 것 같았다. 에다오르부터 시작해서 아키서스를 많이 싫어하는 악마들까지. 여기는 적이 너무 많았다.

"좋아. 슬슬 층의 주인이 머무르고 있는 성으로 가볼까?"

"저, 김태현 백작님?"

하론 사제는 손을 들고 머뭇거리며 물었다.

"다른 교단 사람들은……."

"아. 잊고 있었네."

정말로 잊고 있었던 것 같은 태현의 표정! 하론 사제를 포함한 데메르 교단 사람들은 땀을 흘렸다.

"농, 농담을 하신……."

"아니야. 진짜 잊고 있었어. 찾으러 가자."

그래도 찾으러 간다는 게 어딘가. '잊고 있었네'란 말에 당황하던 하론 사제는 고개를 끄덕였다. 그리고 생각했다. 역시 영웅인 김태현 백작, 말은 저렇게 해도 책임감은…….

그러나 그 생각은 태현의 말에 곧바로 사라져 버렸다.

"하마터면 공적치 포인트 두고 갈 뻔했네."

"……"

뒤에서 따라오는 다른 사제들이 황당한 표정으로 하론 사제를 쳐다보았다. 그러나 하론 사제는 시선을 피했다.

"나는 아무것도 못 들었네!"

To Be Continued